Bedroht

Im Visier des Verbrechers

Von Wilma Borghoff

1. Auflage © 2025 Wilma Borghoff
Impressum: Wilma Borghoff, Zehntweg 30a,
51467 Bergisch Gladbach

Bibliografische Information der Deutschen Nationalbibliothek: Die Deutsche Nationalbibliothek verzeichnet diese Publikation in der Deutschen Nationalbibliografie; detaillierte bibliografische Daten sind im Internet über dnb.dnb.de abrufbar.

Verlag:
BoD · Books on Demand GmbH, In de Tarpen 42,
22848 Norderstedt, bod@bod.de
Druck:
Libri Plureos GmbH, Friedensallee 273, 22763 Hamburg

ISBN: 978-3-7693-5377-8

Cover: Christine Bouzrou, www.agency-of-authors.de
Korrektorat: Stefanie Brandt, www.steffis-buchecke.de

Über das Buch

Ein perfides Spiel um Bedrohung und Angst!

Mysteriöse Fotos ihrer Kinder – ohne Botschaft, nur eine stumme Drohung. Für die Zwillinge Nora und Helene sowie ihren Halbbruder Michael beginnt ein Albtraum. Ein Unbekannter spielt mit ihren Ängsten, stellt Forderungen ohne Anleitung, gibt Rätsel auf – und dann eskaliert die Situation.

Wer verfolgt ihre Familie? Wer hasst sie so sehr? Und sind wirklich nur ihre Kinder in Gefahr?

Ein nervenaufreibender Kriminalroman, der bis zur letzten Seite in Atem hält.

Vorwort der Autorin

Liebe Leserinnen und Leser,

Der vorliegende Roman ist der vierte einer Serie um die Familien der Zwillingsschwestern Nora und Helene.

Der erste Band ist der spannende Abenteuerroman „Die Steine der Zwillinge", der die Ereignisse um Nora schildert, die sich in einem kanadischen Nationalpark verirrt, und ihre Zwillingsschwester Helene, die sich mit ihrem Sohn und Noras Tochter auf die Suche begibt.

»Timos Baby« handelt drei Jahre später und erzählt die Geschichte von Noras Sohn Timo, der nach einem One-Night-Stand Vater wird. Sein Baby wird zwei Monate nach der Geburt entführt und die Familie sucht fieberhaft gemeinsam mit einer Detektivin das Kind.

Mein Liebesroman »Hanna – Schatten der Liebe« berichtet von Hanna, Helenes Tochter, die bei einem Rettungseinsatz Daniel kennenlernt und mit ihm, dem wesentlich älteren Bildhauer, eine komplizierte Liebesbeziehung beginnt, die parallel zu Timos Vater-Werden und der Entführung des Babys läuft.

Und der vorliegende Roman schließt zeitlich direkt an das Ende von »Hanna« an.

Alle vier Bücher können unabhängig voneinander gelesen werden.

Ich wünsche Ihnen/ Euch viel Vergnügen beim Lesen.

Wilma Borghoff

Kapitel 1

»Leon wird bedroht!«

Der Satz hallte in der warmen Frühlingsluft. Die Meisen und Spatzen, die fröhlich im Garten gezwitschert hatten, verstummten. Helenes Mischlingshund Carlos, der zwei Meter entfernt auf der Wiese lag und geräuschvoll an einem Kalbshuf geknabbert hatte, erstarrte und sah zu Michael hoch. Eine graue Wolke schob sich vor die Sonne und ein kühler Wind kam auf.

Nora und Helene, die Zwillingsschwestern, neunundvierzig Jahre alt, sahen überrascht ihren jüngeren Halbbruder Michael an, Nora hätte beinah ihr Sektglas fallen lassen.

»Was sagst du da?« Helenes Worte waren kaum verständlich, einem Krächzen ähnlich. Sie räusperte sich und versuchte es erneut: »Wer bedroht deinen Sohn? Und wie? Warum?«

Sie warf einen raschen Blick auf die weiteren Familienmitglieder, die sich im Garten versammelt hatten, um gemeinsam den Ostersonntag zu verbringen. Leon, der vierzehnjährige Sohn von Michael, spielte mit Noras dreizehnjährigem Sohn Dominik Tischtennis auf der kleinen Terrasse vor der Garage. Die Ehemänner der Zwillingsschwestern standen am Grill, bewachten die Fleischspieße und vegetarischen Gerichte, die auf dem Grillrost brutzelten und tranken Bier. Die Großmutter, Karin, saß mit ihrem Lebensgefährten, Reto, am Gartentisch auf der Terrasse und beobachtete ihren Enkel Timo. Timo stemmte sein neun Monate altes Töchterchen mehrfach in die Luft und entlockte der Kleinen damit ein begeistertes

Quieken. Eine weitere Gruppe spielte Wikingerschach auf dem Rasen, ein einfaches Wurfspiel, bei dem zwei Mannschaften versuchen, jeweils die Holzklötze der Gegenpartei mit Wurfhölzern umzuwerfen. Der König, der in der Mitte des Spielfelds steht, muss zuletzt getroffen werden.

Michael hatte seine Schwestern in die hintere Ecke des Gartens gebeten, sie saßen auf bequemen Gartensesseln auf einem gepflasterten Rondell. Es war Ostersonntag, die Familien der drei Geschwister hatten sich in Noras Garten versammelt und gemeinsam Kuchen gegessen und Kaffee getrunken. Anschließend wurden Ostereier gesucht, auch wenn die Kinder sich eigentlich zu alt dafür fühlten. Aber alle hatten sich begeistert an der Suche beteiligt und ihre Fundstücke in die Osterkörbchen – die vom letzten Jahr und den Jahren davor – gelegt. Für jeden der sechs Söhne und Töchter – altersmäßig zwischen dreizehn und dreiundzwanzig Jahren – hatte es neben gefärbten Eiern und Süßigkeiten eine Kleinigkeit gegeben, ein Buch, ein neues Set Klettball oder ein Frisbee. Das Klettballspiel und das Frisbee waren bereits ausgiebig getestet worden.

»Jemand hat mir Fotos geschickt«, antwortete Michael und holte einen Briefumschlag aus der Brusttasche seines dunkelroten Poloshirts. »Mit der Post. Ohne Absender.«

Er reichte den Umschlag Nora, Helene rutschte näher an ihre Schwester und Nora holte mehrere DIN-A4-Blätter heraus, fünf an der Zahl. Jedes Blatt zeigte in der oberen Hälfte ein Foto, Fotos von Leon, Michaels Sohn. Leon beim Fußballspielen, beim Fahrradfahren, zu Fuß.

»Sonst hast du nichts bekommen?«, fragte Helene. »Keine Nachricht oder so?«

»Nein, nur die Fotos«, antwortete Michael. »Letzte Woche hab ich drei bekommen, gestern zwei weitere. Wie ihr seht, sind sie auf normalem Papier gedruckt und in weißen Briefumschlägen verschickt worden. Die Qualität der Fotos ist bescheiden, ziemlich unscharf, und auch der Ausschnitt ist nicht sorgfältig gewählt. Tja. Und der erste Brief wurde in Düsseldorf verschickt, der zweite in Gummersbach. Es ist nur ...« Michael stockte einen Moment und fuhr sich mit der Hand über sein Gesicht. »Warum macht derjenige das? Will er mir demonstrieren, dass er Leon beobachtet? Was soll das Ganze? Ich finde es bedrohlich.«

»Ja klar, ich auch«, stimmte Helene ihm zu. »Das ist wirklich eigenartig. Wenn keine Forderung dabei ist, oder irgendein Kommentar – sehr seltsam.«

»Willst du mit der Polizei reden?«, fragte Nora und sah ihren Bruder besorgt an. »Vielleicht haben die eine Idee, wer oder was dahinterstecken könnte.«

»Nee, lieber nicht.« Michael schüttelte den Kopf, so dass seine brünetten Haare flogen. Er hatte sie in den letzten Monaten ziemlich lang wachsen lassen. *Er sieht wirklich gut aus,* dachte Nora wieder einmal. *Die langen Haare geben ihm ein etwas verwegenes Aussehen, und kontrastieren gut zu seinem ernsten Auftreten.*

»Die können doch überhaupt nix dazu sagen. Die werden erst aktiv, wenn etwas passiert.« Michael verzog frustriert den Mund.

»Könnte es deine Ex-Frau sein?«, fragte Helene. Michael war seit drei Jahren geschieden, der gemeinsame Sohn hatte zunächst bei der Mutter gelebt, bis sie beschlossen hatte, dass Michael das alleinige Sorgerecht übernehmen solle, weil sie lieber mit ihrem neuen Lebensgefährten in der Welt herumreiste. Seitdem sah Leon seine Mutter nur alle paar Monate.

»Hab ich auch schon überlegt«, antwortete ihr Bruder. »Aber das macht keinen Sinn. Maren kann jederzeit ihren Sohn sehen, das gab bisher überhaupt keine Diskussionen. Sie hat noch nie den Wunsch geäußert, dass sie Leon öfter sehen oder das Sorgerecht haben will.

Vorgestern hab ich sie angerufen und mit ihr geplaudert, sie war guter Dinge, ist zurzeit mit ihrem Freund auf Bali. Ich hab sie ganz harmlos gefragt, ob es etwas Neues gibt oder wann sie Leon das nächste Mal sehen will. Sie schien irritiert von meiner Frage, ich hatte nicht das Gefühl, dass sie ihren Sohn vermisst. Hab ich ihm natürlich nicht erzählt.« Michael warf einen raschen Blick auf seinen Sohn, seine finster zusammengezogenen Augenbrauen zeigten den Ärger über seine Ex-Frau. »Ich kann mir jedenfalls überhaupt nicht vorstellen, warum Maren diese Fotos schicken sollte.«

»Hast du mit Lara gesprochen?«, wollte Nora wissen. Lara war eine äußerst fähige Detektivin und hatte die Familie im Vorjahr unterstützt, als Noras Enkelin entführt wurde.

»An Lara hab ich sofort gedacht«, antwortete Michael. »Ich hab sie angerufen, sie war aber im Urlaub. Da wollte ich sie nicht stören und hab nur kurz mit ihr gesprochen. Ich hab gesagt, sie soll sich bei mir melden, wenn sie zurück ist. Ich wollte sie nicht mit dieser eigenartigen Sache während ihres wohlverdienten Urlaubs belasten.« Er seufzte tief. »Aber was mache ich jetzt? Was würdet ihr an meiner Stelle tun?«

»Ich weiß nicht so recht, aber ich glaube, du musst einfach abwarten«, schlug Helene vor. »Auch wenn es dir schwerfällt. Du kannst ja sowieso nichts unternehmen, solange es keine Forderungen gibt.« Sie runzelte die Stirn. »Hast du eigentlich Leon von den Fotos erzählt?«

Alle drei wandten den Kopf zu Leon, der immer noch Tischtennis spielte. Leon schien zu merken, dass er beobachtet wurde, und sah auf. In dem Moment traf ihn ein Tischtennisball an der Schulter und Leon stieß einen wütenden Ruf aus. Rasch sahen die drei Geschwister wieder weg.

»Nein, hab ich nicht, ich wollte ihn nicht beunruhigen«, antwortete Michael. »Es ist so eine blöde Situation. Was soll ich ihm sagen? Pass auf? Geh mit keinem mit? Lass dich nicht fotografieren? Beobachte die Leute um dich rum? Es ist zum Kotzen!«

Die lockere Stimmung, die bisher geherrscht hatte, war vorüber. Nora bemerkte, dass ihr Ehemann Niklas und Helenes Mann offenbar aufmerksam geworden waren, sie hatten den Grill verlassen und gingen langsam zu ihr in die Gartenecke.

»Was ist los?«, fragte Niklas. »Ihr macht ja ein Gesicht wie drei Tage Regenwetter.«

Michael reichte ihm den Blätterstapel. »Jemand hat Leon fotografiert«, erklärte er. »Und mir kommentarlos die Fotos geschickt.«

Niklas wechselte einen raschen Blick mit seiner Frau und sah die Fotos durch. »Das ist krass!«, stellte er fest. »Was soll das? Wer macht so was? Und warum?«

»Das fragen wir uns auch«, antwortete Nora und zog ein genervtes Gesicht. »Wir sollten ein andermal darüber reden«, schlug sie vor und stand auf. »Die Kids gucken schon, was wir hier machen, und meine Mutter ebenfalls. Lass uns versuchen, den Rest des Ostersonntags zu genießen.«

Michael und Helene nickten zustimmend und erhoben sich ebenfalls, alle gingen in Richtung Terrasse.

Nora wäre beinah gegen einen Topf mit einer kleinen Palme gestoßen, der auf dem Rondell stand.

»Die Elfe ist wunderschön«, sagte sie mit einem Kopfnicken zu der Palme, in deren Erde eine etwa zwanzig Zentimeter hohe rostige Elfe auf einem hohen Stab thronte.

Michael grinste. »Ich musste doch etwas mitbringen als Dankeschön für deine Osterfeier.«

Auf dem Weg zur Terrasse sah Helene ihre Tochter Hanna, die – eine große Salatschüssel in Händen – herauskam und die Schüssel auf den Gartentisch stellte.

»Gibt es Probleme?«, fragte Hanna und musterte ihre Mutter kritisch. *Typisch, dachte Helene, dieses empfindsame Mädchen merkt natürlich sofort, dass irgendwas nicht stimmt.*

»Alles gut«, antwortete sie rasch. »Michael hat irgendein Problem im Büro, nichts Ernstes.«

Ein Blick auf Hanna zeigte ihr, dass diese ihr nicht glaubte. Hanna, Helenes zweites Kind, war eine sensible junge Frau, zwanzig Jahre alt, zierlich und hübsch mit ihren langen dunklen Haaren und den ausdrucksvollen grünen Augen. Hanna trug große goldene Creolen und zahllose Armreifen, die bei jeder Bewegung klirrten. Wie häufig hatte sie sich farbenfroh angezogen, mit knallroten Shorts, dazu ein bunt gemustertes T-Shirt. Letzten Herbst hatte sie das Studium der Physiotherapie aufgenommen. Helene sah förmlich die Gedanken im Kopf ihrer Tochter, die um mögliche Probleme kreisten. Kein Wunder, Hanna hatte im vergangenen Jahr einiges mitgemacht. Sie hatte eine unglückliche Liebe mit einem wesentlich älteren Mann, einem Bildhauer und Marketingexperten erlebt, die Entführung ihrer kleinen Nichte, die die ganze Familie traumatisiert hatte, danach den missglückten dramatischen Versuch des Liebhabers, Hanna zurückzugewinnen. Erst in den letzten Monaten war sie zur Ruhe gekommen und hatte in Mark, mit dem sie ein Jahr lang als Rettungssanitäterin zusammengearbeitet hatte, ihre Liebe gefunden. Eine Liebe, die auf gegenseitigen Respekt beruhte und wesentlich mehr Zukunft hatte als die mit dem älteren launischen Bildhauer.

Helene seufzte. »Ich kann dir jetzt nichts davon erzählen«, sagte sie und legte ihre Hand auf Hannas Arm.

»Das geht nur Michael etwas an, und er wird das Problem schon lösen. Du kennst ihn doch.«

Hanna nickte und wandte sich ab.

Helene sah, dass Nora mit Timo sprach, der offenbar ebenfalls bemerkt hatte, dass etwas nicht stimmte. Sie vermutete, dass er sich eher beruhigen ließ, seine kleine Tochter Melina und deren Mutter beanspruchten seine ganze Aufmerksamkeit.

Sie seufzte erneut tief auf, fuhr sich mit den Händen durch die Haare und ging in die Küche, um weitere Zutaten für das Barbecue in den Garten zu bringen. Sie holte den Dattel-Curry-Dip – ihre Spezialität – aus dem Kühlschrank und begann, ihn in zwei dekorative Schalen umzufüllen, als ihr Handy klingelte. *Ihre Firma! Hoffentlich keine Probleme mit dem Quartalsabschluss!* Seit etwa anderthalb Jahren gab es öfters Schwierigkeiten beim Quartalsabschluss, aus unterschiedlichen Gründen. Nora war IT-Managerin für die Finanzabteilung bei einem großen Chemieunternehmen und wurde daher bei Problemen sofort kontaktiert, selbst am Wochenende oder an Feiertagen.

Sie nahm das Gespräch an und sagte dem Anrufer kurz in englischer Sprache, dass er einen Moment warten müsse.

»Meine Firma«, erklärte sie ihrer Nichte Hanna, die hinter ihr in die Küche gegangen war. »Ich muss kurz hoch ins Arbeitszimmer, nachhören, was los ist. Drück mir die Daumen, dass es schnell geht. Fangt am besten schon mal an.«

Hanna verdrehte die Augen, hielt ihre gedrückten Daumen hoch und flüsterte: »Toi, toi, toi.«

Nora hatte in ihrem Arbeitszimmer gerade einen ihrer Mitarbeiter telefonisch erreicht, als es an der Tür klopfte. Ihre Zwillingsschwester Helene steckte ihren Kopf ins Zimmer.

»Was ist los?«, flüsterte sie und versuchte, sich durch Gesten verständlich zu machen. *Sie denkt, ich hätte auch irgendeine Bedrohung bekommen, telefonisch oder so,* folgerte Nora rasch. Sie stellte ihr Telefon auf stumm.

»Alles okay«, sagte sie rasch. »Nur IT-Probleme in der Firma. Hab grad einen kompetenten Menschen erreicht. In ein paar Minuten bin ich wieder unten.«

Helene nickte und verließ das Arbeitszimmer mit einem erleichterten Lächeln und schloss die Tür hinter sich.

Eine halbe Stunde später betrat Nora wieder den Garten. Es gab tatsächlich Probleme mit dem Quartalsabschluss. Zum Glück hatte sie bereits einen Mitarbeiter in Indien alarmieren können, der das System kannte und sich des Problems annehmen würde. Er hatte versprochen, sie auf dem Laufenden zu halten.

Im Garten wurde Nora von lauten Gesprächen und Lachen empfangen, das Thema der bedrohlichen Post an Michael schien Vergangenheit.

Das dachte Nora. Im selben Moment steuerte ihre Mutter mit energischem Schritt auf sie zu. »Komm mal eben mit«, sagte Karin und dirigierte Nora zu der Sitzgruppe am Ende des Gartens, wo vorher die Geschwister zusammengesessen hatten. Karin war neunundsechzig Jahre, mittelgroß, drahtig und gutaussehend mit kurzen lockigen Haaren, in denen die Farbe Grau vorherrschte, und klaren grünen Augen.

»Was ist los?«, fragte Karin und sah ihre Tochter streng an. »Helene wollte mir nichts verraten. Aber ich kann euch doch ansehen, dass etwas nicht stimmt. Es hat mit Michael zu tun, richtig? Hat er eine Dummheit angestellt? Ihr wisst ja, dass ich noch nie viel von ihm gehalten habe.«

Michael war der uneheliche Sohn von Karins verstorbenem Ehemann. Die Familie hatte Michael erst vor vier Jahren kennengelernt, und Nora und Helene hatten ihn seitdem in ihre Familien integriert. Karin war die Einzige, die das neue Familienmitglied ablehnte, die genauen Gründe dafür waren ihr selber nicht ganz klar, vermutlich verübelte sie ihm, dass er das Ergebnis eines Fehltritts ihres Mannes war. Von dieser Abneigung hatte sie sich in den vier Jahren, die Michael im Haus ihrer Töchter ein- und ausging, nicht lösen können.

»Mama, was soll das?«, stöhnte Nora und sah ihre Mutter mit finsterem Gesicht an. »Michael hat keine Dummheit gemacht, er hat einen bedrohlichen Brief bekommen, den er uns gezeigt hat. Einen Brief mit Fotos, die Leon zeigen. Keine Ahnung, was der Absender damit bezwecken will, jedenfalls ist mein Bruder sehr beunruhigt. Und ich ebenfalls.«

»Dein Halbbruder.« *Mama kann es sich einfach nicht verkneifen!*, dachte Nora verärgert und wandte sich ab.

»Übrigens ...« Karin rief ihre Tochter zurück. Nora blieb stehen. »Was noch?«, fauchte sie ihre Mutter an.

»Timo hat ganz schön zugenommen«, sagte Karin und wies mit dem Kopf auf Noras Sohn. »Treibt er keinen Sport mehr? Oder kocht eure Juliette so gut? Er sollte wirklich besser auf sich achten, wenn er jetzt schon zunimmt, wie sieht er dann in ein paar Jahren aus? Kann er dann überhaupt noch mit seiner Tochter Fußball spielen?«

»Ach ja?« Nora spürte, wie das Blut in ihren Kopf schoss. »Wann bitte soll er Sport treiben? Nach der Uni, anstatt sich um sein Töchterchen zu kümmern? Du weißt doch selber, wie begeistert er jahrelang Hockey gespielt hat, und jetzt kommt er kaum noch dazu zu. Seine Ausbildung ist anstrengend, Melina schläft immer noch nicht durch, und dazu die ungeklärte Situation mit Michelle. Kein Wunder, dass er den Stress beim Essen abbaut. Und Juliette kocht wirklich gut.«

Juliette war das Au-pair-Mädchen, das seit dem letzten Sommer Timos Töchterchen betreute, wenn er in der Uni war. Nora sah Juliette, die mit Elias, Sarah und Sandro Wikinger Schach spielte. Sarah streckte die Arme triumphierend in die Luft und jubelte: »Gewonnen!«

So ein hübsches Mädchen!, dachte Nora wieder einmal. Das ‚Mädchen' war dreiundzwanzig Jahre alt, hatte lange rote Haare, ausdrucksvolle grüne Augen, einige Sommersprossen auf der geraden Nase und einen kleinen goldenen Ring im rechten Nasenflügel.

Nora lächelte und wandte sich wieder an ihre Mutter.

Karin zog ein zerknirschtes Gesicht. »Du hast ja recht«, lenkte sie ein. »Ich finde es halt schade, er sieht doch wirklich gut aus. Und wenn er jetzt mit zweiundzwanzig Jahren Übergewicht kriegt, wird er es nie wieder los.«

»Es ist ihm auch schon aufgefallen«, sagte Nora in versöhnlichem Ton. »Timo hat sich eine neue Waage gekauft, die zusätzlich Körperfett misst, und hat sich vorgenommen, zweimal die Woche joggen zu gehen.« Sie legte eine kurze Pause ein. »Du sagst doch immer, an einem Mann muss was dran sein«, meinte sie und warf einen bedeutungsvollen Blick auf Karins Lebensgefährten Reto, der sich erhoben hatte und auf sie zusteuerte. Reto sah mit seinen fünfundsiebzig Jahren gut aus, schleppte aber mindestens fünfzehn Kilo zu viel mit sich herum. Karin grinste und ging Reto entgegen.

Liebevoll betrachtete Nora ihren Sohn. Timo sah gut aus, trotz der zusätzlichen Kilos, mit seinen brünetten lockigen Haaren und den warmen braunen Augen, die jetzt beim Anblick seiner kleinen Tochter strahlten. Michelle stand neben ihm, sie schien sich an Timo anzuschmiegen. *Ob sie ihn zurückwollte?* Nora dachte wieder einmal, dass Michelle eine auffallend schöne Frau war, zwanzig Jahre alt, klein und zierlich. Ihr Vater kam aus Kamerun, er war als junger Mann zum Studium nach Deutschland gekommen, hatte hier seine spätere Ehefrau kennengelernt. Michelle hatte die schwarzen krausen

Haare und die ausdrucksvollen dunklen Augen von ihrem Vater geerbt, außerdem die schöne kaffeebraune Haut. Timo hatte seiner Mutter einmal erzählt, dass Michelles graziöse Bewegungen und ihre Anmut ihn von Anfang an fasziniert hatten.

Michelle hatte sich vor einem Jahr gegen ihre Tochter entschieden, sie wollte das Baby, das bei einem One-Night-Stand gezeugt worden war, zur Adoption freigeben, um sich zu hundert Prozent auf ihr Studium konzentrieren zu können.

Timo hatte sofort seine Familie darüber informiert, und alle waren sich einig, dass sie keinesfalls das Kind weggeben wollten. Sie hatten einen Plan erstellt, wie sie das Baby mit Hilfe eines Au-pair-Mädchens betreuen konnten, und der Plan war aufgegangen. Melina war ein vergnügtes problemloses Baby, und Timo meisterte die Aufgabe, sein duales Studium, das zum Bachelor der Wirtschaftsinformatik führte, zusätzlich zur Kinderbetreuung durchzuziehen.

Juliette bewohnte ein eigenes Appartement in Noras Haus, und Nora war dadurch in der glücklichen Lage, mit ihrem ersten Enkelkind zusammenwohnen zu dürfen. Sie genoss jede Minute mit der Kleinen. Die anderen Großeltern, Michelles Eltern, hatten Melina bisher nur selten gesehen. Sie hatten im letzten Jahr Michelle zu einer Adoption drängen wollen, Michelle hatte Anfang des Jahres allein mit ihrem Töchterchen ihre Eltern besucht und Timo war in der Zeit tausend Tode gestorben. Er hatte seiner Mutter vorher nichts erzählt und sagte danach, dass er nichts von Michelle über das Treffen erfahren hätte. Immerhin kamen sie mit einem schönen orangefarbenen Strampelhöschen zurück und der Aufforderung, der Kleinen unbedingt Ohrlöcher stechen zu lassen. Was Timo bisher nicht getan hatte. Das war nach Noras Wissen das einzige Mal, dass Michelles Eltern ihr Enkelkind gesehen hatten.

Wenn die beiden es sich anders überlegen sollten, würde sie auf jeden Fall dafür sorgen, dass Timo ihnen genug Zeit mit der Kleinen einräumte. Aber warum sollte sie sich Gedanken machen, ob Michelle auch irgendwann zu einer ‚bösen Schwiegertochter' mutierte?

Nora schüttelte die Gedanken ab und ging zu ihrer Familie.

Kapitel 2

Drei Tage später erhielt Nora Fotos.

Ein ungutes Gefühl beschlich sie, als sie nach Büroschluss vor ihrem Haus stand und den weißen Briefumschlag in ihrem Briefkasten entdeckte. Mit spitzen Fingern nahm sie den Brief aus dem Kasten und musterte ihn. Ihre Adresse mit einem Adressaufkleber gedruckt, kein Absender. Ein Blick auf den Poststempel verriet ihr, dass der Brief in Bonn eingeworfen worden war.

Sie verschloss den Briefkasten und ging mit dem Brief in der Hand ins Wohnzimmer. Das Herz klopfte ihr bis zum Hals. Vergebens versuchte sie, sich einzureden, dass der Brief harmlos war. Aber sie wusste es besser. Der Briefumschlag sah genauso aus wie derjenige, den Michael ihr drei Tage zuvor, am Ostersonntag, gezeigt hatte. Sie nahm den Brieföffner aus dem Wohnzimmerregal, dessen Griff mit »Nora und Niklas« graviert war. Ihre Tochter Sarah hatte ihnen den vor vier Jahren zum zwanzigsten Hochzeitstag geschenkt. *Ob sie besser Handschuhe überstreifen sollte, um keine Fingerabdrücke zu verwischen?* Der Gedanke schoss durch ihren Kopf, als sie den Brieföffner ansetzte. *Unsinn, der Verfasser hatte vermutlich Handschuhe getragen. Auf dem Briefumschlag war sicher nichts mehr zu entdecken. Also los!,* ermahnte sie sich.

»Bon soir!«, tönte es aus dem Flur. Juliette kam herein, Melina auf dem Arm. Trotz ihrer Überlegungen, was wohl in dem Briefumschlag auf sie wartete, musste Nora beim Anblick des Au-pair-Mädchens lächeln. Juliette war zwanzig Jahre alt und hübsch mit langen hellblonden

21

Haaren und blauen Augen. Sie war Französin und hatte in den vergangenen zehn Monaten ihre Deutschkenntnisse erheblich verbessert. Und Dominik, Noras Dreizehnjähriger, hatte im letzten Halbjahreszeugnis eine Zwei in Französisch erreicht. Juliette war als weiteres Mitglied in die Familie integriert worden, sie hatte aber ihren eigenen Wohnbereich: ein Zimmer mit separatem Badezimmer im Souterrain, das Noras Familie für sie ausgebaut hatte. Juliette liebte Vögel und Schmetterlinge, davon zeugte ihr weit schwingender Rock, der ihre schlanken Beine umspielte, auf dem sich zahlreiche bunte Schmetterlinge tummelten. Dazu trug sie ein schwarzes T-Shirt mit Wasserfallkragen. Melinas Jäckchen war passenderweise mit kleinen rosafarbenen und hellblauen Schmetterlingen verziert. *Hatte Juliette das dem Baby gekauft?* Das Au-pair-Mädchen liebte Melina abgöttisch und kochte gerne und sehr gut, so dass nicht nur Timo, sondern auch Nora und Niklas zugenommen hatten.

Rasch ließ Nora den Brief in der obersten Schublade des Wohnzimmerschranks verschwinden.

»Hallo meine Süße!«, rief sie und ging den beiden entgegen. Melina strahlte und streckte die runden Ärmchen nach ihrer Oma aus. »Du siehst wieder zum Anbeißen aus«, stellte Nora fest. Melina war neun Monate alt, sie hatte die dunkle Haut, dunklen Augen und die schwarzen krausen Haare ihrer Mutter geerbt, die Gesichtsform und die Grübchen hatte sie von ihrem Vater Timo. Unter dem Jäckchen mit den Schmetterlingen trug sie eine Jeans-Latzhose, ein weißes Hemdchen und rosafarbene Schühchen. Sie quietschte vor Freude beim Anblick ihrer Oma, die ihre Enkelin sogleich auf den Arm nahm und sich mit der Kleinen ein paar Mal drehte, bis sie außer Atem aufhören musste.

»Wie war euer Tag?«, fragte Nora und sah Juliette an.

»Bestens«, antwortete diese. Eifrig erzählte Juliette von ihrem Tag mit Melina, vom Mittagessen, bei dem das Baby den Gemüsebrei in der Küche verteilt hatte, dass die Kleine mittags lange geschlafen hatte und sie jetzt zwei Stunden lang im Park spazieren gewesen waren.

Bei diesen Worten stockte Nora der Atem. Genau in diesem Park – es gab nur einen in ihrer Nachbarschaft, der fußläufig erreichbar war – war im vergangenen September Melina entführt worden. Melinas Mutter Michelle, die von ihrer Tochter während der Schwangerschaft nichts hatte wissen wollen, hatte es sich zwei Monate nach der Geburt anders überlegt, ein neuer Freund hatte sie aufgestachelt und dazu verleitet, mit ihm das Baby zu entführen. Es waren angsterfüllte Tage, bis Timo mit Hilfe einer Detektivin und der ganzen Familie sein Töchterchen in einem Wohnmobil an der Nordsee gefunden und wieder nach Hause gebracht hatte. Der ‚Freund‘ war für etliche Jahre in den Knast gewandert, Michelle war zu einer Bewährungsstrafe verurteilt worden.

Seit einigen Wochen näherten Michelle und Timo sich an, Timo hatte sie zu Noras Überraschung für den vergangenen Ostersonntag zum Familientreffen eingeladen. Und alle Familienmitglieder hatten sich bemüht, Michelle wie einen gern gesehenen Gast zu behandeln. Fast alle. Karin hatte Michelle den ganzen Tag bewusst ignoriert.

Nora schüttelte die düsteren Gedanken ab und wandte sich Juliette zu. »Es freut mich, dass ihr einen schönen Tag hattet«, sagte sie und brachte sogar ein Lächeln zustande.

»Ich geh Melina rasch wickeln«, sagte Juliette und ging in den Flur, von dem die Treppe in ihre Souterrain-Wohnung führte. Nora holte Luft: »Das kann ich doch machen«, rief sie. Sie liebte es, sich um ihre süße Enkelin zu kümmern. Manchmal entstand geradezu ein kleiner Wettkampf, wer Melina wickeln oder füttern durfte.

Auch jetzt, Juliette ging ungerührt weiter. *Sie tut nur so, als hätte sie mich nicht gehört,* dachte Nora mit leisem Groll.

Aber jetzt hatte sie endlich Ruhe und konnte den Briefumschlag öffnen. Den Briefumschlag, der die ganze Zeit in ihrem Kopf herumschwirrte. Sie holte ihn aus der Schublade und hielt ihn unschlüssig in Händen. Am liebsten hätte sie das Papier sofort verbrannt.

Ihre Katze Nina, eine graugetigerte Hauskatze, tappte zu Nora und rieb den Kopf an ihren Beinen. Timo hatte die Katze vor vier Jahren gefunden, halb verhungert und völlig verwahrlost. Damals war die Katze ein paar Wochen alt gewesen. Timo hatte einige – wenige – Zettel in der Umgebung aufgehängt, und als sich zu seiner Erleichterung niemand gemeldet hatte, war Nina ihr neues Familienmitglied geworden. Nina war anhänglich und ließ sich gerne ausgiebig streicheln, erkundete aber auch häufig die Umgebung und kam zu Timos Beunruhigung erst spät abends zurück.

Nora bückte sich und streichelte die Katze. Nina begann zu schnurren und schmiegte sich in Noras Hand. Auf einmal schreckte Nina zurück und schnüffelte an dem Briefumschlag, den Nora immer noch in Händen hielt. Die Katze ging einen Schritt zurück, machte einen Buckel, der Schwanz war zur Bürste gesträubt, Nina fauchte und rannte zur Terrasse und hinaus in den Garten.

Merkst du, dass dieser Brief Böses bedeutet?, dachte Nora verblüfft, mit einer Mischung aus Besorgnis und Amüsiertheit. Entschlossen griff sie zum Brieföffner. Sie hatte das Öffnen des Briefes lange genug hinausgeschoben.

»Hallo! Jemand zu Hause?«

Dominiks laute Stimme erklang im Flur. Nora war so auf die Katze und den Brief konzentriert gewesen, dass sie das Öffnen der Haustür überhört hatte. Rasch warf sie den

Briefumschlag wieder in die Schublade und wandte sich ihrem dreizehnjährigen Sohn zu.

»Hallo mein Herz«, rief sie. »Wo kommst du denn her?«

»Vom Fußball natürlich, woher denn sonst?«, erklang Dominiks erstaunte Stimme.

Klar, es war Mittwoch, da war der Junge immer beim Fußballtraining. Nora ging in den Flur, wo Dominik soeben seine Schuhe abstreifte und unter die Garderobe warf. »Willst du ein Müsli?«, fragte sie. Dominik hatte immer Hunger und konnte fast beliebige Mengen essen, ohne auch nur ein Gramm zuzunehmen. Dominik nickte und Nora ging in die Küche, stellte eine Müslischale, Müsli und Milch auf den Tisch, während ihr Sohn sich die Hände wusch.

Dominik löffelte sein Müsli und erzählte von seinem Tag, von der Mathearbeit, die er geschrieben hatte – »ist vielleicht nicht gerade mega ausgefallen« – und vom Fußballtraining. Nora bemühte sich, ihm zuzuhören und den Gedanken an den Briefumschlag in der Schublade zu verdrängen.

Endlich war Dominik gesättigt, stellte die Müslischale in die Spülmaschine und eilte mit einem »bis später« nach oben in sein Zimmer.

Langsam ging Nora ins Wohnzimmer.

Zwei weiße DIN-A4-Blätter steckten in dem Umschlag. Jedes zeigte ein Foto von ihrem einundzwanzigjährigen Sohn Timo. Timo im Park mit dem Kinderwagen seines Töchterchens Melina. Timo auf seinem alten schwarzen Fahrrad in einer Nebenstraße, wenige Minuten entfernt von ihrem Haus. Nora spürte das Blut in ihren Ohren rauschen. Rasch setzte sie sich auf die Couch und atmete tief durch. Übelkeit stieg in ihr hoch. Die Übelkeit wurde schlimmer und Nora rannte zur Gästetoilette. Wieder und wieder übergab sie sich, bis nur noch Gallenflüssigkeit kam. Sie spülte den Mund aus, reinigte die Toilette und öffnete das Fenster. *Die Fotos!* Sie hatte den Briefumschlag mitsamt den Fotos auf dem Couchtisch liegenlassen. Hoffentlich war Dominik nicht heruntergekommen! Sie verließ das Gäste-WC und musste sich an den Türrahmen lehnen, um den Schwindel zu überwinden, sie hatte sich zu schnell bewegt. Dann ging sie langsam durch den Flur, hielt sich an der Wand fest und betrat das Wohnzimmer. Der Briefumschlag lag auf dem Tisch, und von Dominik oder einem anderen Familienmitglied war nichts zu sehen. Sie setzte sich auf den Sessel, sah auf ihre zitternden Hände, und starrte die Fotos an.

Wo blieb nur Niklas? Er hätte schon längst zu Hause sein müssen. Ob sie ihn anrufen sollte? Sie musste jetzt mit jemandem sprechen. Oder Michael? Helene?

Ihr Mann nahm ihr die Entscheidung ab; sie hörte einen Schlüssel in der Haustür und Niklas kam ins Wohnzimmer. Niklas war Redakteur bei der lokalen Zeitung. Mit seinen einundfünfzig Jahren war er zwei Jahre älter als Nora. Er hatte ein markantes Gesicht, eine sportliche Figur, trotz der zusätzlichen Juliette-Kilos, seine dunklen Haare zeigten am Hinterkopf eine immer größer werdende kahle Stelle. Niklas trug eine Brille mit schwarzem Rahmen, die ihm ein intellektuelles Aussehen gab.

»Was ist los?«, fragte er, als er ins Wohnzimmer trat und Nora zusammengesunken auf dem Sessel sah. Rasch ging er zu ihr. »Du bist ja leichenblass? Was ist passiert?«

Nora wies mit dem Kopf auf den Briefumschlag, der auf dem Wohnzimmertisch lag, die Fotos hatte sie darunter geschoben, damit ihre Kinder, falls sie ins Zimmer kamen, sie nicht sofort sahen.

Ihr Mann nahm die Fotos in die Hand. »O nein!«, stieß er aus und ließ sich auf das Sofa plumpsen. »Wir jetzt auch! Wie bei Michael! Wer ist das bloß? Und was will er?«

»Ich weiß es nicht«, antwortete Nora mit dünner Stimme. »Der will uns etwas demonstrieren. Dass er unseren Sohn sieht, unsere Enkeltochter. Dass er sie beobachtet. Dass er sie verletzen könnte? Töten?«

Mit schreckgeweiteten Augen sah sie Niklas an.

»Lag da irgendeine Forderung bei?«, fragte Niklas. »Will er Geld?«

»Nein, nix«, antwortete Nora mit müder Stimme. »Genau wie bei Michael, der Brief enthielt nur die Fotos. Kommt vielleicht noch.« Sie fuhr sich mit der Hand über die Augen.

»Ich rufe Helene an«, sagte sie und nahm ihr Handy. Sie telefonierte kurz mit ihrer Schwester und beendete bald darauf das Gespräch.

»Helene hat keine Fotos bekommen«, erzählte sie. »Muss ich sagen: Noch nicht?«

Kapitel 3

Zwei Tage später rief Helene ihre Schwester an. Es war kurz vor Mittag. Nora saß in ihrem Büro und hatte wenige Minuten zuvor ein Meeting mit ihrem Team beendet. Ihre nächste Besprechung stand an, aber als sie den Namen ihrer Schwester im Display ihres Handys sah, nahm sie das Gespräch sofort an. Sie hatte ein Einzelbüro und die Bürotür wegen der Meetings geschlossen, daher konnte niemand mithören.

»Zwei Fotos von Hanna!«, erzählte Helene mit erregter Stimme. »Wie sie in der Straßenbahn sitzt, auf dem Weg zur Uni. Das Zweite zeigt sie beim Aussteigen aus der Straßenbahn. Genau wie bei dir und Michael, auf weißem Papier gedruckt. Und kein Anschreiben, nur die Fotos.«

»An wen war der Brief adressiert? An dich?«, fragte Nora.

»Ja, Helene Gruner. Meine Adresse. Mit dem Drucker auf einem Adressaufkleber gedruckt. Kein Absender. In Bergisch Gladbach aufgegeben.«

»Genau wie bei mir, mein Name, meine Adresse. Bin ja fast froh, dass der Brief nicht an die Familie adressiert war. Stell dir vor, mein neugieriger Dominik hätte den Brief geöffnet!«

Stille. Nora überlegte fieberhaft. »Was soll das bloß bedeuten?«, fragte sie mit kläglicher Stimme.

»Ich habe keine Ahnung«, antwortete Helene. »Will uns jemand in Angst und Schrecken versetzen? Das ist ihm gelungen.« Sie schnaubte wütend. »Hanna hat endlich Schluss mit diesem blöden Daniel gemacht, der sie überhaupt nicht zu schätzen wusste. Ich war froh, dass in unserer Familie alles in Ordnung ist, und jetzt dieser ominöse Briefschreiber!« Beide schwiegen.

»Ich werde nachher Elias und Hanna davon erzählen«, fuhr Helene nach einer Pause fort. »Sie sind erwachsen und haben ein Recht, davon zu erfahren.«

»Du hast recht.« Nora stimmte sofort zu. »Ich hab auch schon drüber nachgedacht. Insbesondere, da bei Timo ja möglicherweise sein Töchterchen bedroht wird. Ich wundere mich, dass ich noch keine Fotos von der Kleinen bekommen habe.« Sie dachte einen Moment nach. »Und wenn du Elias davon erzählst, erfährt meine Sarah es sowieso sofort.«

Helenes vierundzwanzigjähriger Sohn Elias, der in Köln BWL studierte, und Noras ein Jahr jüngere Tochter Sarah hatten schon immer ein enges Verhältnis, enger als zu ihren Geschwistern. Sie waren gute Freunde, erzählten sich von ihren Problemen mit ihren Partnern und waren schon ein paar Mal zusammen in Urlaub gefahren. Nora runzelte die Stirn. »Und ich muss es vermutlich auch Dominik erzählen, in einer abgeschwächten Form, irgendwie ‚da macht jemand einen schlechten Scherz‘ oder so.«

»Ich rufe Michael an und sag ihm Bescheid«, erwiderte Helene. »Dann soll er auch seinem Leon davon erzählen, am besten stellt er es ebenfalls als schlechten Scherz hin.«

»Könntest du Karin anrufen?«, fragte Nora. »Sie sollte ja baldmöglichst Bescheid wissen, bevor sie mit einem ihrer Enkel spricht. Und bei mir wird es eng, mein Meeting hat vor fünf Minuten begonnen.«

»Jaja, mach ich«, erwiderte Helene mit verdrossener Stimme. »Ich hab ja schließlich mehr Zeit als du.«

Das saß! Bei den Zwillingsschwestern gab es manchmal unterschwellig einen Konkurrenzkampf, wer von beiden den interessanteren oder wichtigeren Job hatte. Beide hatten sie Managementpositionen inne, aber während Helene bei der Stadt ein kleines Team von Bauingenieuren leitete, führte Nora ein großes internationales Team von IT-Spezialisten.

»Am besten setzen wir uns heute Abend kurz zusammen«, schlug Nora vor. »Wir zwei, Michael, und eventuell unsere Männer.«

»Gute Idee«, sagte Helene. »Da können wir besprechen, wie wir weiter vorgehen. Äh – was ist mit Mama? Sollte sie dabei sein?«

»Ich denke nicht«, antwortete Nora. »Sonst müssen wir uns nur ihre giftigen Bemerkungen gegenüber Michael anhören.« Helene ließ ein leises Lachen erklingen, dann verabschiedeten sich die Schwestern und beendeten das Gespräch.

Nora seufzte auf und wählte sich in ihr nächstes Meeting ein. Während eines längeren Beitrags eines Kollegen schickte sie eine kurze WhatsApp an ihre Geschwister:

»Heute Abend Treffen bei mir? 20 Uhr? Wir müssen besprechen, wie wir weiter vorgehen. Ihr könnt eure Partner mitbringen, wenn ihr wollt.«

Helene klingelte pünktlich um 20 Uhr an Noras Haustür. Die beiden Schwestern umarmten sich innig. »Beängstigend!«, sagte Helene leise. Sie trug eine braunkarierte Stoffhose, dazu ein braunes T-Shirt mit Wasserfallkragen. Wie immer war sie wenig geschminkt und trug als Schmuck lediglich eine goldene Armbanduhr und Perlenstecker an den Ohren. Helene bevorzugte ‚erdfarben‘, im Unterschied zu ihrer Schwester. Nora trug eine gelb-bunte Hose mit einem sonnengelben T-Shirt. Die Schwestern sahen sich immer noch sehr ähnlich, auch wenn ihre Kleidung und die Frisuren unterschiedlich waren. Helene hatte sich vor wenigen Wochen eine flotte Kurzhaarfrisur schneiden lassen, in ihren brünetten Haaren dominierten die Grautöne immer mehr. Im Unterschied zu ihrer Schwester schminkte Nora sich stets sorgfältig und trug gerne Schmuck. Sie färbte seit Jahren ihre Haare, zurzeit waren sie kastanienrot. Seit ihrer frühen Jugend musste Nora Hörgeräte tragen, nach einer schweren Mittelohrentzündung war ihr Hörvermögen auf beiden Seiten reduziert. Mit den Hörgeräten kam sie gut klar, sie achtete allerdings darauf, dass ihre Haare immer so geschnitten waren, dass die Hörgeräte verdeckt wurden.

Michael kam zehn Minuten nach seiner Schwester. Niklas empfing seinen Schwager und ging mit ihm die Treppe hoch zum Arbeitszimmer, wo seine Frau und Helene warteten.

»Hi!« Nora umarmte ihren Halbbruder, Helene tat es ihr nach.

»Zehn Minuten zu spät, wie immer.« Nora grinste und nahm damit ihren Worten die Schärfe. Die beiden Frauen saßen auf den Schreibtischstühlen von Nora und Niklas, Niklas hatte für Michael und sich selber zwei Regisseursstühle heraufgebracht und damit das kleine Arbeitszimmer so vollgestopft, dass man sich kaum bewegen konnte. Nora hatte Saft, Mineralwasser, alkoholfreies Bier und Pistazienkerne bereitgestellt.

»Ich hab mir folgende Agenda für unser Meeting überlegt«, sagte Nora, nachdem sie einen Schluck Bier getrunken hatte.

Wie immer geht sie planmäßig vor, die Managerin, dachte Helene und grinste unmerklich.

»Also: Wir berichten, wie unsere Kids auf die eigenartigen Briefe reagiert haben. Dann überlegen wir, was wir tun müssen, um gegebenenfalls ihre Ängste zu reduzieren. Das sollte ja sorgfältig abgestimmt sein, da es unter unseren Kids einige Kontakte gibt. Nicht dass wir uns widersprechen. Und anschließend besprechen wir, wie wir weiter vorgehen, also bezüglich Polizei, Lara, irgendwelche Schutzmaßnahmen und so weiter.«

Die anderen nickten, Michael rutschte in seinem Stuhl herum und suchte offenbar nach einer bequemeren Stellung.

»Wir müssen auch besprechen, ob wir oder die Kids irgendetwas ändern sollten«, ergänzte er. »Ob wir die Jungs zur Schule oder zum Sport begleiten, zum Beispiel.«

»Gute Idee«, stimmte Niklas zu. »Und wir dürfen Juliette nicht vergessen!«

»Also zuerst der Bericht von den Kids«, sagte Nora und sah die anderen tadelnd an.

Nora bringt uns zurück zu ihrer Agenda, dachte Helene und nickte zustimmend mit dem Kopf.

»Timo war ziemlich erschrocken«, erzählte Nora. »Er hat natürlich sofort an seine Melina gedacht, und was der Unbekannte ihr antun könnte. Er ist von uns allen sicher derjenige, der durch die Entführung der Kleinen im letzten Jahr am stärksten traumatisiert ist.«

»Hast du Juliette auch von den Fotos erzählt?«, fragte Helene.

Nora nickte. »Ja klar, sie muss ja besonders aufpassen. Sie hat etwas von einer Pistole gefaselt, die sie sich beschaffen will. Ich hab sie dann beruhigt und erklärt, dass eine Pistole bestimmt nicht hilft. Juliette will vorerst nicht mehr in den Park gehen.« Sie verzog das Gesicht. »Sie hat doch seit ein paar Wochen einen Freund, der trainiert regelmäßig im Fitness-Studio, und Juliette meinte, er würde sie beschützen. Na ja. Mit Sarah konnte ich nur telefonieren, sie kommt vermutlich nächstes Wochenende nach Hause. Sie hat eher entspannt reagiert, vielleicht fühlt sie sich in Münster weniger bedroht.« Ihre dreiundzwanzigjährige Tochter studierte Energie- und Umweltmanagement in Münster und wohnte mit zwei

Kommilitonen in einer Wohngemeinschaft. »Tja, und Dominik fand das Thema eher spannend. Obwohl er ja letztes Jahr, als Melina entführt wurde, zeitweise ziemlich verzweifelt war. Vermutlich nimmt er die Bedrohung nicht richtig ernst. – Jetzt zu euch.« Auffordernd sah sie ihren Bruder an.

»Ja, Leon hat ähnlich wie Dominik reagiert«, sagte Michael. »Er überlegt, mit Karate anzufangen.« Alle lachten. Das Lachen entspannte die Situation etwas, auch wenn es in Noras Ohren eine Spur künstlich klang. Helene schenkte sich Saft ein und trank einen Schluck, Michael nahm eine Handvoll Pistazienkerne und entfernte die Schalen.

»Greta war allerdings sehr alarmiert«, fügte Michael hinzu und zog ein finsteres Gesicht. »Wir hatten richtig Streit, weil sie sagte, in meiner Familie würde zu viel passieren, da würde sie überlegen, sich einen anderen Lebensgefährten zu suchen.« Er war seit über zwei Jahren mit Greta zusammen, vor einem Jahr war sie bei ihm eingezogen. Die beiden hatten sich über eine Dating-App kennengelernt, und es hatte auf Anhieb bei ihnen gefunkt.

»Meint sie das etwa ernst?«, fragte Helene entrüstet.

»Ich bin nicht sicher«, antwortete Michael mit einem Achselzucken. »Jetzt zu dir.«

»Also, Elias war ziemlich entspannt«, berichtete Helene. Ihr Ältester wohnte noch zu Hause. »Er sagte, da hätte jemand von Melinas Entführung letztes Jahr gelesen und wollte sich wichtigtun. Interessanter Gedanke. Er musste mir aber trotzdem versprechen, vorsichtig zu sein. Und Hanna? Tja, ihr kennt sie ja. Sie hat ziemlich erschreckt reagiert, laut überlegt, ob sie lieber zu Mark ziehen soll. Ich weiß auch nicht, denkt sie, dass sie da sicherer ist? Bei seinen Arbeitszeiten?«

Hanna war seit einigen Monaten mit dem neunundzwanzigjährigen Mark zusammen. Mark arbeitete als Notfallsanitäter und hatte lange und unregelmäßige Arbeitszeiten.

»Und außerdem hab ich den Eindruck, dass Mark nicht wirklich Hannas große Liebe ist«, fügte Helene hinzu. »Er ist für sie ein guter Freund, nicht viel mehr. Mit ihm zusammenzuziehen könnte das Ende dieser schönen konfliktarmen Beziehung bedeuten.« Sie schenkte sich etwas Mineralwasser in ein Glas und nahm einen Schluck.

»Ach, übrigens hat Cordula sich gemeldet«, verriet sie. »Hanna hat mir das eben erzählt, als ich mit ihr über den Erpresser gesprochen habe. Cordula hat Hanna tatsächlich am Tag nach ihrem Geburtstag vor zwei Wochen angerufen.«

»Wer ist Cordula?«, fragte Michael verständnislos.

»Meine Ex-Schwägerin«, antwortete Helene. »Die Schwester meines verstorbenen Mannes. Die Frau geht mir furchtbar auf die Nerven. Wir haben kaum Kontakt mit ihr, ich weiß gar nicht, wann ich die das letzte Mal gesehen habe. Meines Wissens war der letzte Kontakt im vergangenen Jahr, als Cordula von Hanna mehr über die Entführung von Melina wissen wollte.«

»Aha«, antwortete Michael und sah etwas irritiert aus. »Die spielt hier aber keine Rolle, oder?«

Helene schüttelte entschieden den Kopf. »Nein, die will meinen Kindern bestimmt nichts antun. Die wollte damals, als mein Mann Thomas gestorben ist, unbedingt zu mir ziehen und sich um die armen Halbwaisen kümmern. Ich konnte sie nur mit Mühe davon abbringen.«

»Okay«, sagte Michael. »Und was sagen eure Männer?«

»Niklas meint, wir haben schon Schlimmeres überstanden«, erzählte Nora mit einem entrüsteten Unterton.

Niklas räusperte sich. »Äh, ich bin zufällig ebenfalls hier«, sagte er und warf einen vorwurfsvollen Blick auf

34

seine Frau. »Allerdings nehme ich diesen Briefschreiber wirklich nicht ernst, das sieht mir nach jemandem aus, der uns nicht mag und lediglich erschrecken will.«

»Sandro ähnlich«, ergänzte Helene mit finsterem Gesicht. »Er sagte, ich soll mich nicht aufregen, da erlaubt sich jemand einen Scherz oder so. Ich hatte ihn gefragt, ob er heute Abend mitkommen will, aber er hatte kein Interesse. Da ist irgendein wichtiges Fußballspiel im Fernsehen von der Serie A oder so.« Sandro war gebürtiger Italiener, er war Helenes zweiter Ehemann, Lehrer von Beruf und verstand sich ausgezeichnet mit Helenes erwachsenen Kindern.

»Okay, wie gehen wir weiter vor?«, fragte Nora. Sie holte tief Luft. »Polizei, Lara, Personenschutz, in ein anderes Haus oder eine andere Stadt ziehen – was für Optionen gibt es noch?«

Auffordernd sah sie ihre Geschwister an.

»Äh, übertreibst du da nicht etwas?«, fragte Helene und runzelte die Stirn. »Wir wissen doch gar nicht, was der Typ, oder die Frau, mit diesen Briefen erreichen will. Jetzt sofort in eine andere Stadt zu ziehen, kommt mir vor, wie mit Kanonen auf Spatzen zu schießen.«

»Ich hab doch nur mal einige Optionen aufgezählt«, gab Nora scharf zurück. »Was schlägst du denn vor?« Mit zusammengezogenen Augenbrauen sah sie ihre Schwester an.

»Ist ja gut«, Helene hob begütigend die Hände. »Ehrlich gesagt, denke ich, dass wir zunächst gar nichts Besonderes tun sollten. Die Kids alarmieren, so dass alle besser aufpassen. Das haben wir bereits gemacht, und wir sollten gemeinsam ein paar Verhaltensmaßregeln für sie zusammenstellen. Dass Juliette nicht mehr in den Park geht, die nächste Zeit jedenfalls nicht. Dass keiner abends alleine mit dem Fahrrad fährt. Solche Sachen.« Sie sah von Nora zu Michael und Niklas und wieder zurück.

»Okay, ich schreib ein paar Punkte zusammen.« Nora klappte ihren Laptop auf und öffnete ein leeres Word-Dokument.

»Hast du vielleicht ein paar Chips?«, fragte Michael. »Bei Problemen krieg ich immer Heißhunger auf Chips. Egal, welche Sorte.«

Helene grinste.

»Nee, tut mir leid«, antwortete Nora. »Dominik hat doch mit Pickeln zu tun, und seit er keine Chips mehr isst, sind die viel besser geworden. Darum haben wir natürlich keine mehr im Haus. Ich finde es gut, dass er das so durchzieht.«

»Klar«, sagte Michael. »Kein Problem. Leon kriegt auch Pickel, vielleicht sollte er ebenfalls auf Chips verzichten.«

Nora nickte. »Ist den Versuch wert«, sagte sie. »Aber jetzt weiter mit unseren Verhaltensmaßregeln.« Sie sah in die Runde. »Also: nur belebte Orte besuchen. Immer mit Freunden zur Schule, nach Hause, zum Fußballplatz, zum Spielen gehen. – Was sollen die Jungs bloß ihren Freunden erzählen?« Nora sah in die Runde.

»Dass wir das verlangen, weil – äh? Sich letztens einer verletzt hat? Verirrt?« Helene stockte.

»Die Jungs können sich doch selber was überlegen«, schlug Michael vor und erntete begeisterte Zustimmung.

»Hast recht«, sagte Nora. »Also weiter. Handy immer griffbereit halten. Auf die Akkuladung achten. Auf das Gefühl hören – wenn euch etwas seltsam vorkommt, lauft weg. Das betrifft auch die Großen.«

Sie überlegten weiter und hatten schließlich eine Liste erstellt.

- nur belebte Orte besuchen
- immer mit Freunden zur Schule, nach Hause, zum Fußballplatz, zum Spielen
- immer mit Freunden in den Club, Kino usw.
- im Fall des Zweifels Taxi oder Uber rufen

- Handy griffbereit, Akku geladen
- auf das Gefühl hören
- keinesfalls den/ die Mutigen spielen
- nicht auf die letzte Minute losgehen, damit Zeit bleibt, die Umgebung zu kontrollieren
- scheut euch nicht, die Polizei zu verständigen, wenn euch etwas seltsam vorkommt; ggf. mit Handy fotografieren
- ?

»Na ja, also alles werden die Kids sicher nicht befolgen«, sagte Helene nach einem langen Blick auf die Liste. »Aber es geht ja darum, sie zu sensibilisieren – dafür finde ich die Aufzählung gelungen.«

Zustimmung von ihren Geschwistern und Niklas.

»Was ist mit den Partnern?«, fragte Helene. »Hanna hat Mark vermutlich schon von den Briefen erzählt, und ich denke, Elias hat bei seiner langjährigen Freundin Lea auch gepetzt.«

»Ich fürchte, dass Sarah ihren WG-Partnern ebenfalls davon erzählt«, sagte Nora. »Ist andererseits gar nicht schlecht, dann passen die genauso auf.«

»Ob Timo der Michelle davon erzählen sollte?«, fragte Niklas. »Möglicherweise steckt sie oder ihre Familie doch dahinter.«

»Also, jetzt übertreibst du aber«, wies Nora ihn scharf zurecht. »Wir müssen Timo überlassen, ob und was er ihr erzählt«, schloss sie mit einem weiteren wütenden Blick auf ihren Mann.

»Ich informiere unsere Mutter«, bot Helene an. »Ich wollte ihr heute Nachmittag von den Briefen erzählen, aber da hatte sie keine Zeit. Ist vielleicht besser, jetzt kann ich ihr sagen, wie wir mit diesem Thema umgehen. Ich rufe sie gleich an, wenn ihr gegangen seid. Und ich werde versuchen, das Ganze möglichst herunterzuspielen.«

»Danke!« Nora lächelte ihre Schwester an.

»Sollten wir die Polizei informieren?«, fragte Helene. »Die bieten doch Beratung an, gegen Einbruch zum Beispiel. Die können uns möglicherweise empfehlen, was wir tun sollen, oder nachprüfen, ob es ähnliche Vorfälle gibt oder gab.«

»Ich weiß nicht«, Niklas zog ein unschlüssiges Gesicht. »Was sollten die uns empfehlen, was uns noch nicht in den Sinn gekommen ist? Ich finde unsere Liste mit Verhaltensregeln schon ziemlich vollständig. Und unsere Kinder beschützen, das können die sicher nicht, dafür haben die gar keine Kapazitäten.«

»Na ja, die könnten vielleicht häufiger einen Streifenwagen in unsere Straßen schicken«, entgegnete Helene. »Da würde ich mich etwas sicherer fühlen.«

»Ja, aber wir wohnen doch entfernt voneinander«, sagte Michael. »Da kommt höchstens einmal am Abend eine Polizeistreife vorbei. Das schreckt niemanden ab.«

»Ich sehe das genauso«, sagte Nora. »Helene, tut mir leid, aber ich glaube, die Polizei wird in diesem Fall überhaupt nichts tun. Wenn wirklich weitere Briefe kommen, dann informieren wir die Polizei, einverstanden?«

Helene nickte zögernd.

»Also gut«, sagte Michael. »Keine Polizei. Aber wir sollten jeden Abend in unserer WhatsApp-Gruppe einen kurzen Status abgeben, am besten um zwanzig Uhr, ob es irgendetwas gab, selbst wenn es nur eine Kleinigkeit gibt. Einverstanden?« Michael sah zu seinen Schwestern. Beide nickten zustimmend.

»Wir sollten auch mal eine Analyse des Täters anfertigen«, schlug Helene vor. »Wie alt ist der, was will er, Charakteristika und so weiter.«

»Ich denke, der hat keinen Job«, antwortete Niklas. »Der ist entweder Rentner oder arbeitslos. Mit einem normalen Job könnte der die Fotos gar nicht machen.«

»Gute Idee, Helene«, antwortete Michael. »Aber heute kann ich nicht mehr zu einer Analyse beitragen. Ich bin ziemlich erledigt, irgendwie geht mir dieses Thema an die Nieren, dazu der Krach mit Greta – ich kann mich heute nicht mehr konzentrieren.«

»Dann lass uns doch morgen oder übermorgen noch mal treffen, und jeder von uns stellt ein paar Punkte zu dem Unbekannten zusammen, einverstanden?«, schlug Niklas vor.

Alle nickten. Kurz danach war das Meeting beendet.

Kapitel 4

An den folgenden drei Tagen passierte nichts Besonderes. Nora meldete sich am Montagmorgen im Büro und verkündete, dass sie eine böse Erkältung hätte und die nächsten zwei Tage im Homeoffice arbeiten würde. Tatsächlich war sie fit und wurde von einem schlechten Gewissen ob ihrer Schwindelei geplagt, aber sie wollte flexibel sein, falls es neue Briefe gab. Vormittags ging sie alle dreißig Minuten zum Briefkasten. Kein weißer Briefumschlag.

Dann klingelte kurz vor Mittag ihr Handy. Michael. Nora war soeben vom Briefkasten wieder zurück in ihr Arbeitszimmer gegangen. Mit einem unguten Gefühl nahm sie das Gespräch an.

»Was ist los?«, fragte sie.

»Leons Trikot wurde zerschnitten!« Michael klang alarmiert. »Ich hänge im Frühjahr und Sommer häufig die Wäsche draußen auf, statt sie im Trockner zu trocknen. Gestern Abend hatte ich sie auf der Leine vergessen. Und als ich eben die Wäsche abhängen wollte, sehe ich, dass Leons Trikot zerschnitten ist. So als hätte jemand mit einer großen Schere von jeder Seite ein paar Mal reingeschnitten. Ich hab einen Riesenschrecken bekommen, das kannst du mir glauben. Jemand war in unserem Garten!«

»In eurem Garten? Und hat das Trikot zerschnitten?«, fragte Nora ungläubig. »Was soll das denn?«

»Das hab ich mich auch gefragt«, antwortete Michael. »Das Trikot baumelte an der Wäschespinne, aber ich hab sofort die Fetzen herunterhängen gesehen.«

»Hm, man kann ja einfach von der Rückseite über den Zaun steigen«, überlegte Nora. Michael wohnte in einem Reihenhaus mit einem kleinen Garten. An der Rückseite des Gartens führte ein schmaler Fußweg vorbei. »Wenn da jemand mitten in der Nacht über den Zaun klettert, kriegt das kaum jemand mit.« Sie grübelte. »Aber ins Haus könnte man doch über den Garten nicht gelangen, oder?«, fragte sie.

»Nein, natürlich nicht«, antwortete Michael rasch. »Wir haben nachts die Fenster und die Terrassentür im Erdgeschoss geschlossen und im ganzen Haus die Rollos unten. Da kann keiner rein.«

Schweigen.

»Das ist ziemlich massiv«, ergänzte Michael. »Der demonstriert uns seine Macht. Dass er einfach in meinen Garten eindringen kann. Zerschneidet das Trikot meines Sohnes. Ich finde das total bedrohlich.«

»Ja, es ist definitiv eine Steigerung von den Fotos zur Zerschnippelung von Leons Fußballklamotten«, sagte Nora. »Irgendwie eine subtile Steigerung. Ich frage mich, was als Nächstes kommt. Oder hast du noch einen Brief bekommen?«

»Nein, nichts«, antwortete Michael. »Ich mache zurzeit überwiegend Homeoffice und sehe dauernd in meinem Briefkasten nach. Die zerschnittene Wäsche hab ich erst spät bemerkt, ich hab die Sachen absichtlich noch was hängen lassen, damit sie nach der feuchten Nacht trocknen. Der Typ ist ganz schön raffiniert!«

Nora meinte, eine leichte Bewunderung in der Stimme ihres Bruders zu hören.

»Vermutlich hat er viel Zeit auf die Planung seiner Bedrohung verwandt«, überlegte sie. »Und auf seine nächsten Schritte.«

»Was kommt denn noch?«, fragte Michael mit Frust in der Stimme. »Auf jeden Fall will ich keinesfalls, dass nochmal jemand unbemerkt in meinen Garten steigt. Ich fahr gleich los und besorge Kameras, die werde ich heute installieren«, erklärte er. »Soll ich dir welche mitbringen? Ich frage auch Helene.«

Nora schüttelte sich, sie musste sich aus ihrer Erstarrung lösen. »Äh, ja, klar, gute Idee«, brachte sie hervor. »Das ist total nett von dir. Timo kann die sicher bei uns anbringen. Und Helene ist ja handwerklich begabt, die wird die selber installieren.«

Das war einer der Unterschiede zwischen den Zwillingsschwestern. Helene war Bauingenieurin und praktisch begabt, sie erledigte alle kleineren handwerklichen Dinge in ihrem Haushalt. Nora war IT-Managerin und die handwerklichen Dinge überließ sie meistens ihrem Sohn Timo.

Zwei Stunden später kam Michael mit den Kameras zu Nora.

»Ich werde mir einen Hund zulegen«, berichtete er, während er die Kameras an Nora überreichte. »Leon wünscht sich schon so lange einen Hund, und er verspricht die ganze Zeit, dass er sich drum kümmern wird. Also fahre ich nachher mit ihm zum Tierheim und wir suchen uns einen Hund aus. Helene hat ihren Carlos doch auch aus dem Tierheim und ist total happy mit ihm.«

»Du weißt schon, dass du den Hund nicht sofort mitnehmen kannst, oder?«, fragte Nora. »Soviel ich weiß, musst du da einige Fragen beantworten, die Mitarbeiter kommen zu dir nach Hause, und danach, also Tage später, kriegst du einen Hund erst mal nur zur Probe.«

»Das weiß ich«, knurrte Michael und zog ein unwilliges Gesicht. »Aber es ist mir wichtig, dass ich heute etwas tue, dass ich aktiv werde und anfange, meinen Sohn zu beschützen. Und mit einem Hund im Haus werden wir uns viel sicherer fühlen. Der würde ja bellen, wenn jemand im Garten ist.«

»Stimmt«, sagte Nora. »Äh – wie ist das mit Greta? Sie mag doch keine Hunde, oder?«, fragte sie und sah ihren Bruder forschend an. »Das hat sie doch letztens erzählt, als wir bei Helene waren. Carlos wollte dauernd zu ihr, aus welchen Gründen auch immer, und Greta hat erzählt, dass sie Hunde nicht mag. Die wären ihr zu dreckig, zu unterwürfig und würden nur Schmutz im ganzen Haus verursachen. Ich fand das ziemlich heftig, aber du warst da, glaube ich, woanders.«

»Das hab ich wirklich nicht mitgekriegt«, antwortete Michael. »Ich weiß, dass Greta keine Hunde mag. Aber das spielt jetzt keine Rolle. Dann muss sie sich halt an einen Hund gewöhnen. Das wird sie schon hinkriegen.« Michael zog ein unwilliges Gesicht.

Nora gab keinen weiteren Kommentar ab. Greta wohnte seit einem Jahr bei Michael. *Ihre Abneigung gegen Hunde hatte sie sehr klar formuliert.* Und Nora fragte sich, ob Greta mit einem Hund im Haus bei Michael bleiben würde. *Was bedeutete Greta ihrem Bruder überhaupt?* Sie mochte Michaels Lebensgefährtin und war der Ansicht, dass die beiden gut zusammenpassten. Ihres Wissens nach kam Greta sehr gut mit Leon aus, mit ihrer ruhigen zurückhaltenden Art, ohne jemals die Stiefmutter herauszukehren.

Was dieser Erpresser alles in ihrer Familie anrichtete!

»Was ist denn jetzt mit der Polizei?«, fragte sie ihren Bruder. »Das ist doch etwas anderes als die Briefe mit den Fotos, irgendwie bedrohlicher. Sollen wir die mal um Rat fragen?«

»Ich weiß nicht«, antwortete Michael mit mürrischer Miene. *Die Diskussion über Greta hat ihm nach dem zerschnittenen Trikot den Rest gegeben*, dachte Nora.

»Die werden sagen, dass das Trikot von irgendjemandem zerschnippelt worden sein kann, nichts deutet auf den Briefschreiber hin«, sagte er. »Das kann jemand sein, mit dem Leon sich gestritten hat, oder ein Fußballkumpel, der neidisch ist, weil Leon so oft bei ihren Spielen eingesetzt wird. Nein, damit zur Polizei zu gehen, bringt überhaupt nichts.«

Abends informierte Nora ihren Sohn über das Geschehen und zeigte ihm die Kameras. Timo sah sie erschreckt an, gab aber keinen weiteren Kommentar ab. Er besprach mit seiner Mutter die Position der drei Kameras – eine an der Haustür, zwei im Garten, und begann sofort mit der Installation.

»Wir sollten alle die zugehörige App auf unsere Handys laden«, erklärte er. »Dann kann jeder von uns zwischendurch die Kameras kontrollieren. Du kannst auch einen Alert aktivieren, damit du sofort siehst, wenn jemand an der Haustür ist. Ich werde aktive Zeiten für die Gartenkameras festlegen, sonst werden wir mit Alerts zugeschüttet.« Nora installierte die App, während Timo mit Juliette sprach und die App ebenfalls auf dem Handy des Kindermädchens installierte.

Dominik richtete die App auf seinem Handy ein, startete sie und entdeckte einen weiteren Vorteil der Kameras: »Jetzt sehen wir, was Nina im Garten treibt«, sagte er. »Und wir finden ihre Freunde.« Nina, die neben ihm auf der Couch saß, sprang auf den Boden, zog einen Buckel und rannte zur Terrassentür. »Sie warnt die anderen Katzen«, kommentierte Dominik und alle lachten.

Kapitel 5

Endlich zeigte sich, was der anonyme Briefschreiber mit seinen Briefen und dem zerschnittenen Trikot erreichen wollte.

Zwei Tage nach dem Eindringen in Michaels Garten erhielt Helene den nächsten Brief. Sie arbeitete von zu Hause und hatte bereits zweimal den Briefkasten auf Post überprüft. Beim dritten Mal leuchtete er ihr entgegen: weiß, ihre Adresse auf einem Adressaufkleber, kein Absender. Rasch holte sie ihn heraus, verschloss den Briefkasten, eilte ins Haus und die Treppe hinauf, zu ihrem Arbeitszimmer. Sie wollte den Brief nicht in ihrem Wohnzimmer, in dem sie schöne Stunden mit der Familie verbrachte, öffnen. Es käme ihr vor, als würde sie die ,gute Stube' beschmutzen.

Helene setzte sich an ihren Schreibtisch, atmete tief durch und schlitzte vorsichtig den Briefumschlag auf. Kurz hatte sie überlegt, ob sie den Brief lieber im Garten öffnen sollte, im Fall es wäre etwas Gefährliches darin, ein Gift oder Ähnliches. Aber das kam ihr dann doch albern vor, und es passte nicht zu den bisherigen Briefen.

Ein weißes Blatt, zweifach gefaltet, wie beim letzten Brief. Sie entfaltete den Brief. Keine Anrede.

20.000 €. In kleinen Scheinen. Details folgen. Wenn du nicht zahlst, werden deine Kinder bezahlen. Keine Polizei.

Entsetzt ließ Helene den Brief fallen, als hätte sie sich verbrannt. Das weiße Blatt flatterte langsam auf den Laminatboden. Sie schlug die Hand vor den Mund, ihr Herz klopfte bis zum Hals. »Neiiiin!«, stöhnte sie. *Jetzt wusste sie endlich, was der Unbekannte wollte. Geld. Er wollte Geld erpressen. Und der Erpresser hatte klar geschrieben, dass er es auf die Kinder abgesehen hatte. Wenn sie nicht zahlte, würde er ihren Kindern etwas antun. Ihrem Elias oder ihrer Hanna. Das durfte nicht passieren!*

Sie musste mit jemandem sprechen! Sie straffte die Schultern, griff zum Handy und rief ihren Mann an. Sie landete auf der Mailbox. »Ja klar!«, fluchte sie. Es war Vormittag, da war Sandro vermutlich im Unterricht. *Hatten wir nicht vereinbart, dass wir immer erreichbar sind?*, fragte sie sich verärgert.

Nora! Bevor sie ihre Schwester anrufen konnte, klingelte ihr Handy.

»Was ist los?« Nora klang alarmiert. »Bei dir ist doch was passiert, richtig?«

Seit ihrer frühen Jugend hatten die Zwillingsschwestern eine enge Verbindung und spürten, wenn die andere großen Emotionen unterworfen war, großen Ängsten oder auch Freuden. Diese telepathische Beziehung war den anderen Personen in ihrer Familie stets etwas suspekt.

»Ich hab wieder einen Brief bekommen«, flüsterte Helene. *Warum flüsterte sie?* Sie war allein in ihrem Arbeitszimmer. Rasch räusperte sie sich und sprach in normalem Ton. »Sorry, der hat mich fast umgehauen«, erklärte sie und las den Brief ihrer Schwester vor.

Zunächst herrschte Schweigen am anderen Ende des Telefons, nur Noras scharfes Einatmen war zu hören.

»Wahnsinn!«, keuchte Nora. »Was soll das? Will der jetzt Ernst machen?« Nach einer kurzen Pause fuhr sie fort: »Zumindest wissen wir jetzt, dass er auf Geld aus ist. Und darauf, uns Angst einzujagen.« Sie legte eine weitere

Pause ein. »Ich bin blöderweise seit heute wieder im Büro, daher hab ich keine Ahnung, ob ich auch Post bekommen habe. Der Rest der Family ist ziemlich sicher ebenfalls außer Haus, und Juliette geht normalerweise nicht an den Briefkasten. Ist auch besser so. Hier kann ich nicht sofort weg, ich muss noch ungefähr eine Stunde bleiben.« Man hörte jemanden zu Nora sprechen. »Ich muss Schluss machen«, sagte sie hastig. »Ich melde mich bald wieder.«

Helene hielt unschlüssig das Mobiltelefon in der Hand. An Arbeiten war nicht zu denken, sie hatte die nächsten zwei Stunden kein Meeting, für das sie sich hätte zusammenreißen müssen. Sie wählte Michaels Telefonnummer.

»Was ist los?« Michael klang alarmiert.

»Ein Brief. Mit einer Geldforderung«, antwortete Helene und las ihrem Bruder den Brief vor.

»Ich fahre sofort nach Hause, kontrolliere meine Post und komme dann zu dir, okay?«, sagte Michael.

Helene hätte heulen können vor Erleichterung. Endlich konnte sie mit jemandem sprechen, persönlich, ohne Störungen von außen.

»Danke!«, hauchte sie und legte auf.

Eine Dreiviertelstunde später klingelte Michael. Helene hatte sich in der Zwischenzeit im Büro mit Unwohlsein abgemeldet, sie war unfähig, sich auf die Arbeit im Büro zu konzentrieren. Dann war sie unschlüssig im Haus herumgelaufen und hatte krampfhaft überlegt, womit sie sich ablenken könnte. Schließlich war sie in den Garten gegangen und hatte Unkraut gejätet. Bis sie feststellte, dass sie die zarten Blätter von Sonnenhüten, die sie so liebte, herausgerupft hatte. Sie stopfte sie wieder zurück in die Erde: »Sorry, war keine Absicht. Seid mir nicht böse«, flüsterte sie den Pflanzen zu und hoffte, dass sie nicht verdorrten. Sie ging ins Haus zurück, wusch sich die

Hände, setzte sich ins Wohnzimmer und blätterte in einer Zeitschrift, ohne etwas vom Inhalt aufzunehmen.

Endlich ertönte die Klingel der Haustür. Helene rannte zur Tür und öffnete ihrem Bruder, der in der Hand einen braunen DIN-A5-Umschlag hielt. Mit ernstem Gesicht umarmte er sie kurz, dann gingen sie schweigend die Treppe hinauf zu Helenes Arbeitszimmer und setzten sich nah beieinander in die Schreibtischsessel.

»Ich hab auch einen Brief bekommen.« Michael holte einen weißen Briefumschlag aus dem braunen, öffnete ihn und entfaltete einen weißen Papierbogen.

»Genau derselbe Text wie bei dir«, sagte er und hielt ihr den Brief hin. »Richtig?«

Helene nahm ihren Brief vom Schreibtisch und hielt ihn neben Michaels.

»Da hat jemand dasselbe Schreiben zweimal ausgedruckt«, stellte sie fest. »Oder dreimal, Nora hat bestimmt auch einen bekommen.«

»Und beide Briefe wurden in Aachen aufgegeben«, sagte Michael. »Was immer das jetzt bedeutet.«

Müde strich er mit der Hand über seine Augen. »Ich mag mir gar nicht vorstellen, was dieser Typ Leon antun könnte«, sagte er mit leiser Stimme. »Oder der süßen Melina. Wir hatten doch wirklich schon genug Kummer, mit der Entführung von Noras Enkelin letztes Jahr.«

Helene nickte nur, sie fühlte sich zum Sprechen nicht imstande.

Das Klingeln an der Haustür schreckte beide hoch, Helene hatte einen leisen Schrei ausgestoßen.

»Sorry!«, murmelte sie.

»Kein Grund«, wehrte Michael ab.

Helene rannte die Treppe hinunter. Nora. Leichenblass. In der Hand hielt sie einen weißen Briefumschlag.

»Du auch!«, sagte Helene mit müder Stimme. Die beiden Schwestern umarmten sich, dann gingen sie die Treppe hinauf zu Michael.

Noras Brief sah genauso aus wie der ihrer Geschwister, ebenfalls in Aachen aufgegeben.

»Das können wir nicht mehr ignorieren«, sagte Michael. »Ich hab nur Leon, ich will keinesfalls riskieren, dass ihm etwas passiert.«

»Nun ja, ich habe Timo und Sarah und Dominik und Melina, will aber bestimmt nicht, dass einem von ihnen etwas passiert.« Noras Stimme klang scharf.

»Hast recht«, antwortete Michael mit leiser Stimme und erhob beschwichtigend die Hände. »Das war eine blöde Bemerkung. Wir sind alle drei genau gleich betroffen. Aber jedenfalls sollten wir diese Briefe und die Erpressung nicht ignorieren.«

»Na ja, zunächst können wir nicht viel tun«, sagte Helene. Sie hatte sich von ihrem ersten Schrecken etwas erholt. »Es gibt ja nur diese Geldforderung, keine Details bezüglich einer Übergabe. Und woher wissen wir, dass er sich mit den drei mal zwanzigtausend Euro zufriedengibt?«

»Sind wir überhaupt sicher, dass der Erpresser von jedem zwanzigtausend Euro, also insgesamt sechzigtausend Euro, haben will?«, fragte Michael. »Ich stelle das jetzt mal in den Raum. Vielleicht verstehen wir die Briefe falsch. Vielleicht gibt er sich ja mit zwanzigtausend Euro zufrieden.«

»Tja, so ganz eindeutig ist das tatsächlich nicht«, sagte Helene. »Allerdings haben wir keine Möglichkeit, ihn zu fragen. Und jeder von uns hat eine Aufforderung zur Zahlung von zwanzigtausend gekriegt. Ehrlich gesagt, bin ich ziemlich sicher, dass der Typ von jedem von uns zwanzig Mille will.«

»Das glaube ich auch«, meinte Nora. »Zumindest sollten wir davon ausgehen. Trotzdem können wir nicht viel tun. Auch wenn uns das nicht gefällt.« Sie runzelte die Stirn. »Das heißt, wir machen gar nichts?«, fragte sie. »Gefällt mir nicht. Das ist doch jetzt nicht mehr eine latente Drohung, sondern eine massive Erpressung. ‚Wenn du nicht zahlst, werden deine Kinder bezahlen'. Das ist bedrohlich. Wir können doch nicht einfach herumsitzen und warten!«

Auffordernd sah sie ihre Geschwister an.

»Was sagtest du, wann Lara zurückkommt?«, fragte Helene ihren Bruder.

»Äh, Ende dieser Woche, glaube ich«, antwortete Michael. »Ich werde sie noch mal fragen.« Er nahm sein Handy und tippte darauf herum.

»Ich denke, wir müssen die Polizei informieren«, sagte Nora. »Auch wenn der Erpresser schreibt, keine Polizei. Das schreiben die immer.«

Schweigen. Alle drei grübelten, was zu tun war. Ein kurzes Klavierspiel unterbrach die Stille. Michael griff zu seinem Handy und las eine Whatsapp-Nachricht.

»Lara kommt morgen zurück«, sagte er. »Sollen wir solange warten? Der Erpresser hat ja keine Details genannt, der kann doch kaum erwarten, dass jeder von uns zwanzigtausend Euro zu Hause rumliegen hat. Der muss sich auf jeden Fall noch mal melden und mitteilen, wie er sich die Geldübergabe vorstellt.« Er sah seine Schwestern an. »Und so lange kann die Polizei auch überhaupt nichts unternehmen. An den Briefen gibt es bestimmt keine verwertbaren Spuren. – Was meint ihr?«

Seine Schwestern sahen sich an. Nora zuckte mit den Schultern. »Hast irgendwie recht«, sagte sie. »Unsere Erfahrungen mit der Polizei, als Melina entführt wurde, waren ja nicht so besonders. Am meisten hat mich geärgert, dass ich häufig den Eindruck hatte, die nehmen uns nicht ernst und verschweigen, was sie unternehmen.

Irgendwie hab ich keine Lust, mir das schon wieder anzutun.«

Helene nickte zustimmend. »Der Erpresser hat ja noch nicht mal geschrieben, wie oder womit wir unsere Zustimmung erklären sollen. Wie du schon sagst«, sie sah zu Michael. »Der muss auf jeden Fall noch weitere Details nennen. Dann sollten wir die Polizei hinzuziehen. Jetzt halte ich das auch für verfrüht.«

Alle drei nickten. Michael betrachtete gedankenverloren den Erpresserbrief.

Ob er da irgendwas findet?, fragte Nora sich. *Irgendetwas, das uns auf die Spur von diesem Erpresser bringt? Unsinn*, schimpfte sie sich selber aus. Dann kam ihr ein weiterer Gedanke. *Die Kinder!*

»Was machen wir mit unseren Kindern?«, fragte sie und sah abwechselnd zu Michael und Helene. »Sind wir uns einig, dass wir kein Wort zu den Kindern sagen? Das ist jetzt doch wirklich beängstigend.«

»Und wenn sie uns fragen, ob es was Neues gibt?«, entgegnete Michael. »Ich will Leon nicht anlügen.«

»Dann müssen wir uns irgendwie rausreden. So in der Richtung: keine neuen Fotos.«

»Hm«, machte Michael. »Ich probier's. Und wie üblich – wenn es was Neues gibt, informieren wir uns. Das betrifft auch die Kinder, wenn einer von denen genauer nachfragt oder so.«

Seine Schwestern nickten zustimmend.

»Ich versuche mal, herauszufinden, wie man überhaupt an zwanzigtausend Euro in bar kommt«, sagte Nora und kratzte sich am Hinterkopf. »Das ist doch heutzutage wegen Schwarzarbeit und Geldwäsche ziemlich schwierig.«

»Willst du diesem Idioten etwa Geld geben?«, fragte Helene entsetzt.

»Nein«, antwortete Nora. »Ich bin nur gerne auf alles vorbereitet.«

»Ich hab keine Idee, wie ich zwanzigtausend Euro auftreiben sollte«, erklärte Helene und ihre Wangen färbten sich rot. *Ist es ihr peinlich, dass sie weniger Geld hat als Michael und ich?,* überlegte Nora.

»Wir kriegen das schon hin«, beruhigte Michael seine Schwester. »Und ich hab auch nicht vor, diesem Erpresser Geld zu geben. Da weiß man ja nie, wann die nächste Geldforderung kommt.«

Nora und Helene nickten zustimmend. Helene schlang die Arme um sich, als würde sie frieren.

Kapitel 6

Einen Tag später traf es Dominik. Nora erhielt am Nachmittag einen Anruf von ihrem dreizehnjährigen Sohn, der drei Stunden zuvor zum Fußballtraining aufgebrochen war.

»Mein Fahrrad ist kaputt«, hörte sie seine aufgeregte Stimme. »Jemand hat die Reifen zerschnitten, da sind richtige Löcher drin. Vorne und hinten! Das war bestimmt dieser Blödmann, der euch die Briefe schickt. Wie soll ich denn jetzt nach Hause kommen? Da ist sogar der Mantel kaputt, das kann man nicht flicken. Mein schönes Mountainbike!«

»O nein!«, rief Nora aus. Ihr Herz raste. Mühsam riss sie sich zusammen, atmete tief durch und fragte betont ruhig: »Wo hast du dein Fahrrad denn abgestellt?«

»Da, wo es immer steht, neben dem Parkplatz vom Fußballplatz. Wo die anderen Fahrräder stehen. Nur meines ist aufgeschlitzt, ich hab extra bei den anderen nachgeguckt.«

»Ich rede mit Papa, ob er dich abholen kann«, sagte Nora. »Entweder er repariert dein Fahrrad oder er lädt es in sein Auto. Ich denke, er ist in einer Viertelstunde oder so bei dir.« Sie überlegte einen Moment. »Wo sind die anderen?«, fragte sie. »Deine Fußballkumpel?« *Nicht, dass Dominik jetzt allein auf dem Fußballplatz stand!*

»Die sind schon gefahren«, erzählte ihr Sohn. Sie konnte Wut in seiner Stimme hören. »Wie gesagt, da ist nichts zu reparieren, an beiden Reifen ist der Mantel kaputt, das sieht man direkt. Und die anderen; pah, keiner wollte auf mich warten, die sind alle sofort nach Hause gefahren. Selbst Jan wollte nicht warten, obwohl ich ihn extra gefragt habe. Mein bester Freund! Ich konnte ja nicht erklären, warum ich jemanden bei mir haben wollte. Du musst dir aber keine Sorgen machen, ich bin nicht allein, sondern stehe am Fußballplatz und gucke den anderen Mannschaften zu.«

»Das hast du sehr gut gemacht«, lobte Nora. »Bleib bitte da stehen, Papa oder ich kommen, so schnell wir können.«

Nora rief Niklas an, der noch in seiner Redaktion war. Ihr Mann versprach, sofort zum Fußballplatz zu fahren.

Danach informierte sie Michael und Helene.

»Die Reifen vom Fahrrad wurden mutwillig zerschnitten«, informierte Niklas sie eine Stunde später. Er hatte das Rad in den Kombi geladen und war mit Dominik nach Hause gefahren. Alle drei waren in der Küche, Dominik saß an dem erhöhten Tisch und löffelte ein Müsli. Nora brach es beinah das Herz, ihren sonst so vergnügten Sohn mit mürrischem Gesicht zu sehen. Dominik, ihr Sonnenschein! Eigentlich hatten Nora und Niklas ihre Familienplanung nach dem zweiten Kind, Timo, für beendet erklärt. Aber dann hatte Noras Spirale versagt; eine Abtreibung war für beide nicht in Frage gekommen. Und Dominik hatte seit seiner Geburt alle Herzen im Sturm erobert, auch wenn er gerne Unsinn anstellte, seine Geschwister zankte, oder im Wohnzimmer ein Chaos anrichtete. Er liebte es, aus Kartons oder Styropor ein Häuschen oder ein Labyrinth mitten im Wohnzimmer aufzubauen, das er keinesfalls wieder wegräumen wollte. Dominik, der kleine Chaot. Jetzt saß er mit gesenktem Kopf am Tisch, er hatte kein Wort gesagt, seit er mit seinem Vater nach Hause gekommen war.

»Meiner Meinung nach hat jemand mit einem scharfen Messer mehrfach in die Reifen gestochen«, ergänzte

Niklas. »Da war nichts mehr zu reparieren, hatte Dominik ja schon gesagt. Ich kaufe jetzt neue Reifen.« Niklas streichelte seinem Sohn über die Haare, nahm Nora in die Arme und drückte sie an sich. »Das Ganze ist einfach ein Albtraum!«

Sanft küsste er seiner Frau auf die Haare. »Ich hab auf dem Fußballplatz ein paar Leute angesprochen, ob sie was mitbekommen haben«, erzählte er. Nora löste sich von ihm und sah ihn an. »Aber natürlich hat keiner was gesehen. Da stehen ja ziemlich viele Fahrräder rum, und es ist ein ständiges Kommen und Gehen.«

»Sollen wir Anzeige erstatten?«, fragte Nora. »Oder zumindest eine Info in der WhatsApp-Gruppe der Fußball-Eltern veröffentlichen?«

Niklas krauste die Stirn. »Eine Anzeige hat bestimmt keinen Sinn. Erinnerst du dich, als wir letzten Herbst diesen Stein entdeckt haben, den jemand auf dem Parkplatz vor deinem Büro in die Heckscheibe deines Autos geworfen hat? Als wir bei der Polizei waren und das angezeigt haben? Über zwei Stunden haben wir dort verbracht, bis der im Ein-Finger-Suchsystem alles eingetippt hatte. Und rausgekommen ist überhaupt nichts. Die Idee mit der WhatsApp-Gruppe finde ich gut, da kannst du nichts falsch machen und keiner stellt Fragen, die du nicht hören willst.«

Er tippte eine Nachricht in sein Handy, dann fuhr er zum Fahrradladen, neue Reifen und Schläuche kaufen.

Nora versuchte währenddessen, ihren Sohn zum Reden zu bringen. Er musste über das Geschehen sprechen, um es verarbeiten zu können.

»Warum hat denn noch nicht mal Jan auf dich gewartet?«, fragte sie. »Du hast ihn doch erst letzte Woche verteidigt, als zwei Jungs aus der Parallelklasse ihn wegen seiner Eltern geärgert haben.«

»Jan ist einfach abgehauen«, antwortete ihr Sohn und sah sie nicht an. »Ich hab noch gerufen, er soll warten, aber da war er schon weg.« Dominik hob den Kopf. »Was meinst du, Mama, ob seine Eltern die Erpresser sind? Oder die informiert haben? Es gibt doch diese Gerüchte um die beiden, die Mutter würde Drogen nehmen, der Vater hätte mit der russischen Mafia zu tun. Vielleicht hat ja einer von denen die Briefe geschrieben? Und will Geld haben, für die Drogen oder die Mafia?«

Nora war entsetzt. Sie hatte die Eltern von Jan bisher nicht kennengelernt, sie waren bei keinem der Elternabende aufgetaucht, und Dominik fuhr nie zu Jan, die beiden Jungen trafen sich entweder bei Dominik oder draußen. Die Frage, ob die beiden mit der Bedrohung zu tun haben könnten, war ihr in diesem Moment auch in den Sinn gekommen. *War die Mutter wirklich drogensüchtig und brauchte Geld? Oder steckte der Vater bei der Mafia in der Klemme? Aber dass selbst ihr gutmütiger Dominik solche Gedanken hatte! Von der Geldforderung hatte sie ihm nichts erzählt. Fing er auch bereits an, allen möglichen Leuten zu misstrauen? Und wenn Jans Eltern ... Unsinn!*, schalt Nora sich. *Jetzt gehst du zu weit. Es gibt überhaupt keine Anhaltspunkte, dass Jans Eltern in die Erpressung verwickelt sind.* Aber das war ein weiterer Aspekt der Bedrohungen: Nora begann mittlerweile, jedem zu misstrauen und überlegte bei allen möglichen Leuten, ob die die Briefe geschrieben haben könnten. Und jetzt fing auch noch Dominik an, bei den Personen in seiner Umgebung zu grübeln.

»Das glaube ich kaum«, sagte sie rasch. »Erstens wissen wir nicht, ob an den Gerüchten überhaupt etwas dran ist. Und zweitens kann ich mir nicht vorstellen, dass jemand den besten Freund seines Sohnes erpresst.« Sie legte den Arm um ihren Jungen, der den Löffel auf seine halbleere Müslischale gelegt hatte. Offenbar hatte er keinen Appetit, etwas, das nur vorkam, wenn er krank war.

»Hast du Jan von dem Erpresser erzählt?«, fragte sie.

Dominik schüttelte den Kopf.

»Gut«, sagte Nora und drückte ihren Sohn kurz an sich. »Weißt du, wir dürfen jetzt nicht alle möglichen Leute verdächtigen. Ich hab mich schon dabei ertappt, dass ich selbst beim Briefträger überlege, ob er der Erpresser ist oder den mit Informationen versorgt hat.«

Ein kurzes dankbares Lächeln zeigte ihr, dass sie Dominik etwas aufgemuntert hatte. Sie fuhr fort: »Aber das dürfen wir nicht zulassen. Ich glaube kaum, dass Jans Eltern darin verwickelt sind, und das solltest du dir auch sagen.«

»Kann sein«, antwortete Dominik mit mürrischem Gesicht, stand auf und stellte seine Müslischale auf die Spülmaschine. »Ich geh nach oben und setz mich an die Spielkonsole.«

Kapitel 7

Die drei Geschwister trafen sich am selben Abend bei Helene, Niklas und Sandro waren ebenfalls dabei. Helenes Kinder waren nicht zu Hause, ihr Sohn Elias war zu Kommilitonen gefahren, und ihre Tochter Hanna hatte sich mit ihrem Freund Mark getroffen. Die Erwachsenen – Nora fiel es immer noch schwer, ihre volljährigen Kinder als ‚erwachsen' zu bezeichnen – waren unter sich. Obwohl alle ihre Kinder über die Briefe Bescheid wussten, und inzwischen auch über die zerschnittenen Reifen, wollten die Erwachsenen ihre Sprösslinge nicht in all ihre Überlegungen mit einbeziehen. Von der Geldforderung hatten sie noch keinem berichtet.

»Es ist ein Balanceakt«, sagte Nora. »Wir müssen den Kids erzählen, was los ist, ohne sie allzu sehr zu beunruhigen. Insbesondere Dominik und Leon müssen auf der Hut sein, dürfen sich aber nicht ihre Freizeitaktivitäten verderben lassen.«

»Das mit den Reifen war jedenfalls ein ernstes Zeichen«, sagte Michael und zog ein besorgtes Gesicht. Nora legte ihm beruhigend die Hand auf den Arm, aber er schüttelte sie mit einem unwilligen Laut ab.

»Wenn jemand am helllichten Tag an einem belebten Fußballplatz die Reifen eines Fahrrads zerstechen kann, ohne dass es jemand mitkriegt, was kann der noch alles anstellen?« Michael sah in die Runde. »Da ist doch ein ständiges Kommen und Gehen, die Fußballspieler, Trainer, Eltern – so viele Leute sind da unterwegs. Und keiner hat was bemerkt?«

»Tja, Dominiks Mannschaft und deren Eltern oder Trainer waren natürlich schon weg, als ich da war«, sagte Niklas. »Wir haben eine Nachricht in die WhatsApp-Gruppe von seinem Fußballteam geschickt, aber bisher keine Antwort gekriegt. Die Reifen sahen schlimm aus.« Niklas nahm sein Handy und rief die Galerie auf. »Hier«, sagte er und hielt den anderen das Display hin. »Könnt ihr euch ansehen, Fotos von den Reifen, richtig tiefe Schnitte. Das muss ein scharfes Messer gewesen sein. Insbesondere, wenn man bedenkt, dass derjenige ja nur wenig Zeit hatte, sonst wäre er womöglich gestört worden, was er vermutlich vermeiden wollte. Die Kerben sahen so aus, als hätte jemand seine Wut dran ausgelassen.«

»Na, jetzt übertreib mal nicht«, mahnte Sandro und ignorierte den finsteren Blick seiner Frau. »Aber ich stimme dir zu«, fügte er rasch hinzu, als Niklas Luft holte. »Es ist beängstigend. Es scheint so, dass der Briefschreiber Ernst macht. Und er beobachtet uns und unsere Kinder. Er weiß, wo du, Michael, wohnst. Er weiß, dass Dominik Fußball spielt und wo.«

»Seltsamerweise ist bisher keine Geldforderung mehr gekommen oder Anweisungen, wie wir das Geld übergeben sollen«, überlegte Nora und zog ihre Stirn in Falten.

»Ich glaube, der Briefschreiber will uns Angst machen«, sagte Helene und sah die anderen aufmerksam an. »Er geht eher subtil vor, erst die Briefe, dann Leons T-Shirt, jetzt Dominiks Fahrrad. Zwischendurch eine Geldforderung, ohne Details, ohne dass er von uns eine Bestätigung erwartet. Bald kommt er bestimmt erneut mit einem neuen Brief und einer Anweisung, wie wir das Geld übergeben sollen.«

»Das sehe ich genauso.« Michael stand auf, Helene vermutete, dass ihr Bruder nicht mehr auf der ferrariroten

Couch, die Sandro in ihre Ehe mitgebracht hatte, sitzen bleiben konnte. Michael lief im Wohnzimmer auf und ab.

»Und darum sollten wir vorbereitet sein«, sagte er. »Sobald die Geldforderung mit Anweisungen kommt, müssen wir wissen, wie wir reagieren. Wir müssen uns einig sein, ob wir zahlen. Falls ja, sollten wir wissen, wie wir an das Geld kommen. Oder ob wir es uns bereits vorher besorgen. Und wir brauchen einen kompetenten Menschen, der Erfahrung mit solchen Verbrechen hat. Lara.«

Die anderen nickten beifällig. »Du hast recht«, sagte Niklas. »Lara hat uns letztes Jahr bei der Entführung unserer Enkelin wertvolle Dienste geleistet. Sie wird uns auch dieses Mal helfen können.«

Nora tastete nach der Hand ihres Mannes und drückte sie. »Ganz bestimmt!«, sagte sie. »Lara ist so erfahren, die hat sicher eine Idee, was wir tun können. Jetzt zur Polizei zu gehen, halte ich für sinnlos, die schreiben nur ihre Protokolle, stellen stundenlang Fragen und tun letztlich gar nichts. Wir können denen ja noch nicht einmal Einzelheiten sagen, wir haben selber keine Idee, wer hinter diesen ganzen Briefen und Bedrohungen steckt. Ob da jemand uns nur Angst einjagen will, ob jemand Geld will oder was auch immer.«

»Na ja, ein paar Polizeikommissare kennen uns immerhin«, erwiderte Helene mit einem leichten Grinsen. »Die waren ja sogar schon bei dir, Nora, und haben uns kennengelernt.«

Alle dachten an die Situation vor einem Jahr, als Melina in einem Park verschwunden war. Mit Laras Hilfe hatten sie gemeinsam das Baby drei Tage später unversehrt wiedergefunden. Die Polizei war zwar sehr engagiert gewesen und hatte fast zeitgleich mit Lara Hinweise auf den Entführer aufgedeckt, aber ohne Lara hätten sie Melina wahrscheinlich erst später befreit.

»Ich rufe sie an.« Michael griff zum Handy und wählte. »Geh ran«, knurrte er, als das Rufzeichen zum vierten Mal ertönte. Er umklammerte sein Handy, so dass die Fingerknöchel weiß hervortraten, und Helene befürchtete, dass er das Telefon zerbrechen könnte.

»Hallo Lara!« Die Erleichterung war ihm anzuhören, er grinste Helene kurz an. »Wie geht es dir? Hast du einen Moment Zeit? Bist du aus dem Urlaub zurück? Unsere Kinder werden bedroht.«

Das ist ja mal ein direkter Einstieg, dachte Helene. *Er hätte ihr ja wenigstens Zeit für eine Begrüßung geben können.* Sie schüttelte den Kopf, aber ihr Bruder ignorierte sie und sprach weiter.

In knappen Worten schilderte Michael, wie die Bedrohung angefangen hatte, erzählte von den Briefen, von Leons zerschnittenem T-Shirt und von Dominiks Fahrrad. Zwischendurch legte er kurze Pausen ein und lauschte Laras Kommentaren oder Fragen. Nach wenigen Minuten gab Michael die Adresse von Helene durch und beendete mit einem erleichterten »Danke dir!« das Gespräch.

»Sie kommt vorbei«, sagte er. »In etwa zwanzig Minuten ist sie hier.«

Zustimmendes Murmeln von den anderen. »Gut gemacht«, sagte Nora und streichelte ihrem Bruder über die Schulter. Helene ging in die Küche und holte eine Packung mit Pistazien, die sie in eine kleine Glasschüssel umfüllte, dann öffnete sie eine Dose mit Cashewkernen und stellte beides auf den Wohnzimmertisch.

»Wer möchte ein Bier?«, fragte Sandro. Niklas nickte, Michael wollte ein alkoholfreies. Sandro holte das Gewünschte aus dem Kühlschrank und reichte die geöffneten Flaschen an Niklas und Michael.

»Ich brauche ein Glas Wein«, sagte Helene. Ihre Schwester nickte zustimmend, und Sandro lief in den Keller

61

und brachte eine Flasche italienischen Rotwein mit, die er geschickt entkorkte. Helene hatte bereits zwei Weingläser aus dem Wohnzimmerschrank geholt und ihr Mann schenkte den beiden Frauen ein.

Nora warf einen Blick auf ihre Armbanduhr – noch fünfzehn Minuten. Die Zeit verging quälend langsam. Die fünf Personen sprachen über Belangloses, über das Wetter, Gartenarbeit, über Pläne für die Ferien – *die sind jetzt so weit weg!*, dachte Nora und schüttelte sich.

Endlich klingelte es an der Haustür, alle schraken sie zusammen. Sandro eilte zur Tür und begrüßte Lara. Nora konnte durch die offene Flurtür sehen, wie Lara ihre schwarze Lederjacke an der Garderobe aufhängte, dann kam die Detektivin ins Wohnzimmer.

Lara war groß, etwa 1,80 Meter, schlank, muskulös, hübsch mit ihren roten halblangen Haaren, den Sommersprossen in einem kantigen Gesicht und grünen Augen. Sie hatte eine schwarze Aktentasche dabei, die sie auf den Boden stellte und ein in braunes Leder gebundenes Notizbuch im DIN-A5-Format entnahm.

»Hallo zusammen«, begrüßte sie die Familie und legte das Notizbuch auf den Esstisch. »Schön, euch wiederzusehen, auch wenn der Anlass weniger schön ist.«

Nora hatte sich erhoben und umarmte Lara herzlich, Helene tat es ihr nach. Niklas und Michael erhoben sich ebenfalls und gaben der Detektivin die Hand.

»Setz dich bitte«, sagte Sandro und wies auf den Sessel, den er geräumt hatte. »Was kann ich dir anbieten? Ein Bier? Wein?«

»Ein alkoholfreies Bier bitte«, sagte Lara nach einem kurzen Blick auf den Wohnzimmertisch, nahm ihr Notizbuch und setzte sich in den Sessel. Sandro eilte in die Küche und kam mit einer weiteren Flasche zurück.

»Brauchst du ein Glas?«, fragte er. Lara schüttelte den Kopf.

»Wie geht es euch?«, fragte Lara und musterte die Familie. »Abgesehen von dieser Bedrohung natürlich. Gibt oder gab es größere Veränderungen?« Mit einem »Danke« nahm sie die Bierflasche in die Hand und trank einen großen Schluck.

»Bis vor kurzem ging es uns gut.« Nora hatte das Wort ergriffen. »Unsere Melina gedeiht prächtig, und die Kinder sind eifrig beim Studium oder in der Schule.« Sie dachte einen Moment nach. »Es wird dich interessieren, dass mein Sohn Timo und Michelle sich annähern. Sie treffen sich gemeinsam mit ihrer Tochter, und Michelle war sogar am Ostersonntag bei uns und hat den Nachmittag mit uns allen im Garten verbracht.«

»Ach, das ist ja erstaunlich.« Lara hatte die Augenbrauen hochgezogen. Teilte sie Noras Begeisterung nicht? »Was gibt es sonst noch Neues?«

»Meine Hanna hat sich zum Glück von diesem Daniel getrennt«, erzählte Helene. »Ich hatte dir doch von ihm erzählt, sie hat den Mann bei einem Rettungseinsatz kennengelernt. Dreiundvierzig Jahre alt! Angeblich Bildhauer. Aber sie war wohl ziemlich verliebt.« Helene seufzte. Sie hatte sich im letzten Jahr ein paar Mal mit Lara getroffen, privat. »Jetzt ist Hanna mit Mark zusammen«, ergänzte sie. »Mit dem hat sie letztes Jahr auf der Rettungswache zusammengearbeitet. Ein netter junger Mann, der vom Alter und von seinen Interessen hervorragend zu ihr passt.«

»Das freut mich, zu hören.« Lara grinste. Dann räusperte sie sich und richtete sich in ihrem Sessel auf.

»Also, dann erzählt mal, was gibt es?«

Michael begann, zeigte Lara den Brief, den er bekommen hatte, Nora und Helene zeigten ihre ebenfalls. Danach händigte Michael der Detektivin den Brief mit der Geldforderung aus. Lara studierte die Briefe sorgfältig, mit gerunzelter Stirn.

»Und dann wurde Leons Trikot im Garten zerschnitten und an Dominiks Fahrrad die Reifen zerstochen«, fügte Michael hinzu und erzählte Lara die Details der beiden Vorfälle. Er holte das zerstörte Trikot aus einer Stofftasche, die er an einen der Essstühle gehängt hatte, und zeigte es Lara. Die nahm es in die Hand und prüfte die Fetzen sorgfältig.

»Sorry«, sagte Niklas und erhob die Hände. »Ich hab die zerstochenen Reifen nicht dabei, hab sie aber aufgehoben. Fotos hab ich gemacht.« Er nahm sein Handy und scrollte durch einige Fotos, bis er das Gesuchte fand und an Lara reichte.

»Okay«, sagte Lara gedehnt, als sie die Fotos ausführlich studiert hatte. Sie sah in die Runde. »Was denkt ihr, wer dahintersteckt? Jeder von euch hat sich Gedanken gemacht, also raus damit. Das ist ein Brainstorming, alle Ideen sind erlaubt, und alles bleibt hier in diesem Raum.«

Niklas räusperte sich. »Also, es tut mir leid, aber ich vermute, dass Michelle dahintersteckt.«

»Warum Michelle?«, fuhr Nora sofort dazwischen. »Sie hat sich Timo angenähert, sie darf ihre Tochter häufig sehen, hat sie sogar schon mal über Nacht bei sich gehabt – warum sollte sie das tun?«

»Äh, Nora, entschuldige, du hast gerade die Regeln verletzt.« Lara rief sie zur Ordnung. »Alle Ideen sind erlaubt. Ich schreib einfach mal den Namen auf.« Sie klappte das Notizbuch auf, holte einen Füller aus einer Schlaufe am Rand des Buches und schrieb etwas hinein.

»Niklas, willst du uns sagen, warum du Michelle verdächtigst?«, fragte sie und sah ihn forschend an.

»Nun ja, Michelle war ja mit diesem Verbrecher, dem Moritz Telkes, zusammen. Vielleicht liebt sie ihn immer noch. Vielleicht ist dieses ganze ‚ich bin jetzt nett‘ Getue ja nur Schauspiel. Tatsache ist, dass wir durch Michelle das erste Mal mit einem Verbrecher in Berührung gekommen sind.«

»Ja, aber dann wäre doch der Telkes eher ein Kandidat«, warf Helene ein.

»Oder jemand aus seiner Familie, sein Bruder oder sein bester Freund«, ergänzte Sandro.

»Das ist sicher ein Anhaltspunkt«, sagte Lara. »Wobei ich persönlich Michelle auch nicht ausschließen will. Rein theoretisch könnte sie ja versuchen, mit dem erpressten Geld ihren Freund irgendwie aus der Haft zu befreien oder Ähnliches. Und was ist mit Michelles Eltern? Die hatten doch damals nach der Entführung eigenartig reagiert. Sind die vielleicht sauer auf euch? Weil die Tochter wegen eines eurer Familienmitglieder schwanger wurde? Und sich jetzt vermutlich nicht mehr zu hundert Prozent auf ihr Studium konzentriert, weil sie Zeit mit ihrer Tochter verbringt. Sollten wir auf jeden Fall auch mal überprüfen.« Sie zog die Stirn kraus und schrieb in ihr Notizbuch, dann wandte sie sich an Nora.

»Kennst du den Nachnamen der Eltern? Und die Adresse?«

Nora errötete. »Nee, tut mir leid, weiß ich nicht«, sagte sie. »Aber Timo kennt sicher die Namen und die Adresse. Ich frag ihn nachher und schicke es an dich.«

»Danke«, antwortete Lara. Dann fuhr sie fort: »Nora und Niklas, als Melina entführt wurde, hat die Polizei euch doch ausführlich nach möglichen Entführern in eurem Bekannten- und Kollegenkreis gefragt. Könnt ihr die Liste noch mal durchgehen? Und Helene, du bist damals auch befragt worden, weil ja möglicherweise jemand dich mit deiner Schwester verwechselt hat – könntest du auch noch mal diese Liste erstellen und sorgfältig durchgehen? Ich würde übrigens gerne beide Listen sehen und mit euch überprüfen.«

»Ja, ist ja schön und gut, aber das dauert doch alles. Was sollen wir denn in der Zwischenzeit machen? Wie können wir unsere Kinder beschützen?« Nora merkte, dass ihre Stimme hoch und erregt klang. »Sorry, ich möchte dich nicht angreifen, aber für mich ist es das Wichtigste, meine Kinder und Melina in Sicherheit zu wissen. Den Erpresser aufzuspüren, steht für mich an zweiter Stelle.«

Die anderen Familienmitglieder nickten zustimmend.

»Das kann ich verstehen«, sagte Lara. »Ich kann aber leider nicht alle eure Kinder – wie viele sind es? – beschützen.«

»Leon und zwei von Helene und drei plus Melina von Nora, also sieben Kinder. Genauer gesagt zwei Kinder, ein Baby und vier junge Erwachsene«, antwortete Sandro und sah sich beifallheischend um. Helene warf ihm einen finsteren Blick zu und Sandro zog etwas den Kopf ein.

»Gut, dann überlegen wir erst einmal, was wir zum Schutz der Kinder – ich bleib der Einfachheit halber bei diesem Begriff für die sieben – tun können«, sagte Lara und schlug eine neue Seite in ihrem Notizbuch auf.

»Wir haben schon mal eine Liste von Verhaltensmaßregeln erstellt«, erklärte Helene und holte rasch die Liste, die sie vor einigen Tagen gemeinsam erstellt hatten, aus einer Schublade im Wohnzimmerschrank. »Diese Regeln haben wir mit den Kindern und mit Juliette, Melinas Kindermädchen, besprochen. Und wir erinnern sie immer wieder daran.«

»Ach, Juliette ist immer noch bei euch?«, Lara lächelte. »Ich seh sie noch vor mir, das arme verschreckte Mädchen. Sind die Au-pair-Mädchen nicht nur für ein Jahr bei einer Familie?«

»Ja«, antwortete Nora. »Das Jahr ist Mitte Juni um. Juliette hat bereits eine Freundin gefunden, die wahrscheinlich Ende Mai zu uns stößt. Übrigens möchte ich Juliette keinesfalls auf der Liste der Verdächtigen sehen, das hatten wir letztes Jahr, und haben ihr damit total Unrecht getan.« Sie kratzte sich am Kopf und stupste ihren Mann an.

Der ergänzte rasch: »Genau! Juliette ist keinesfalls darin verwickelt.« Er erntete einen anerkennenden Blick seiner Frau.

Lara nickte, dann überflog sie das Blatt, das Helene ihr reichte. »Das ist eine gute und für mein Dafürhalten ziemlich komplette Zusammenstellung von Verhaltensregeln«, lobte sie. »Habt ihr auch schon mal drüber nachgedacht, die Kids wegzuschicken?«

»Ja klar«, antwortete Helene. »Aber wohin? Für wie lange? Die sind doch alle in der Ausbildung, die können nicht so einfach zwei Wochen nach Spanien fliegen.«

»Das dachte ich mir, ich wollte das nur klarstellen. Weil es ein sicherer Weg ist, die Gefahr zu vermeiden.«

»Na ja, Bodyguards für alle können wir uns nicht leisten«, kommentierte Niklas. »Und da wüssten wir ja auch nicht, für wie lange. Das übersteigt unser Budget.«

»Na ja, wir könnten ja erst mal die zwanzigtausend Euro ausgeben, die der Erpresser von uns haben will«, gab Nora zurück und sah ihren Mann mit finster zusammengezogenen Augenbrauen an.

»Ein Punkt fehlt mir auf eurer Liste«, merkte Lara an und hielt Helenes Blatt hoch. »Warum begleitet ihr die Jungs – also Leon und Dominik – nicht zur Schule und zum Sport? Das ist doch für eine gewisse Zeit machbar.«

»Hatten wir überlegt«, antwortete Michael. »Aber sowohl Leon als auch Dominik haben das vehement abgelehnt. Die haben mehr Angst, von den Freunden verspottet zu werden, als dass ihnen jemand etwas antun könnte.«

»Selbst nach dem kaputten Fahrrad wollte Dominik nicht, dass wir ihn begleiten«, ergänzte Nora. »Übrigens hat er die Eltern seines besten Freundes auf die Liste der

Verdächtigen gesetzt.« Kurz berichtete sie von dem Gespräch mit Dominik über Jans Eltern.

»Irgendwie schade, dass Dominik denen misstraut«, kommentierte Lara. »Andererseits ist es hilfreich, dass er sich Gedanken macht. Zurück zur Begleitung: Vielleicht überlegt ihr, die Jungs aus ein paar Metern Entfernung zu beobachten. Mir ist klar, dass das für euch nicht einfach ist, aber es wäre ja nur für ein paar Tage.«

»Wie kommst du darauf, dass es nur ein paar Tage wären?«, fragte Michael.

»Wenn ich mir die Briefe ansehe, denke ich, dass der Erpresser – oder die Erpresserin, es kann auch eine Frau sein, das dürfen wir nicht außer Acht lassen – ziemlich bald mit Anweisungen für eine Geldübergabe kommt. Und dann müssen wir ihn nur schnappen.«

»Das schaffst du bestimmt«, sagte Niklas und klopfte der Detektivin auf die Schulter.

»Übrigens haben wir alle Kameras installiert.« Michael mischte sich ein. »Direkt nach den ersten Briefen. Zur Straße und zum Garten. Wenn sich jetzt noch mal jemand in den Garten schleicht, haben wir Videoaufnahmen.«

»Ja, die Kamera an der Haustür hab ich gesehen«, kommentierte Lara. »Das kann auf keinen Fall schaden, und so wie ich es hier am Haus sehe, ist sie auch am richtigen Platz. Habt ihr die Aufnahmen überprüft, dass der wesentliche Bereich erfasst wird?«

»Ja, ich auf jeden Fall«, antwortete Niklas. Michael und Sandro bestätigten ebenfalls.

»Und ihr habt vernünftige Schlösser an den Türen und haltet die Fenster im Erdgeschoss nachts verschlossen? Und alle Rollos unten?«

»Klar«, bestätigte Niklas wieder.

»Sorry, dass ich so penetrant nachfrage«, sagte Lara. »Eure jugendlichen Kinder, die gehen doch abends aus. Aber wie verlässlich sind die bezüglich Türen und Rollos?«

»Also, Elias und Hanna machen das sehr sorgfältig«, antwortete Helene. »Und ehrlich gesagt, hab ich das schon mal kontrolliert.«

»Gute Idee«, sagte Lara mit erhobenem Daumen.

»Timo und Juliette schließen auch immer ab«, antwortete Nora. »Wobei Timo sowieso nur selten ausgeht. Juliette ist schon mal abends unterwegs, aber du hast sie ja kennengelernt, sie ist sowieso ängstlich und kontrolliert immer die Tür, ob sie wirklich abgeschlossen ist.« Nora zog die Stirn kraus. »Wir haben noch nicht über unsere Tochter gesprochen. Sarah studiert in Münster. Die Verhaltensregeln kennt sie natürlich und hat versprochen, dass sie sich dran hält.«

»Ich werde morgen mal mit ihr telefonieren«, sagte Lara. »Schickst du mir bitte ihre Telefonnummer und ein Zeitfenster, in dem ich sie gut erreiche?« Nora nickte.

»Was hältst du von dieser eigenartigen Geldforderung?«, fragte Niklas. »Keine Details, keine Vorschläge für eine Übergabe?«

»Hab ich auch schon drüber nachgedacht«, antwortete Lara langsam. »Ich vermute mal, dass der Erpresser erwartet, dass ihr das Geld schon mal zusammensucht. Dass ihr Geld abhebt, in kleinen Scheinen, und einfach bereit seid für eine Übergabe, sobald er euch genaue Anweisungen gibt.«

»Ja, das dachte ich auch«, antwortete Niklas und warf einen befriedigten Blick auf Nora. »Sollten wir das denn deiner Meinung nach tun? Geld zusammentragen, meine ich.«

»Dazu kann ich nicht wirklich was sagen«, antwortete Lara zögerlich und sah auf ihre Hände. »Ihr müsst euch darüber im Klaren sein, dass, wenn ihr zahlt, ihr trotzdem keine Sicherheit habt. Der Erpresser kann weitermachen, auch wenn er das geforderte Geld bekommt. Es ist ja eine andere Situation als bei einer Entführung, wo der Entführte freigelassen wird, und alles ist in Ordnung.«

»Was würdest du tun, wenn deine Kinder betroffen wären?«, fragte Niklas und erntete ein vorwurfsvolles »Nicht!« von seiner Frau.

»Ich weiß es ehrlich nicht«, antwortete Lara. »Vermutlich würde ich, nur für alle Fälle, etwas Geld zusammenkratzen und zu Hause lagern. Aber sinnvoll ist das sicher nicht.«

»Danke für deine Ehrlichkeit«, sagte Niklas.

»Okay, dann fasse ich mal zusammen«, sagte Lara und straffte die Schultern. »Nora und Helene, ihr überprüft die Listen vom letzten Jahr mit möglichen Erpressern aus eurem Bekanntenkreis. Michael, du musst ebenfalls eine Liste erstellen, die gehe ich dann mit dir durch. Michael und Nora oder Niklas, ihr begleitet die Jungs zur Schule und zum Sport aus der Ferne. Michael, deine Freundin Greta kann dir sicher helfen.«

»Äh, leider nicht«, unterbrach Michael die Detektivin. »Ich will einen Hund besorgen, und Greta mag keine Hunde. Sie hat gestern ein paar Sachen gepackt und ist vorläufig zu einer Freundin gezogen.«

Er errötete leicht. *Ist es ihm so unangenehm, dass er Gretas Abneigung komplett ignorierte?*, fragte Nora sich.

»Heute waren wir wieder im Tierheim und haben uns schon mal einen Hund ausgesucht«, fügte er hinzu. »Einen Mischling, schon älter, sehr friedlich.«

»Das mit Greta tut mir leid«, kommentierte Lara und musterte Michael kurz. »Ich höre mal bei meinen Kolleginnen und Kollegen nach, ob jemand einen preiswerten Bodyguard kennt, der ein paar Tage aushelfen könnte, einverstanden?« Michael und Niklas nickten.

»Gut, und ich werde mich auf diesen Moritz Telkes konzentrieren und versuchen, mehr über sein Umfeld zu erfahren«, ergänzte Lara. »Mein Bauchgefühl sagt mir, dass wir den Erpresser da finden, und mein Bauchgefühl stimmt fast immer.«

Hochgereckte Daumen von allen Seiten.

»Was machen wir denn jetzt mit dem Geld?«, fragte Niklas. »Sind wir uns einig, dass wir das Geld schon mal besorgen?«

»Äh, sorry, wenn ich unterbreche«, sagte Lara. »Ich würde gerne mit der Recherche anfangen, und für die Diskussion um die Moneten braucht ihr mich nicht. Ich würde mich jetzt verabschieden.«

»Einen Moment noch«, sagte Niklas. »Dein Honorar – wie hoch ist das?«

»Sechzig Euro pro Stunde plus Spesen«, antwortete Laura. »Ich hab eine Honorarvereinbarung mitgebracht, die lasse ich hier. Ihr könnt sie in Ruhe durchlesen und euch einigen, wer unterschreibt. Ich würde es vorziehen, wenn nur eine oder einer von euch abzeichnet.«

Aus ihrer Aktentasche holte sie ein Formular, das sie auf den Esstisch legte.

»Ich verfasse täglich eine kurze Zusammenfassung von meinen Aktivitäten. Lasst mich bitte wissen, an wen ich die schicken soll. Sonst noch Fragen?«

Sie sah in die Runde. Einige nickten, andere schüttelten den Kopf.

»Ich werte das als Zustimmung. Wenn ihr es euch anders überlegt und meine Dienste nicht in Anspruch nehmt, informiert mich bitte so bald wie möglich.«

»Danke, dass du sofort gekommen bist, und danke für deine Hilfe«, sagte Michael und geleitete Lara zur Tür. Die anderen fügten ebenfalls »danke« und »tschüss« hinzu.

»Also«, sagte Michael, als er zurück ins Wohnzimmer kam. »Zunächst zu Lara. Wer von euch möchte sie engagieren?«

»Wir auf jeden Fall«, sagten Nora und Helene gleichzeitig.

»Zwillinge!«, äußerte Michael und alle lachten. »Ich stimme euch zu, ich will ebenfalls, dass Lara uns hilft. Und der Stundensatz ist moderat. Seid ihr einverstanden, dass ich den Vertrag unterschreibe? Und dass sie den Bericht an mich schickt, und ich schicke ihn sofort weiter?«

Alle nickten.

»Okay«, sagte Michael. »Nächster Punkt. Wer von euch möchte an den Erpresser zahlen? Wer holt wann Geld?«

»Wir werden zahlen«, sagte Niklas sofort. Nora nickte bestätigend. »Ich gehe morgen zur Bank und hole das Geld. Tatsächlich hab ich schon mit denen telefoniert, sie haben das Geld in kleinen Scheinen morgen bereit.«

»Ach, das geht so einfach?«, fragte Helene.

»Ja«, antwortete Niklas. »War mir vorher auch nicht so klar. Das ist mein Geld, und das kann ich abheben. Die Banken haben allerdings heutzutage nicht mehr größere Summen in jeder Filiale bereit, das sollte man vorher bestellen.«

»Haben die dich nicht gefragt, wofür du das Geld brauchst?«, wollte Sandro wissen.

»Haben sie«, antwortete Niklas. »Der Bankbeamte hat vorsichtig gefragt, ob ich einen ‚Schockanruf‘ oder Ähnliches erhalten hab. Ich hab ihn aufgeklärt, dass ich bei einer Zeitung arbeite und selber Artikel über diese Masche verfasse. Das hat ihn überzeugt.«

Alle grinsten. Helene versuchte, sich vorzustellen, wie ihr Schwager auf den Anruf eines angeblichen Enkels oder Polizisten reagieren würde.

»Bei mir ist es ähnlich«, erklärte Michael. »Ich werde übermorgen die zwanzigtausend Euro holen, in kleinen Scheinen. Ich hab Geld von meinem Festgeldkonto transferiert.«

»Wir werden erst mal kein Geld abheben«, bekundete Helene und wurde knallrot. »Dummerweise haben wir nirgends so viel Geld, wir müssten einen Kredit aufnehmen. Ich werde mit Reto sprechen, ob er uns Geld leihen kann.«

»Wenn Reto ablehnt, kann ich euch etwas leihen«, sagte Michael sofort. »Nicht die ganze Summe, aber einen Teil davon.«

»Das ist total lieb von dir.« Helenes Stimme brach.

Sie konnte nicht wissen, was sie wenige Tage später erwartete.

Kapitel 8

Drei Tage später erhielt Helene einen weiteren Brief.

Ein Schauer überlief sie, als sie vom Büro zurückkam und den Brief im Briefkasten fand, weiß, ihre Adresse gedruckt, kein Absender. Rasch ging sie ins Haus, schlüpfte aus den Pumps, warf die Lederjacke auf die Garderobe, griff sich den Brieföffner aus dem Wohnzimmerregal und setzte sich auf die Couch. Ihr Hund Carlos, ein Mischlingshund mit Labrador-Einschlag, den sie vor sechs Jahren aus dem Tierheim geholt hatten, kam zu ihr und wollte gestreichelt werden. Mit einer Hand streichelte sie den Hund, während sie den Brief unschlüssig in der Hand wendete.

Der Brief war in Frechen aufgegeben worden. Vorsichtig schlitzte sie den Umschlag auf und entnahm ihm ein einzelnes weißes Blatt.

Geh zum Friedhof. Nimm Geld mit

Keine weiteren Einzelheiten. Friedhof – vermutlich war damit der Friedhof gemeint, auf dem ihr erster Ehemann Thomas, ihr Sternenkind Mia, ihr Vater, also Karins erster Ehemann, und die Großmutter begraben waren. *Woher wusste der Erpresser von diesem Grab? Was wusste er sonst noch alles über sie und ihre Familie? Oder wusste er gar nicht, wo das Familiengrab war? Würde er ihr folgen, um mehr über sie zu erfahren? War das die Gelegenheit, ihn zu entlarven? Wann sollte sie zum Friedhof gehen? Es war kein Tag angegeben?*

74

Sie rief Lara an. Es meldete sich nur die Mailbox. Helene hinterließ eine kurze Nachricht, dass Lara sie anrufen solle. Helene überlegte: *Sollte sie auf den Rückruf warten? Aber damit würde sie den Erpresser verärgern. Am besten wäre es, guten Willen zu zeigen. Oder bestätigte sie sein Machtstreben, wenn sie tatsächlich auf diese ungenaue Aufforderung zum Friedhof fuhr? Geld – wie viel Geld sollte sie mitnehmen?* Sie hatten nie viel Bargeld im Haus, maximal dreihundert oder vierhundert Euro. *Sollte sie das mitnehmen? Sollte sie besser auf Sandro warten? Der war zum Baumarkt gefahren, er musste den Zaun im Garten reparieren. Oder sollte sie Elias, ihren Sohn, anrufen? Der hatte bei seiner Freundin Lea übernachtet. Oder ein anderes Familienmitglied anrufen, Nora oder Michael?*

Unsinn, schimpfte sie sich selber aus. *Der Friedhof war immer gut besucht, da konnte ihr nichts passieren. – Am besten begab sie sich direkt auf den Weg, bevor ihre Gedanken sich weiter im Kreis drehten und sie sich verrückt machte, was sie da erwartete.*

Sie straffte die Schultern und stand auf. »Carlos, du kommst mit«, bestimmte sie. Hunde waren auf dem Friedhof nicht zugelassen, aber das würde sie ausnahmsweise ignorieren. Sie holte aus einer Schublade des Wohnzimmerschranks alles Geld, das dort in einem Briefumschlag steckte, es waren einhundertsiebzig Euro, und steckte es in ihre hintere Jeanstasche. Dann ging sie in den Flur, zog halbhohe Stiefel und ihre blaugraue Lederjacke an. Sie rief Carlos, der freudig angelaufen kam und mit dem Schwanz wedelte, legte ihm sein rotes Geschirr an, ging hinaus und schloss die Haustür sorgfältig ab. *Nicht, dass das irgendein blöder Trick ist, um mich herauszulocken!*, dachte sie.

Carlos sprang in den Kofferraum ihres Autos, was ihm mit zunehmendem Alter – die Tierärztin hatte ihn auf acht oder neun Jahre geschätzt – allmählich schwerer fiel. Helene sah sich mehrfach um, ob jemand sie beobachtete, dann fuhr sie zum Friedhof. Sie fuhr langsam und prüfte immer wieder die Rückspiegel, ob ihr ein Auto oder Motorrad folgte, konnte aber nichts Verdächtiges entdecken. Sie parkte und sah sich erneut sorgfältig um, aber keiner der Friedhofsangestellten war zu sehen, ebenso wenig eine verdächtige Person. Dann ließ sie Carlos aus dem Auto und leinte ihn an. Rasch ging sie mit ihm den Weg, den sie schon so häufig gegangen war. Eine Schar Raben – oder waren es Krähen? – kreiste über ihr und begleitete sie mit lautem Krächzen auf ihrem Weg. Helene schüttelte sich, das Krächzen klang unheimlich, als würden die Vögel sie vor einer Gefahr warnen. Aber sie hatte ja Carlos bei sich, der dicht neben ihr lief.

Das Grab sah so aus wie immer. Fast. Jemand hatte eine Vase mit drei roten Nelken in die Mitte des Grabes gesteckt. Helene wunderte sich. *Wer hatte diese Vase aufgestellt?* Es war kein Geburts- oder Todestag von einem ihrer Verstorbenen. Helene musterte das Grab. Es war wie immer mit zahlreichen Töpfereien geschmückt, die ihre Tochter Hanna gefertigt hatte. Helene bückte sich und entfernte einige trockene Blätter. Dabei fiel ihr Blick auf den Grabstein aus schwarzem Marmor, auf dem die Geburts- und Todesdaten ihrer Angehörigen standen. Vor dem Grabstein lag etwas. Etwas Schwarz-Weißes. Ein Foto?

Ein ungutes Gefühl stieg in Helene hoch. Am liebsten wäre sie weggelaufen. Carlos winselte und drängte sich eng an sie. Merkte er, dass sie Angst hatte? Angst, was vor dem Grabstein auf sie wartete? Sie streichelte seinen seidig-weichen Hals und redete beruhigend auf ihn ein. Dann sah sie sich wieder um, konnte aber niemanden entdecken. Der Friedhof schien menschenleer zu sein. Nur die schwarzen Raben – oder waren es Krähen? – waren ihr offenbar gefolgt, sie flogen den Weg entlang, den Helene gegangen war, und schienen sich gegenseitig in der Lautstärke des Krächzens übertrumpfen zu wollen.

Helene ging zum Grabstein und bückte sich, um erkennen zu können, was da lag. Ein Schrei entrang sich ihrer Kehle, sie taumelte einige Schritte rückwärts und wäre beinah über ihren Hund gefallen, der kurz aufjaulte. »Sorry, Carlos«, flüsterte sie und streichelte ihn kurz zwischen den Ohren. Dann ging sie zurück zum Grabstein.

Ein weißes Blatt Papier lag davor. Auf der oberen Hälfte war ein Foto ausgedruckt. Es zeigte ihren Sohn Elias, der auf einem Fahrrad fuhr. Sie konnte nicht erkennen, wo er war, aber er trug den neuen schwarzen Hoodie mit dem Aufdruck eines amerikanischen Colleges, den sie ihm vor wenigen Wochen zum Geburtstag geschenkt hatte.

Unter dem Foto standen sein Name und zwei Daten:

Elias Gruner
* **17. März 1999** + **27. April 2023**

Das ‚Todesdatum‘ war in drei Tagen!

Kapitel 9

»Greta hat ein Kind!« In Michaels Worten schwang Wut mit, Wut und Enttäuschung.

»Was sagst du da?« Nora glaubte, ihren Ohren nicht trauen zu können. Michael hatte sie nach Büroschluss zu Hause angerufen und sie sofort mit seiner Neuigkeit überfallen.

»Sie hat einen Sohn, er ist vierunddreißig Jahre alt«, erläuterte Noras Bruder. »Sie hat es mir gestern Abend erzählt, als wir gemütlich vor dem Fernseher saßen. Ich wollte gerade den ‚Tatort‘ einschalten. Und dann überfiel sie mich mit den Worten: ‚Was ich dir immer schon mal erzählen wollte.‘.«

»Ich dachte, sie wäre ausgezogen?«, fragte Nora überrascht.

»Ach ja, sie war für eine Nacht bei einer Freundin«, antwortete Michael. »Das hat aber wohl nicht richtig geklappt, jetzt ist sie wieder bei uns.«

Er seufzte tief auf. »Seit einem Jahr wohnen wir zusammen«, beklagte er sich. »Und nie hat sie was von einem Sohn erzählt. Ich dachte, sie hat überhaupt keine Kinder. Wenn ich so richtig überlege, dann ist sie der Frage nach Kindern immer irgendwie ausgewichen. Das ist mir aber gestern erst aufgefallen. Sie hat nie darüber geredet, ob sie Kinder wolle, keine bekommen konnte, oder ihr Ex-Partner dagegen war. Wir haben über dieses Thema nie ausführlich gesprochen. Auf der anderen Seite kommt sie wirklich gut mit Leon klar, die beiden unterhalten sich häufig oder albern herum. Greta hilft Leon manchmal bei den Hausaufgaben, kehrt aber nie die Ersatz-Mutter heraus, wenn du verstehst, was ich meine. Und jetzt das!«

»Und warum hat sie dir gestern davon erzählt?«, fragte Nora, die den Ärger ihres Bruders nicht ganz nachvollziehen konnte. Sie hatten wirklich wichtigere Dinge, über die sie sich aufregen konnten.

»Ich weiß es nicht«, antwortete Michael. »Unser neuer Hund war vermutlich der Anlass, besser gesagt unsere neue Hündin. Karla. Gestern Nachmittag hab ich sie geholt. Ein Kollege hat sie mir überlassen, weil seine Tochter allergisch auf den Hund ist und es immer schlimmer wurde. Ich hatte im Kollegenkreis von meinen Absichten erzählt, mir einen Hund zuzulegen. Natürlich ohne den Hintergrund mit dem Erpresser. Und da erzählte mein Kollege, dass er dringend einen neuen Besitzer für seinen Hund sucht. So ein Zufall! Es ist ein Border Collie, drei Jahre alt, gut erzogen, lebhaft, und Leon ist völlig begeistert.«

»Das sind ja tolle Neuigkeiten!«, rief Nora. »Das lenkt dich und Leon von diesem ominösen Briefschreiber ab.«

»Ja, das stimmt. Dummerweise mag Greta keine Hunde, das weißt du ja. Sie hatte zunächst überhaupt nichts zu dem Hund gesagt, als ich ihn am frühen Abend nach Hause mitgebracht habe. Und dann hat sie mir mitgeteilt, dass sie ausziehen wird. Und möglicherweise zu ihrem Sohn zieht, zumindest übergangsweise. Der wird sich freuen!«

»Also, irgendwie ist das alles ziemlich chaotisch«, seufzte Nora. »Du sprichst über einen Hund, obwohl deine Lebensgefährtin keine Hunde mag. Greta zieht zu einer Freundin. Dann zieht sie wieder zu dir, und du holst am Tag drauf gegen ihren Willen einen Hund. Hast du überhaupt eine Ahnung von Hunden? Was zu beachten ist, Futter und so weiter? Und wer geht regelmäßig mit dem Hund, morgens und abends eine kurze Runde, und dann natürlich tagsüber eine richtige Gassi-Runde, durch den Wald oder so. Wer soll das denn machen? Dein Job erlaubt dir doch bestimmt nicht genug Zeit. Und Greta fällt vermutlich aus.«

»Leon hat versichert, dass er das macht«, antwortete Michael und Nora hörte an seiner Stimme, dass er ungeduldig, geradezu wütend wurde. »Mein Kollege, von dem ich den Hund habe, hat mir eine Kurzanleitung gegeben und zwei Bücher, wie man Hunde versorgt. Und außerdem kann ich ja dich fragen. Es muss einfach klappen, Leon ist überglücklich mit Karla. Sie ist wirklich toll, verschmust, aufmerksam und lenkt uns von diesem ganzen Trouble ab.«

»Du musst es selber wissen«, sagte Nora mit einem lauten Seufzer. »Leon ist vierzehn und geht zweimal die Woche zum Fußball spielen. Und am Wochenende sind die Ligaspiele. Die Schule darf auch nicht zu kurz kommen.«

»Jedenfalls hat Leon sich riesig gefreut, und ich fühle mich jetzt viel sicherer«, antwortete Michael mit trotziger Stimme.

»Ist ja gut«, beschwichtigte Nora. »Wir sind alle etwas gereizt. Vermutlich hast du das Richtige getan. Es tut mir nur leid, dass Greta dich verlässt, ich mag sie, ihr beiden passt gut zusammen, finde ich. Und dann die Geschichte mit ihrem Sohn. Wirklich eigenartig.«

Sie überlegte. »Wie geht Leon damit um?«, fragte sie. »Weiß er schon, dass Greta auszieht?«

»Ja, er hat gestern Abend unsere Auseinandersetzung über dieses Thema mitgekriegt, es wurde ziemlich laut«, antwortete ihr Bruder. »Da kam er runter und hat gefragt, was los ist. Greta hat ihm dann einfach an den Kopf geworfen, dass sie auszieht, und wahrscheinlich für eine Zeit bei ihrem Sohn unterkommt. Das war hart für Leon, erst hat seine Mutter ihn verlassen, und jetzt Greta.«

»Der arme Kerl«, seufzte Nora. Seit Michael das Sorgerecht hatte, sah Leon seine Mutter nur alle paar Monate. Auch wenn Michael ein hingebungsvoller Vater war, vermisste der Vierzehnjährige seine Mutter, das hatte Dominik ihr noch vor wenigen Wochen erzählt.

»Ja, tut mir auch leid für ihn«, stimmte Michael zu. »Aber Leon hat seine Freunde, die waren heute nach der Schule bei uns und sind total begeistert von Karla und etwas neidisch auf ihn. Mit deinem Dominik trifft er sich ja häufig, die werden bestimmt des Öfteren zusammen mit dem Hund gehen.«

»Das kann ich mir vorstellen«, antwortete Nora. »Dominik will auch einen Hund, aber ich will mir das nicht antun. Wir haben eine Katze und ein Baby, das muss reichen.«

Michael lachte laut los. »Katze und Baby – das passt!«

Als hätte sie sich angesprochen gefühlt, kam in diesem Moment Juliette ins Wohnzimmer, auf dem Arm ein schreiendes Baby.

»Ich muss Schluss machen«, sagte Nora. »Lass uns später noch mal telefonieren.«

Sie wechselten noch ein paar Worte, dann legte Nora auf, wandte sich ihrer Enkelin zu und nahm sie auf den Arm, Juliette verließ das Zimmer. Melina ließ sich bald beruhigen und Nora setzte die Kleine auf den Boden, holte die Spielzeugkiste aus der Ecke, setzte sich ebenfalls und reichte dem Baby einige Holzklötze und den Stoffbären, den Helene ihr zur Geburt geschenkt hatte. Der Bär war mit Abstand Melinas Lieblingskuscheltier. Er erinnerte Nora immer an ihren Horrortrip vor vier Jahren.

Nora spielte mit Melina, aber ihre Gedanken waren woanders. Eine innere Unruhe breitete sich zunehmend in ihr aus. Sie grübelte: Was war los? Hing es mit Greta zusammen und deren Sohn? Sofort poppte die Frage in ihr hoch, ob der Sohn etwas mit den Erpresserbriefen zu tun haben könnte. Es kam ihr seltsam vor, dass Greta sich ausgerechnet in diesen Tagen von Michael trennte, um zu ihrem Sohn zu ziehen, mit dem sie kaum Kontakt hatte.

Michael arbeitete bei einer Fluggesellschaft und verdiente sehr gut, *vielleicht hatte der Sohn mitbekommen, dass seine Mutter mit einem wohlhabenden Mann zusammen war? Und wollte seinen Anteil haben? Und was war mit dem Vater des Sohns? Ob sie mit Michael oder Lara über diesen Sohn sprechen sollte? Lara hatte sie ja aufgefordert, jedem Verdacht nachzugehen und auf das Bauchgefühl zu hören.* Und ihr Bauchgefühl sagte Nora, dass mit Greta und/ -oder ihrem Sohn etwas nicht stimmte.

Sie lauschte weiter in sich. Da war noch etwas. Etwas war passiert. Mit ihrer Schwester. Helene hatte Angst. Große Angst.

Melina stupste ihre Oma an, sie fühlte sich vermutlich vernachlässigt. Nora wandte sich voll schlechten Gewissens zu ihrer Enkelin, als sie die Haustür hörte. Timo kam nach Hause. Sie hörte ihren Sohn im Flur die Schuhe auf den Boden werfen, dann betrat er das Wohnzimmer und setzte sich mit einem »Hallo ihr beiden« zu seiner Tochter auf den Boden.

»Gut, dass du da bist«, sagte Nora. »Ich muss dringend telefonieren.« Ohne weitere Erklärung erhob sie sich, etwas mühsam. *Werde ich zu alt, um mit meiner Enkelin auf dem Boden zu sitzen?*, fragte sie sich frustriert, eilte in ihr Arbeitszimmer und rief ihre Schwester an.

»Ich bin am Friedhof!«, rief Helene in hörbar großer Aufregung. »Am Grab. Da ist ein Foto von Elias gegen den Grabstein gelehnt. Mit ...« Helene stockte und holte tief Luft. »Mit Daten. Seinem Geburtstag und ...« Abermals stockte sie. »Seinem Todestag.« Ihre Stimme war nur ein Flüstern. »In drei Tagen. Stell dir das mal vor! Wer macht denn so was? Ein Foto von meinem Sohn, am Grab deiner Tochter!«

»Ach du Ärmste!« Nora hätte sich am liebsten zu ihrer Schwester gebeamt, um sie sofort in den Arm nehmen zu können. »Ich springe ins Auto und komme zu dir, bleib bitte, wo du bist.«

Sie rannte die Treppe hinunter, schlüpfte in ein Paar Turnschuhe, schnappte sich die Autoschlüssel vom Schlüsselbrett und war schon unterwegs. Die überraschten Fragen ihres Sohnes ignorierte sie.

Nora fand ihre Schwester auf einer Bank, die wenige Schritte vom Grab entfernt war und den Blick auf den Grabstein zuließ. Die Familienmitglieder saßen öfters auf dieser Bank, wenn sie ihre Lieben besuchten. Auch Nora ließ sich manchmal dort nieder und sprach mit ihrem Vater oder Schwager.

Helene hockte zusammengesunken auf der Bank, die Hände vor ihr Gesicht geschlagen, ein Bild des Jammers. Carlos saß neben ihr und sah ebenfalls traurig aus.

»Ach Helene«, sagte Nora, setzte sich neben ihre Schwester und legte den Arm um sie. »Was tut dieser Verbrecher uns nur an?«

Sie bemerkte, dass Helene etwas in der Hand hielt. Sanft nahm sie es ihr ab, es war ein Foto. Das Foto, von dem Helene gesprochen hatte. Es zeigte Elias auf seinem Fahrrad. Ihr Neffe strahlte Selbstbewusstsein und Energie aus. Und unter dem Foto waren die Daten gedruckt: Geburtsdatum und Todesdatum. Letzteres in drei Tagen.

»Dieses blöde Arschloch!«, entwich es Nora. »Das gibt es doch gar nicht! Was will der bloß erreichen? Außer uns alle in Angst und Schrecken zu versetzen?«

»Das ist ihm jedenfalls gelungen«, antwortete Helene mit leiser Stimme. »Ich hab fast einen Herzinfarkt gekriegt.«

»Wo genau war das Foto denn?«, fragte Nora. Sie musste sich ablenken, ablenken von ihrem ohnmächtigen Zorn und ihren Mordgedanken. Sie begann, sich genüsslich grausame Foltermöglichkeiten auszudenken.

»Vor dem Grabstein«, antwortete Helene. »Ich hab ein Foto gemacht, ein Foto von dem Foto, haha.« Sie nahm ihr Handy, entsperrte es und zeigte ihrer Schwester die Aufnahme.

»Na ja, damit will der Erpresser uns weiter unter Druck setzen«, sagte Nora. »Ich weiß ganz genau, dass dein Elias länger als diese drei Tage leben wird. Helene, bitte, glaub mir, nichts wird mit Elias passieren. Der Verbrecher will uns nur einen Schreck einjagen, damit wir bezahlen. Du wirst sehen, bald kommen die detaillierten Anweisungen. Und der Typ erwartet natürlich, dass wir die geforderte Summe aufbringen und das Geld ohne Polizei oder Laras Hilfe an ihn übergeben.« Sie zog die Stirn kraus. »Der Kerl ist ziemlich raffiniert, das muss man ihm lassen. Fast täglich eine neue Bedrohung. Er weiß vermutlich, dass wir drei uns austauschen. Bedroht er eines deiner Kinder, ist es genauso, als würde er eines meiner Kinder oder Leon bedrohen. Das scheint er genau zu wissen, darum wechselt er ja seine Zielfamilie jedes Mal. Was sagt uns das?«

»Nett, dass du mich ablenken willst«, sagte Helene mit einem schwachen Lächeln und erhob sich. »Lass uns nach Hause fahren. Und die anderen informieren. Vor allem muss ich mit Lara sprechen.«

Kapitel 10

Am nächsten Abend trafen sie sich wieder, diesmal bei Michael. Leon hatte sich mit einem Freund zum Zocken verabredet und konnte daher die Erwachsenen nicht belauschen. Sie, das waren Nora und Niklas, Helene, Sandro und Lara. Nora sah sich unauffällig in Michaels Wohnzimmer um. Gretas Strickkorb und ihr Bücherstapel auf dem Wohnzimmertisch fehlten, im Flur waren keine Schuhe oder Jacken von ihr zu sehen gewesen.

»Greta ist tatsächlich ausgezogen«, konstatierte sie.

»Ja, hab ich doch gesagt«, antwortete Michael mürrisch. »Sie hat heute Morgen einige Sachen zusammengepackt und ist gefahren, den Rest will sie demnächst abholen.«

»Ist sie jetzt bei ihrem Sohn?«, fragte Nora.

»Ich weiß es nicht«, antwortete Michael mit bedrückter Stimme. »Sie hat nur gesagt, dass sie sich einen Transporter besorgt und mir Bescheid gibt, wann sie den Rest holt.«

»Hat sie dir den Hausschlüssel zurückgegeben?«, fragte Lara.

»Ja klar«, antwortete Michael in genervtem Ton und verdrehte die Augen.

Lara warf einen prüfenden Blick auf ihn. »Okay, dann fange ich mal an«, sagte sie. »Ich geb euch eine mündliche Zusammenfassung von meinen Ergebnissen, die schriftliche Version bekommt Michael per E-Mail. Helene, auf das Foto von Elias am Grab gehe ich später ein, okay?«

Helene nickte. Alle sahen gespannt Lara an.

»Ich hab Moritz Telkes unter die Lupe genommen«, begann Lara. »Der im vergangenen Jahr eure kleine Melina entführt hat. Er sitzt im Gefängnis, das hab ich überprüft, Ausgang hat er keinen. Besuch bekommt er bisher ausschließlich von seiner Mutter.«

»Woher weißt du das?«, fragte Nora erstaunt.

»Fragt nicht«, antwortete Lara. »Aber du erinnerst dich, dass ich mal bei der Polizei war. Da hab ich immer noch Kontakte. Also zu der Mutter von diesem Telkes. Sie heißt Marita Telkes, ist neunundfünfzig Jahre alt und leitet eine Firma für Autozubehör. Sie ist eine erfolgreiche Geschäftsfrau, seit vielen Jahren geschieden, Moritz ist ihr einziges Kind. Ihre Mitarbeiter beschreiben sie als intelligent, attraktiv und zielstrebig. Die Verhaftung ihres Sohnes war wohl ein schwerer Schlag für sie, aber sie hat sich berappelt und lässt sich mittlerweile nichts mehr anmerken.«

»Interessant, was du alles herausgefunden hast«, merkte Niklas an.

Lara lächelte. »Dafür bezahlt ihr mich«, sagte sie. »Jedenfalls besucht Marita ihren Sohn jede Woche. Aber nicht in den letzten zwei Wochen, da war sie im Urlaub in der Dominikanischen Republik. Sie wird kommende Woche zurückerwartet. Ich hab das natürlich überprüft, sie postet nicht nur Urlaubsfotos auf Facebook, sie ist tatsächlich in diesem Hotel, das auf ihren Posts zu sehen ist.« Sie seufzte. »Damit scheidet sie weitgehend als Verdächtige aus. Wie soll sie die Briefe aus der DomRep verschickt haben? Das Trikot zerschnitten? Außerdem ist sie wohlhabend, Geld braucht sie nach meinen Informationen kaum, sie besitzt ein großes Haus in Düsseldorf und eine Eigentumswohnung auf Mallorca.«

Enttäuschung breitete sich aus.

»Sie kann natürlich jemanden beauftragt haben«, erläuterte Lara. »Eine intelligente Frau weiß, dass unser

Verdacht sofort auf sie fällt. Und mit ihrer Urlaubsreise hat sie das perfekte Alibi. Den Handlanger zu finden, wird schwierig, aber ich bleibe dran.«

Schweigen.

»Ich hab dann noch mal auf eure Listen geschaut«, sie sah zu Nora und Helene. »Aber da fiel mir wirklich keiner auf, der ein ausreichendes Motiv hatte. Für alle Fälle werde ich morgen oder übermorgen mit jeder von euch die Liste noch mal ausführlich durchgehen, vielleicht habt ihr etwas übersehen, irgendetwas, mit dem ihr jemanden ernsthaft gekränkt habt.«

Helene und Nora sahen sich an, beide dachten dasselbe: *Magere Ausbeute!*

»Michael, deine Liste hab ich ebenfalls überprüft, nichts gefunden, das nicht passt.«

Michael nickte befriedigt. »Dachte ich mir«, murmelte er.

»Wir werden deine Liste nachher noch mal zusammen durchgehen«, fügte Lara hinzu und Michael zog ein Gesicht, als wäre er beim Klauen erwischt worden.

»Heute hab ich mich mit Greta und ihrer Vergangenheit beschäftigt«, fuhr Lara fort.

»Äh«, unterbrach sie Nora. »Willst du das vielleicht nur Michael erzählen?«

»Hab ich mit ihm besprochen. Da ihr alle betroffen seid, solltet ihr auch erfahren, was ich über Greta herausgefunden habe. Es ist nicht viel, bisher. Sie wohnt zurzeit nicht bei ihrem Sohn, sondern bei einer Arbeitskollegin. Über die hab ich nichts herausgefunden, ein unbeschriebenes Blatt. Greta wurde von ihrem Ex-Mann zeitweise misshandelt, sie hat ihn angezeigt, aber später die Anzeige zurückgezogen. Der Ex-Mann hatte einen Rottweiler, der hat Greta mehrmals gebissen, einmal musste sie deswegen sogar im Krankenhaus behandelt werden.«

»Das wusste ich vorher nicht«, erklärte Michael. Er war rot geworden und sah seine Schwestern nicht an. »Lara hat es mir vor einer Stunde erzählt. Ich muss Greta anrufen und mich entschuldigen. Ich hatte ja keine Ahnung. Ich fühle mich schrecklich.«

»Es wäre hilfreich gewesen, wenn sie dir davon erzählt hätte«, sagte Helene. »Zumindest ihre Abneigung gegen Hunde hätte sie dir erklären können.«

»Sehe ich genauso«, knurrte Lara. »Weiter. Gretas Sohn heißt Mario, ist vierunddreißig Jahre alt und arbeitet als Mechatroniker bei einem kleinen Unternehmen in Düsseldorf. Hatte vor Jahren mit Drogen zu tun, scheint aber jetzt sauber zu sein. Unverheiratet, keine Kinder. Warum er sich mit Greta zerstritten hat, hab ich bisher nicht herausgefunden, möchte ich der Vollständigkeit noch wissen. Immerhin kennt Greta eure ganze Familie sehr gut und weiß daher, wo sie euch wehtun könnte. Sorry, Michael, ich persönlich glaube nicht, dass sie dahintersteckt. Aber ich will sicher sein. Über Marios Vater konnte ich bisher nichts in Erfahrung bringen, das steht auch noch auf meiner Liste.«

»Greta hat behauptet, sie wüsste nicht, wer der Vater ist«, erklärte Michael mit leiser Stimme.

»Wie gesagt, ist sicher nicht unwichtig, das bestätigen zu können«, sagte Lara. »Ich untersuche noch, ob es irgendeine Verbindung zwischen diesem Mario und Moritz Telkes gibt, vom Alter her sind sie nur wenige Jahre auseinander. Oder ob es eine Verbindung zu Moritz' Mutter gibt, dann könnte Mario die Briefe eingeworfen haben, das Trikot zerschnitten und so weiter. Das ist natürlich schwierig herauszufinden, auf den ersten Blick sehe ich keine Berührungspunkte zwischen Mario und Moritz oder Marita.«

»Ich bin beeindruckt«, sagte Nora. »Da hast du in den wenigen Tagen ja einiges herausgefunden.«

»Ja, aber eine heiße Spur ist nicht dabei«, entgegnete Lara mit frustriertem Gesicht. »Könnte ich vielleicht einen Kaffee haben?«, fragte sie.

»Klar«, antwortete Michael und eilte in die Küche.

»Was ist mit Michelle und ihren Eltern?«, fragte Niklas.

»Ich hab die Vergangenheit der Eltern überprüfen lassen, die sind beide ein unbeschriebenes Blatt. Michelle – ehrlich gesagt, glaube ich nicht, dass sie dahintersteckt. Nicht jetzt, wo sie sich euch annähert.«

Niklas nickte zustimmend.

»Und dieser Freund von Dominik, Jan?«, fragte Nora. »Der unseren Jungen im Stich gelassen hat, als sein Fahrrad kaputt war. Was ist mit dessen Eltern?«

»Ach ja, russische Mafia und Drogen«, antwortete Lara. »Dazu bin ich noch nicht gekommen. Allerdings passt diese subtile Vorgehensweise weder zur Mafia noch zu Drogenhändlern.«

Schweigen.

»Leider habe ich bisher keinen gefunden, der eure Kinder beschützen könnte«, führte Lara weiter aus. »Momentan ist viel los, keiner hat Zeit, ich weiß auch nicht, warum.«

»Wie sollte das überhaupt gehen, zwei Jugendliche und vier junge Erwachsene beschützen? Plus ein Baby?«, fragte Helene.

»Immer nur punktuell«, erwiderte Lara. »Bei jedem prüfen, wo die Schwachstellen sind, ob die beobachtete Person leichtsinnig ist, auch schon mal allein ist, sieht sie sich häufig um. Hat sie feste Routinen, geht jeden Tag um dieselbe Uhrzeit zur Schule und so weiter. Durch eine mehrstündige Beobachtung einer Person kann man eine ganze Menge erfahren. Ich versuche, mir die nächsten Tage Zeit dafür zu nehmen, und ich werde mit Sarah und Elias anfangen.«

»Aha, weil denen noch nichts passiert ist, oder wie?«, kommentierte Niklas.

»Niklas!« Nora sah ihren Mann empört an. »Das ist nicht hilfreich!«

»Nein, weil Elias übermorgen was passieren soll«, warf Helene mit schriller Stimme ein. Sandro tätschelte beruhigend das Knie seiner Frau.

»Leider hat Niklas recht«, gab Lara zu. »Ich vermute, dass jeder der Kids mal dran ist. Damit will der Erpresser seine Macht demonstrieren. Schaut mal her, was ich alles kann, keines eurer Kinder ist sicher.«

Helene stieß einen erstickten Schrei aus.

»Das war jetzt blöd ausgedrückt«, sagte Lara hastig, und Nora sah Röte in die Wangen der Detektivin hochsteigen. »Tatsächlich glaube ich nicht, dass der Erpresser ernsthaft einem eurer Kinder etwas antun will, aber das kann ich nicht belegen, es ist nur ein Gefühl. Ich würde ihn gerne beim Beobachten der Kids erwischen. Bin allerdings nicht allzu optimistisch, dass mir das gelingt. Morgen werde ich Sarah beobachten und am Donnerstag Elias.«

»Was hältst du von dem Foto von Elias?«, fragte Helene und hielt das Foto von ihrem Sohn mit Geburts- und Todesdaten hoch.

»Ja, das hat mich auch erschreckt«, gab Lara zu. »Darum meine Reihenfolge der beobachteten Kids: morgen Sarah, in Münster, und übermorgen Elias beobachten. Das Foto und die Stelle, wo der Erpresser es platziert hat, am Grab, ist ein weiterer Beweis, wie subtil und einfallsreich der Typ vorgeht. Was hast du mit Elias besprochen? Bleibt er am Donnerstag zu Hause? Versteckt sich irgendwo? Ich werde auf jeden Fall den ganzen Tag bei ihm bleiben.«

»Elias will sich nicht ins Bockshorn jagen lassen«, antwortete Helene und verzog frustriert den Mund. »Er will am Donnerstag wie immer zur Uni gehen. Was schlägst du vor?« Sie sah Lara an.

»Schwer zu entscheiden«, antwortete Lara. »Elias ist erwachsen, er kennt die Situation. Natürlich hab ich bessere Chancen, den Erpresser zu erwischen, wenn Elias nicht den ganzen Tag zu Hause bleibt. Und ich verstehe deine Sorgen, es ist ein Unterschied, ob jemand Fotos schickt oder ein Trikot beziehungsweise Fahrradreifen zerschneidet, oder ob er tatsächlich einen jungen Menschen angreift. Wenn es um meinen Sohn ginge – ich würde ihn entscheiden lassen. Am Donnerstag nehme ich noch einen Kollegen mit und wir werden Elias keine Sekunde aus den Augen lassen.«

»Hoffentlich reicht das«, sagte Helene mit Tränen in den Augen.

»Darf ich mal eine ganz andere Frage stellen?«, fragte Niklas. »Du musst aber nicht antworten, wenn du nicht willst.«

Lara sah ihn überrascht an. »Äh, klar, fragen kannst du.«

Niklas räusperte sich. »Verrätst du uns, warum du die Polizei verlassen hast? Wenn ich dich und deine Ergebnisse höre, denke ich, dass du eine gute Polizistin warst – warum hast du auf Detektivin umgesattelt?«

»Gute Frage«, antwortete Lara und eine leichte Röte überzog ihre Wangen. »Tatsächlich hat der Job mir Spaß gemacht, es war interessant, nette Kollegen, abwechslungsreiche Aufgaben. Aber es war auch frustrierend, wenn wir einen Täter geschnappt hatten, und der wurde dann in derselben Nacht wieder freigelassen. Zeitweise hatte ich den Eindruck, gegen Windmühlen zu kämpfen. Manche von den älteren Kollegen haben mir gesagt, dass sie nur noch ‚Dienst nach Vorschrift‘ machen, weil es sowieso nichts bringt. Das waren allerdings nur wenige. Und ein Ex-Kollege hat mir erzählt, dass man als

Detektiv diese Frust-Erlebnisse nicht hat. Also hab ich mich mit meiner Frau besprochen, die ein regelmäßiges Einkommen hat, was ich wichtig finde, da wir ja zwei Kinder haben. Tja, und dann hab ich mich vor drei Jahren selbständig gemacht, und es bisher nicht bereut. – Sorry, das war jetzt eine lange Geschichte, aber du, Niklas, hast gefragt.«

»Danke«, antwortete Niklas. »Gut, dass du bei der Polizei aufgehört hast, und uns letztes Jahr helfen konntest. Ich bin sicher, das schaffst du auch dieses Jahr!«

Zustimmendes Gemurmel von den anderen.

Kapitel 11

»Mama! Hier ist Sarah. Ich ...« Sarahs Stimme, hoch und schrill, brach ab.

Nora hatte das Gefühl, das Blut in ihren Adern würde zu Eis erstarren. Als ihr Handy klingelte, hatte sie das Gespräch angenommen, ohne auf das Display zu achten, sondern zunächst weiterhin die E-Mail auf ihrem Bildschirm gelesen. Erschreckt warf sie einen Blick auf das Handy. Sarah. Ihre Tochter.

»Sarah? Was ist los? Sarah?«, rief sie und umklammerte das Handy. Leises Schluchzen am anderen Ende. »Sarah! Bitte sag was!«, rief Nora.

»Ach Mama!« *Endlich kam eine Antwort. Leise.* »Ich bin im Krankenhaus, jemand hat mich auf meinem Fahrrad angefahren.« Schluchzen war zu vernehmen.

Nora schnappte nach Luft, sie hatte den Eindruck, jemand würde ihr die Kehle zudrücken. *Was hatte Sarah gesagt? Hatte sie was von Krankenhaus gesagt? Hatte sie das falsch verstanden?* Wegen ihrer Hörbehinderung musste Nora sich auf Sprache, insbesondere am Telefon, mehr konzentrieren als Menschen ohne Hörgeräte. *Wieso Sarah? Wieso nicht Elias, heute war doch der angebliche ‚Todestag‘ ihres Neffen.* Nora hatte vor einer halben Stunde mit Helene telefoniert. »Ich versuche, mich mit Arbeiten abzulenken«, hatte die erklärt. »Elias hat darauf bestanden, wie immer zur Uni zu fahren. Und ich mach mich verrückt vor Sorgen. Lara hat ja versprochen, dass sie ihn heute überwacht. Aber ob das hilft?«

Nora hatte versucht, ihre Schwester zu beruhigen, aber sie machte sich selber große Sorgen um ihren Neffen. Und jetzt dieser Anruf! Sie schüttelte die Gedanken an die Sorgen um ihren Neffen ab und räusperte sich.

»Äh, was sagst du? Du bist im Krankenhaus? Könntest du das noch mal wiederholen?«, bat sie und hoffte, dass Sarah ihre heisere Stimme verstand. »Langsam und deutlich bitte.«

»Ja«, antwortete Sarah und Nora hörte, wie ihre Tochter tief Luft holte. »Mama, ich bin in der Uniklinik Münster. Ein Auto hat mein Fahrrad touchiert und ich bin hingefallen. Ich hab mich total erschrocken, obwohl ich nicht schlimm verletzt bin, mach dir keine Sorgen. Ich hab eine Schramme auf der Stirn, einige Hämatome und der linke Arm ist gebrochen. Hast du das alles mitbekommen?«

»Ja, ich denke schon«, antwortete Nora mit dünner Stimme.

»Ich war grad beim Röntgen, es ist ein glatter Bruch, vermutlich ist keine Operation nötig. Könntest du mich eventuell abholen?«

»Äh, ja sicher«, Nora holte tief Luft. »Ich fahre gleich los. Welcher Arm ist gebrochen? Und wo?«

»Der linke Arm«, wiederholte Sarah. Klang Ungeduld durch? »Elle und Speiche sind gebrochen.«

»Das tut mir so leid«, sagte Nora und verwünschte sich, dass ihr nichts Besseres als diese Floskel einfiel. »Welches Krankenhaus, sagtest du? Moment, ich muss was zum Schreiben suchen.« Panikartig tastete sie auf ihrem Schreibtisch herum, bis sie den Notizblock fand. *Wo war nur der Kugelschreiber?* Sie schob eine Ringmappe und mehrere Stapel Papiere zur Seite, dabei fiel ein Stiftehalter aus Holz, ein Geschenk von Niklas zum Geburtstag, laut scheppernd herunter. Nora stieß einen unterdrückten Fluch aus, dann hatte sie endlich unter einem weiteren Papierstapel einen Kugelschreiber gefunden. »So, bin zurück«, meldete sie sich. »Wie war der Name des Krankenhauses? Und die Station?« Sie zitterte.

»Ich bin in der Uniklinik Münster«, wiederholte Sarah. »Und ich befinde mich in der Notaufnahme. So wie die Ärztin mir sagte, kann ich nach Hause, sobald die mit der Untersuchung und der Behandlung des gebrochenen Arms fertig sind. Du kannst in der Notaufnahme nach mir fragen. Soll ich dir die Adresse geben?«

»Nein, danke, die finde ich im Navi«, antwortete Nora rasch. In ihrer momentanen Verfassung hätte sie kaum eine Adresse verstanden und richtig aufschreiben können. Mit Mühe und Not kritzelte sie ‚Uni Münster – Notaufnahme' auf ihren Notizblock. »Ich spreche mit Niklas und fahre dann nach Münster.«

»Okay«, antwortete Sarah. »Die Notaufnahme der Uniklinik Münster ist gut ausgeschildert. Und mach dir bitte keine Sorgen, ich bin nicht schwer verletzt, ich muss nicht im Krankenhaus bleiben und kann entlassen werden, aber die Ärztin hat mir empfohlen, mich abholen zu lassen. Sonst müsste ich mit dem Taxi zu meiner WG fahren.«

»Ja, klar, wir holen dich ab«, antwortete Nora und beendete das Gespräch. Erschüttert legte sie den Kopf in die Hände. Was kam denn noch alles?

Sie musste zu Sarah, so schnell wie möglich, sie sehen, sie umarmen und prüfen, dass ihr Kind wirklich nicht schlimm verletzt war. Sie straffte ihre Schultern und schrieb eine E-Mail an ihr Team und ihre Chefin, dass ihre Tochter einen Unfall hatte und sie zu ihr fahren musste. Dann fuhr sie ihren Laptop herunter, steckte ihn in die Laptop-Tasche, nahm Laptop-Mappe und Handtasche und verließ eiligen Schrittes das Büro. Einige ihrer Mitarbeiter sahen ihr mit überraschten Gesichtern nach, sagten aber kein Wort.

Unterwegs rief Nora ihren Mann an. Zu ihrer Beruhigung erreichte sie Niklas sofort und erzählte ihm in wenigen Worten von dem Unfall ihrer Tochter.

Niklas holte tief Luft. »Ich fahre sogleich nach Hause, dann fahren wir gemeinsam nach Münster«, sagte er und

Nora wären vor Erleichterung beinah die Tränen in die Augen geschossen.

Auf dem Weg nach Münster raubte ein Stau auf der Autobahn ihnen wertvolle Zeit. Nora nutzte den Stau und informierte ihre Geschwister.

»Wir müssen uns um Elias vermutlich keine Sorgen mehr machen«, sagte Nora zu Helene. »Der hat meine Tochter angefahren. Das mit Elias' Todestag war bestimmt ein Ablenkungsmanöver.«

Nora hatte Lara noch nicht informiert. Sie fragte sich, ob sie sauer war auf die Detektivin. Lara hatte behauptet, der Erpresser würde ihre Kinder nicht verletzen. *Da hatte sie ziemlich danebengelegen,* dachte Nora entrüstet.

Als Niklas und Nora am Krankenhaus angekommen waren, mussten sie in der Notaufnahme warten, bis sie zu ihrer Tochter durften. Sarah lag auf einer Liege in einem kleinen Untersuchungszimmer.

»Sarah!« Endlich konnte Nora ihre Tochter in die Arme schließen. Erschrocken blickte sie auf eine große Schramme an Sarahs Stirn über der linken Augenbraue, die dünnen vertrockneten Blutspuren in ihrem Gesicht, den weißen Gips am linken Arm, die schönen roten Haare, die verschwitzt und strähnig aussahen.

Sarah klammerte sich an ihre Mutter. »Der hat mich mit Absicht angefahren!«, jammerte sie. »Ich hab den schon vorher bemerkt, der fuhr dicht hinter mir. Ich hab mich gefragt, ob das Zufall war oder ob jemand mich verfolgt. Und dann hat der auf einmal Gas gegeben und ist dicht aufgefahren. Ich bin hektisch einem Stein ausgewichen und hab dabei das Gleichgewicht verloren. Und in dem Moment ist das Auto mit dem Kotflügel gegen mein Bein gefahren, so dass ich hingefallen bin. Der Typ ist mit quietschenden Reifen davongefahren, und ich hab nur noch wahnsinnige Schmerzen in meinem Arm gespürt. Das war auf jeden Fall Absicht!«

»Sind die Schmerzen noch schlimm?«, fragte Nora und ließ den Blick über ihre Tochter gleiten. »Wie geht es dir?«

»Okay«, antwortete Sarah. »Aber es war kein Unfall.« Sie holte tief Luft. »Der Arm tut weh«, sie hielt den Gips hoch. »Ist aber ein glatter Bruch und sollte problemlos heilen, sagt die Ärztin. Der Kratzer an der Stirn ist blöd, muss aber nicht genäht werden. Und ich hab Kopfschmerzen, aber die haben meinen Kopf geröntgt, alles in Ordnung. Zum Glück trage ich ja immer einen Helm.« Sie grinste ihren Vater an, mit dem sie mehrfach Diskussionen über das Helmtragen hatte. »Ja, und außerdem hab ich mehrere blaue Flecken, besonders an den Beinen. Ich bin auf die Straße gefallen, hab noch versucht, mich abzurollen. Aber nix Dramatisches, du musst dir keine Sorgen machen.«

»Ach Süße!« Nora umarmte ihre Tochter abermals.

»Können wir jetzt fahren?«, fragte Sarah mit dünner Stimme.

»Was ist mit der Polizei?«, erkundigte Niklas sich. »Wenn du angefahren worden bist, hat doch garantiert jemand die Polizei geholt.«

»Ja, die sind kurz nach dem Krankenwagen gekommen«, erzählte Sarah. »Die waren eben im Krankenhaus und ich hab denen kurz berichtet, was passiert ist.«

Es klopfte an der Tür und eine Krankenschwester kam herein. »Ich bin Schwester Mathilde«, stellte sie sich vor. »Es tut mir leid, aber wir brauchen diesen Raum«, sagte sie. »Die Ärztin würde Sie, Frau Linde, gerne über Nacht hierbehalten, wegen der Kopfverletzung. Aber das haben Sie abgelehnt, richtig?«

Nora holte Luft, um zu antworten, als sie realisierte, dass mit »Frau Linde« ihre Tochter Sarah gemeint war.

Sarah nickte. »Ich hab auch schon das Papier unterschrieben, dass ich auf eigene Verantwortung fahre.«

Schwester Mathilde lächelte. »Gut. Dann können Ihre Eltern mit Ihnen nach Hause fahren. Sie bleiben ja bei Ihrer Tochter?« Die Krankenschwester sah Niklas fragend an.

»Ja klar«, antwortete Niklas rasch. »Sarah wird bei uns übernachten, und wir gehen jetzt sofort.«

Die Krankenschwester wandte sich an Sarah: »Brauchen Sie einen Rollstuhl?«, fragte sie.

»Nein, bestimmt nicht«, wehrte diese rasch ab. Als sie sich von der Liege erhob, verzog sie schmerzverzerrt das Gesicht. »Dieses Arschloch hat mir einige Blessuren versetzt«, schimpfte sie und fasste sich an die linke Seite.

»Haben Sie genügend Schmerztabletten?«, fragte die Krankenschwester und musterte Sarah.

»Genug«, antwortete Sarah und schlüpfte in ihre Turnschuhe. Als sie sich zum Zubinden der Schuhbänder bückte, stöhnte sie wieder.

»Lass mich das machen«, sagte Nora rasch und band die Schnürsenkel zu, beruhigt, dass sie etwas Konkretes für ihre Tochter tun konnte. Dann gingen die drei gemeinsam zum Auto, Nora hatte den Arm um Sarah gelegt, Niklas trug Sarahs Rucksack über der Schulter.

»Wo ist eigentlich dein Fahrrad?«, fragte er.

»Totalschaden!«, knurrte Sarah. »Die Polizisten haben das Fahrrad an den Straßenrand gelegt und mich aufgefordert, das möglichst bald wegzuholen. Ich werde meine Mitbewohner fragen, ob einer von denen es brauchen kann, und sonst einen Schrotthändler suchen, der es abholt. Das Rad war schon ziemlich alt, die Gangschaltung funktionierte nicht mehr, und ich wollte mir eh ein Neues holen. Aber trotzdem ...« Mit wütendem Gesicht starrte Sarah vor sich hin.

»Du kommst erst einmal zu uns, richtig?«, fragte Nora und ihre Tochter nickte, wobei ihr Gesicht deutlich ihr Widerstreben zeigte.

»Können wir kurz in meiner WG vorbeifahren, damit ich mir ein paar Sachen holen kann?«, fragte sie.

Sie fuhren zu Sarahs Wohnung, Sarah beantwortete die Fragen ihrer Mitbewohnerin Laura, die erschreckt auf Sarahs Pflaster und den Gipsarm starrte, dann packte Sarah mit Hilfe ihrer Mutter rasch ein paar Sachen zusammen und sie fuhren gemeinsam zu Noras Haus.

Während der Rückfahrt lehnte sich Sarah mit geschlossenen Augen auf der Rücksitzbank zurück. Nora hatte einen Moment überlegt, ob sie sich zu ihrer offensichtlich erschöpften Tochter nach hinten setzen solle, aber das kam ihr dann doch übertrieben vor.

»Willst du noch mal von der Kollision erzählen oder dich lieber ein bisschen ausruhen?«, fragte sie nach einiger Zeit und drehte den Kopf zu ihrer Tochter.

»Ist schon okay, hab mich ja im Krankenhaus ausgeruht«, antwortete Sarah mit müder Stimme. »Also wie gesagt, der Typ hat mich mit voller Absicht angefahren, ich bin hingefallen und erst mal liegengeblieben. Ich muss mich beim Fallen irgendwie gedreht haben, so dass ich auf den linken Arm und dann auf den Kopf gefallen bin. Dann war mir erst mal schlecht. Der Autofahrer hat nicht angehalten, noch nicht mal abgebremst, und sich überhaupt nicht um mich gekümmert. Kurz danach hat dann ein Auto gestoppt, ein Ehepaar ist ausgestiegen und die haben den Krankenwagen und die Polizei angerufen.«

»Hat denn keiner was gesehen?«, fragte Niklas und sah seine Tochter im Rückspiegel an.

»Nee, wohl nicht«, antwortete Sarah. »Die Attacke ist in einer ruhigen Straße passiert, wo die Häuser von der Straße zurückgesetzt stehen. Da ist immer wenig Verkehr, und es hat wohl auch keiner was bemerkt. Die Polizisten waren total nett, sie haben gesagt, dass sie dem noch nachgehen und in den angrenzenden Häusern fragen. In der Zeitung wird auch ein Bericht erscheinen und nach Zeugen gefragt. Aber die Polizisten waren wenig optimistisch, dass sich jemand meldet.«

»Und du?«, fragte Nora. »Was hast du gesehen? Konntest du jemanden erkennen oder beschreiben? Oder das Auto?«

»Ich hab gar nix gesehen«, antwortete Sarah mit frustrierter Stimme. »Das Auto war blau oder grau, Mittelklasse, und von dem Fahrer hab ich nichts gesehen, ich bin so erschrocken, dass der mich angefahren hat. Und auf das Kennzeichen hab ich natürlich auch nicht geguckt, der war ziemlich schnell weg.«

»Kannst du schon mal Lara informieren?«, fragte Niklas. »Von wegen, der will keinem unserer Kinder ernsthaft etwas tun! Und sprich auch mit Helene und Michael, okay?«

Nora nickte, nahm ihr Handy und schickte eine kurze Whatsapp-Nachricht in ihre ‚Erpressergruppe‘.

»Was meinst du mit, der will keinem eurer Kinder was tun?«, fragte Sarah vom Rücksitz. Nora warf einen finsteren Blick nach links zu ihrem Mann. *Hatte er etwa gedacht, Sarah würde nicht zuhören?*

»Ja, weißt du, wir haben uns vorgestern mit Lara getroffen, sie hat uns ihre Ermittlungsergebnisse mitgeteilt. Und da meinte sie, dass der Erpresser uns nur drohen will, uns erschrecken, sie glaubte nicht, dass er wirklich einem von euch oder uns etwas antun würde. Na ja, da hat sie sich wohl geirrt. Es tut mir so schrecklich leid, wir haben Lara geglaubt. Da ist ja ein Unterschied, wenn der Typ ein Trikot zerschneidet oder an Dominiks Fahrrad die Reifen kaputt sticht. Dich hätte er ernsthaft verletzen können, der konnte doch gar nicht wissen, was dir passiert, wenn er dich anfährt.« Sie fuhr sich mit der Hand über ihre Augen und versuchte zu verbergen, wie stark ihre Hand zitterte.

Als Niklas vor ihrem Haus vorfuhr, wartete Lara bereits auf sie. Sie saß in ihrem alten Käfer, den sie auf der Straße geparkt hatte, und telefonierte.

Nora hatte kaum ihre Autotür geöffnet, als Lara bereits bei ihnen stand, die Hintertür aufriss und sich zu Sarah beugte.

»O Sarah«, rief sie. »Das tut mir so leid! Wie geht es dir?«

»Lass mich erst mal aussteigen«, brummte Sarah und schwang schwerfällig ihre Beine seitlich. Laras entgegengestreckte Hand nahm sie an und ließ sich hinaushelfen.

»Ich muss mich erst mal hinlegen«, stöhnte sie. »Später kann ich dir erzählen, was los war.«

Nora war an Sarahs andere Seite gegangen und begleitete ihre Tochter nach oben in ihr Zimmer.

»Ich mach dir einen Pfefferminztee«, sagte sie. Als Sarah nickte, rannte sie rasch hinunter in die Küche.

Auf der Treppe begegnete sie Niklas, der Sarahs Taschen nach oben schleppte.

Lara kam zu Nora in die Küche, die den Wasserkocher füllte und einschaltete. »Ist es okay, wenn ich hier bin?«, fragte sie mit dünner Stimme. »Ich fühle mich einfach furchtbar.«

»Ist schon gut«, sagte Nora und legte eine Hand auf Laras Arm. »Wir haben den Typ alle falsch eingeschätzt. Zum Glück ist Sarah nichts wirklich Schlimmes passiert.«

Schweigen breitete sich in der Küche aus, das nach kurzer Zeit vom Sprudeln des Wasserkochers unterbrochen wurde. Nora füllte das Wasser in eine kleine Teekanne, in die sie zuvor einen Teebeutel gesteckt hatte. Dann holte sie aus einem Schrank einige Schokoriegel, die sie auf einen Teller legte.

»Kann ich dir einen Kaffee anbieten?«, fragte sie Lara. Die nickte, und Niklas, der mittlerweile ebenfalls in der Küche war, schaltete den Kaffeeautomaten ein. Nora stellte die Teekanne, Schokoriegel, eine große Tasse und eine Zuckerdose auf ein Tablett und trug alles nach oben zu ihrer Tochter.

»Wie geht es dir?«, fragte sie, nachdem sie das Tablett auf dem Nachttisch abgestellt hatte, und setzte sich zu Sarah auf das Bett.

»Ich bin total erledigt«, antwortete Sarah. »Ich trinke etwas von dem Tee und werde dann erst mal schlafen.«

»Kann ich noch etwas bleiben oder bist du lieber allein?«, fragte Nora.

»Bleib ein bisschen bei mir«, antwortete Sarah und packte einen der Schokoriegel aus.

»Sie ist eingeschlafen.« Nora war ins Arbeitszimmer getreten, aus dem sie Stimmen gehört hatte. Lara und Niklas.

»Wir fahren nachher zur Polizei und erzählen denen alles«, sagte Niklas mit leiser Stimme. »Die müssen unseren Kindern Polizeischutz geben. Dieser Angriff auf Sarah sollte sie wohl überzeugen, dass sie die Kids schützen müssen.«

»Ja, das müsst ihr machen«, stimmte Lara zu. »Ich war bei Elias, bis ich die Nachricht von Sarahs Unfall gelesen habe. Dann hab ich Elias informiert und wir sind zusammen sofort zu ihm nach Hause gefahren.« Lara verzog ärgerlich den Mund. »Der Erpresser ist schlau, lenkt uns mit Elias ab und greift Sarah an. Gestern war ich ja bei Sarah, hab extra mein Fahrrad mitgenommen. Mir ist nichts aufgefallen, kein Beobachter, keine allzu ruhigen Straßen. Da hab ich mich wohl geirrt.«

»Wie hast du denn dein Fahrrad in deinen alten VW gekriegt?«, fragte Nora.

»Vorderrad ausgebaut«, antwortete Lara knapp.

Weder Niklas noch Nora gaben einen Kommentar ab.

»Ich frage mich, ob der Erpresser eine Connection zu Münster hat«, sagte Lara langsam. »Er konnte doch gar nicht sicher sein, dass Sarah an dem Tag in die Uni geht. So klein ist Münster wirklich nicht. Fällt euch jemand ein, der in Münster oder in der Nähe wohnt, da Verwandte oder Bekannte hat?«

Nora und Niklas sahen sich ratlos an. »Auf Anhieb nicht«, antwortete Nora. »Außer Sarahs Mitbewohnern natürlich.«

»Hm, vielleicht sollte ich die noch mal überprüfen«, sagte Lara mit seinem Seufzer. »Eure Tochter soll mich bitte anrufen, wenn sie sich erholt hat.«

Nora und Niklas nickten.

»Es tut ihnen leid, aber sie sind personell nicht in der Lage, unsere Kinder zu beschützen.« Niklas schnaubte, sein Gesicht war rot vor Wut. Er war mit Lara zur nächsten Polizeistation gefahren, Michael war wenige Minuten später dazugestoßen. Beide waren nun zurück bei Nora. Timo saß ebenfalls im Wohnzimmer und hörte seinem Vater zu, Juliette war mit dem Baby im Kinderzimmer.

»Ein Beamter hat sich alles angehört, die Briefe genau angeguckt, mit den Kollegen aus Münster telefoniert«, erzählte Niklas weiter. »Und dann hat er gesagt, dass er nichts tun kann. Na ja, mehr oder weniger. Sie würden öfters einen Streifenwagen vorbeischicken. Bei uns allen dreien. Und wir sollten sie unbedingt informieren, wenn der Erpresser sich wieder meldet. Wozu?«

Kapitel 12

»Am Sonntag veranstalten wir einen Spieleabend.«

Nora hatte ihre Schwester angerufen und ihr mit enthusiastischer Stimme den Vorschlag unterbreitet.

»Meinst du, das ist eine gute Idee?« Helene war nicht begeistert.

»Klar!«, sagte Nora voller Überzeugung. »Dann haben wir mal einen schönen Grund, uns zu treffen, wir lenken uns ab und haben einfach mal wieder Spaß zusammen. Es wird ja keiner gezwungen, mitzumachen, wer nicht will, kommt nicht. Oder sitzt einfach nur dabei. Ich will endlich mal wieder einen Nachmittag oder Abend ohne Gedanken an den Erpresser verbringen.«

»Hm, vielleicht hast du recht«, sagte Helene langsam. »Am Montag ist ja Feiertag, der Erste Mai. Dann könnten wir am Sonntag nachmittags oder abends zusammen spielen. Am besten abends, ab 19 Uhr oder so, damit niemand meint, etwas zum Essen vorbereiten zu müssen.«

»Genau. Einfach zwei oder drei Tische hinstellen, ich hole meine runden Gartentische rein. Dazu Getränke und Knabberzeug. Ganz locker.«

»Abgemacht!«

Der Vorschlag stieß bei Noras Familie auf gemischte Reaktionen. Niklas reagierte ablehnend, er beteiligte sich auch sonst selten bei den Spielen.

»Ich muss noch für mein Studium lernen«, erklärte Timo. »Aber ich stoße vielleicht im Laufe des Abends dazu.«

104

Sarah hingegen war begeistert: »Eine gute Idee, das lenkt uns auf jeden Fall ab. Äh ...«, sie hob den linken Arm und verzog das Gesicht. »Wie soll ich mit dem Gipsarm Karten spielen?«

»Ach Schätzchen!« Nora streichelte ihrer Tochter über die rechte Schulter. »Wir machen Würfelspiele, da kannst du auf jeden Fall dabei sein. Und die wenigen Karten bei Bohnanza kannst du bestimmt halten.«

Juliette äußerte sich zurückhaltend. »Ich spiele normalerweise nicht«, erklärte sie Nora. »Das ist mir zu kompliziert.«

»Wir spielen ausschließlich Karten- oder Würfelspiele, die keine lange Beschreibung brauchen«, erklärte Nora. »Das macht dir bestimmt Spaß, ist etwas typisch Deutsches. Du kannst gerne deinen Freund mitbringen.« Sie wollte den jungen Mann schon seit einiger Zeit gerne kennenlernen.

»Äh, eher nicht«, antwortete Juliette und wandte den Blick ab. »Wir haben gezankt, er will nicht mit mir nach Frankreich ziehen, wenn ich im Juni zurückgehe.« Eine Träne erschien in ihrem rechten Auge und rollte die Wange hinunter.

»Ach, bis dahin ist doch noch viel Zeit«, sagte Nora leichthin. »Ich glaub, Melina weint.« Sie erhob sich, aber Juliette kam ihr zuvor und lief bereits hinunter ins Souterrain, wo sie das kleine Mädchen hingelegt hatte.

Nora seufzte. Für Liebesdinge hatte sie momentan wirklich keinen Sinn, damit musste Juliette allein fertig werden.

»Kann ich Karla mitbringen?«, fragte Michael, als Nora ihn anrief.

»Karla? Wer ist Karla?«, fragte Nora verständnislos. *Hatte Greta noch ein Kind? Ein Mädchen? Oder hatte Michael eine uneheliche Tochter aufgetan?*

»Unser neuer Hund«, erklärte Michael. Ungeduld schwang in seiner Stimme mit. »Hab ich doch erzählt. Seit fünf Tagen ist sie bei uns. Sie fühlt sich bei uns sehr wohl, aber ich will sie nicht allein lassen.«

»Äh, ja, klar, entschuldige«, sagte Nora rasch. »Ich hab momentan viele andere Dinge, die ich beachten muss. Das heißt also, du und Leon, ihr seid dabei. Und Greta?«

»Eher nicht«, antwortete ihr Bruder leise.

»Jedenfalls spielt Dominik auch mit, wenn Leon mitkommt«, erklärte Nora.

Nora überlegte, ob sie Michelle einladen sollte, aber das überforderte sie zurzeit. Michelle war durch die Beziehung mit dem Entführer der kleinen Melina vorbelastet, und da wollte sie die junge Frau lieber nicht bei einem Spieleabend, der die Familie ablenken sollte, in ihrem Haus sehen.

Helenes Sohn Elias hatte keine Lust, er war mit Lea auf einer Party eingeladen, aber Hanna und Mark wollten mitspielen. Sandro erklärte, er müsse Hausaufgaben korrigieren.

»Jaja, schon klar«, entgegnete Helene. »Deine übliche Ausrede, wenn du zu etwas keine Lust hast.«

»Cosa?« Sandro tat erstaunt, nahm Helene kurz in die Arme und küsste sie. »Ich warte auf dich«, raunte er in ihr Ohr. Helene befreite sich lachend.

Karin sagte sofort zu. »Endlich mal wieder«, sagte sie begeistert, als Helene sie anrief. »Mit Reto kann ich ja nur Kniffel oder Skip-Bo spielen, und das maximal eine Stunde, dann hat er keine Lust mehr. Oder wenn er vorher allzu häufig verliert.«

Karin war die Erste, die am Sonntagabend klingelte. »Ich hab Chips mitgebracht«, erzählte sie, als Nora ihr die Haustür öffnete. »Die isst Dominik doch so gerne.«

»Mama!«, stöhnte Nora. »Ich hab dir letzte Woche doch erzählt, dass Dominik überhaupt keine Chips mehr isst. Seitdem sind seine Pickel viel besser geworden.«

»Ich darf ja mal was vergessen«, gab Karin beleidigt zurück, eilte zu ihrem Fahrrad und hängte den Stoffbeutel mit der Chipstüte an den Fahrradlenker.

Kurz nach ihr klingelten Helene und Hanna. »Mark kommt etwas später, wenn seine Schicht zu Ende ist«, erklärte Hanna. Ihr Freund, der Notfallsanitäter, musste auch an den Wochenenden arbeiten.

Nora wollte gerade die Haustür schließen, als sie zwei Radfahrer sah, die sich näherten. Einer der beiden führte einen Hund an der Leine, einen Golden Retriever.

»Michael!«, rief sie und umarmte ihren Bruder, als der von seinem Fahrrad abgestiegen war.

»Darf ich vorstellen: Karla«, sagte dieser. Nora bückte sich und streichelte das weiche Fell des Hundes.

»Hallo Nora«, sagte Leon und Nora umarmte ihren Neffen. »Willst du auch gestreichelt werden?«, fragte sie mit einem Zwinkern und bat die beiden in ihr Haus. Michael schloss rasch die beiden Fahrräder zusammen ab.

»Seid leise«, ermahnte sie beim Hineingehen. »Melina hat normalerweise einen festen Schlaf, und wir haben sie heute extra in Juliettes Zimmer im Souterrain gelegt. Aber wenn wir allzu laut sind, wird sie doch wach.«

Dominik war die Treppe heruntergekommen und wäre beinah über ihre Katze Nina gefallen, die beim Anblick des Golden Retrievers nach oben stürmte. Der Junge begrüßte den Hund begeistert. »Ich hätte sooo gerne auch einen Hund«, sagte er mit einem vorwurfsvollen Blick auf seine Mutter. Nora ignorierte die Worte und Blicke ihres Sohnes.

»Schade, dass ich Carlos nicht mitgebracht hatte«, sagte Helene in bedauerndem Tonfall. »Der hätte sich bestimmt gerne mit Karla angefreundet.«

»Oder auch nicht«, entgegnete Michael. »Carlos ist doch bereits ein älterer Herr, Karla wär ihm vermutlich zu lebhaft gewesen.«

»Carlos und Karla – habt ihr euch eigentlich abgesprochen?«, fragte Dominik.

»Nee, Karla hatte ihren Namen schon, bevor sie zu uns kam«, erklärte Leon. »Aber vielleicht hat Papa sie deshalb sofort zu uns geholt.«

Sarah und Juliette warteten bereits im Wohnzimmer, Sarah hatte kleine Schüsseln mit Nüssen und Pistazienkernen bereitgestellt, Juliette brachte ihre Blätterteig-Spinat-Schnecken, die sie nachmittags gebacken hatte. Auf dem Esstisch hatte Nora zuvor Wein- und Wassergläser verteilt.

Niklas war für die Getränke zuständig, er hatte Wasser- und mehrere Orangensaftflaschen, Softdrinks und Bier hingestellt. Sein Vorschlag, er könne den Abend in der Dorfkneipe mit seinen Kumpeln und ein paar Bierchen verbringen, war von Nora abgelehnt worden. »Einer muss uns ja die Gläser auffüllen«, hatte sie mit einem so finsteren Blick gesagt, dass Niklas lieber nicht widersprochen hatte.

»Brauchen wir einen weiteren Tisch?«, fragte Nora in die Runde. Sie beendete mit dieser Frage kurzentschlossen die Begrüßungen und die unvermeidlichen Diskussionen, was man von dem Erpresser hielt und die Mutmaßungen, was der Erpresser wohl als Nächstes tun würde.

»Wir sind momentan acht Personen, Mark und Timo kommen später. Wir können am Esstisch und an diesem Gartentisch spielen. Reicht das?« Nora hatte zuvor mit Niklas' Hilfe einen der runden Gartentische ins Wohnzimmer geholt und vier ihrer Regisseurstühle darum verteilt.

»Vorläufig ja«, sagte Helene. »Wir können ja schon mal anfangen. Wer spielt mit mir Bohnanza?«

Sofort fand sich eine größere Gruppe um den Esstisch ein, und das Spiel begann, ein simples Kartenspiel mit Bohnenkarten, die während des Spiels durch geschickte Verhandlungen und etwas Glück in Goldstücke umgewandelt wurden.

»Ich ziehe Würfelspiele vor«, erklärte Sarah mit betont wehleidigem Gesicht und ließ ihre roten Haare ins Gesicht fallen. Ihren Gipsarm erhob sie nahezu unmerklich. Karin erhob sich rasch von dem Bohnanza-Tisch und setzte sich zu ihrer Enkelin, Hanna und Michael gesellten sich dazu.

»Qwinto?«, fragte Sarah und die anderen nickten, nur Michael zog ein fragendes Gesicht. »Einfach, du musst nur ein bisschen rechnen«, verkündete Sarah, verteilte die Qwinto-Blöcke und Kugelschreiber und erklärte kurz die Spielregeln.

Timo verstärkte die Qwinto-Gruppe nach einer halben Stunde, kurz nach ihm kam Mark, der sich zu Hanna setzte und in das Bohnanza-Spiel eingewiesen wurde.

Zwischendurch drehte Michael eine kurze Runde mit Karla, die ansonsten den ganzen Abend keinen Laut von sich gab.

Gegen 23 Uhr verabschiedeten sich die Spieler, Niklas hatte sich bereits eine Stunde eher ins Schlafzimmer zum Fernsehen verzogen.

»Es war eine tolle Idee!«, lobte Karin. »Ich hab den ganzen Abend nicht mehr an den, dessen Bezeichnung wir nicht nennen, gedacht.«

Nora lächelte. »Ja, ging mir genauso«, bestätigte sie.

»Wir begleiten dich nach Hause«, offerierte Michael und Karin nickte zu Noras Überraschung mit dem Kopf. *Legt Mama etwa endlich ihre Abneigung gegenüber Michael ab?*, fragte sie sich und wechselte einen raschen Blick mit Helene, die mit den Schultern zuckte.

Da die Gäste beim Aufräumen geholfen hatten, blieb Nora nichts weiter zu tun, als ihr Weinglas zu leeren, dann ging sie hinauf in ihr Schlafzimmer zu ihrem Mann und fühlte sich fast entspannt. Zumindest hatte sie den ganzen Abend kaum an den Erpresser gedacht.

Kapitel 13

Fünf Tage hatten sie Ruhe gehabt. Fünf Tage, in denen Nora täglich mehrfach den Briefkasten kontrollierte, selbst am Sonntag und Montag, dem Mai-Feiertag. Fünf Tage, in denen Nora am liebsten permanent ihre Kinder um sich gehabt hätte oder sie wenigstens anrufen wollte, um sie zu fragen, ob es ihnen gut ging. Fünf Tage, in denen sie Juliette bei ihren Spaziergängen mit Melina begleitete, in der Hand einen Baseballschläger. In Telefonanrufen mit ihren Geschwistern vergewisserte sie sich, dass ihren Neffen und Nichten nichts passiert war. Nicht mehr oder noch nicht?

Helene bestätigte, dass es ihr genauso ging wie Nora. Michael berichtete, dass er die ganze Zeit mit seinem Sohn zusammen war: »Ich lasse ihn keine Minute aus den Augen«, erzählte er. »Dass Leon davon genervt ist, ignoriere ich.«

Sarah war über das verlängerte Wochenende bei ihren Eltern geblieben. Nora beobachtete ihre Tochter und registrierte besorgt die Änderungen: Sarah war viel ruhiger als sonst, sie sah müde aus, schlief schlecht und hatte keinen Appetit. Der Anschlag hatte ihre mutige selbstsichere Tochter erschüttert. Sarah, die normalerweise keiner Auseinandersetzung aus dem Weg ging, wenn es um Umweltschutz oder Tierwohl ging, die ihre Werte vehement verteidigte. Sarah, die Noras Meinung nach häufig zu ungeduldig und intolerant, geradezu aggressiv auf Leute reagierte, die Themen wie Umweltschutz oder Klimakatastrophe als unwichtig abtaten. Normalerweise war Sarah von Widerstand und gegensätzlichen Ansichten nicht von ihrem Weg abzubringen. Aber jetzt schien Sarah in ihren Grundfesten erschüttert. Nur der Spieleabend hatte sie abgelenkt, da war sie fast die ‚alte Sarah‘ gewesen.

Dann kam der 2. Mai. Und die nächste Geldforderung. Per Brief, in Köln eingeworfen, an jeden der drei Geschwister.

30.000 Euro. Geldübergabe in 2-4 Tagen
Keine Polizei

In Noras Brief gab es eine 3. Zeile:

Anzeige in Niklas‘ Zeitung: N + H gratulieren M

»Wir werden das Geld auf jeden Fall beschaffen«, sagte Niklas, als sie sich am späten Nachmittag bei Helene und Sandro trafen und sich die Briefe zeigten. Nora und Michael waren ebenfalls dabei.

»Ich auch«, fügte Michael hinzu.

»Innerhalb von zwei Tagen?«, fragte Helene zweifelnd. Ihre Geschwister nickten. »Der will einfach so noch mal zehntausend Euro mehr. Von jedem! Wirklich von jedem?«

»Die Diskussion hatten wir schon«, antwortete Michael. »Es macht keinen Sinn, wenn er jedem von uns einen Brief mit der Forderung nach dreißigtausend Euro schickt, und tatsächlich zehn Mille von jedem will. Wir sind uns doch einig, dass der Typ intelligent ist. Das passt einfach nicht.«

Helene nickte. »Du hast vermutlich recht«, sagte sie mit leiser Stimme.

»Ich habe bereits zwanzigtausend Euro in bar abgehoben, weil ich mir sicher war, dass die nächste Geldforderung kommt«, erklärte Michael. »Die restlichen zehntausend werde ich morgen abheben.«

»Ich werde Mama fragen, ob Reto uns etwas leihen kann«, sagte Helene mit leiser Stimme. Der Lebensgefährte ihrer Mutter Karin war vermögend. »Ich hab ja bisher kein Geld geholt, Sandro und ich waren uns einig, dass wir nicht bezahlen wollten. Davon abgesehen kriegen wir weder zwanzig- noch dreißigtausend Euro innerhalb von zwei Tagen zusammen.«

»Wir könnten euch etwas leihen«, bot Nora an. »Aber keinesfalls die volle Summe.«

»Ich ebenfalls«, stimmte Michael ein. »Aber meine Bank hat bei den zwanzigtausend Euro Fragen gestellt, normalerweise hebe ich nicht so viel Bargeld ab. Sie müssen mir die weiteren zehntausend Euro auszahlen, aber viel mehr habe ich nicht kurzfristig verfügbar, tut mir leid.«

»Frag erst mal unsere Mutter und Reto«, sagte Nora. »Für Reto ist es bestimmt leichter. Du musst ihn nur erinnern, dir Euro zu besorgen und keine Schweizer Franken.« Leichtes Grinsen auf Seiten der anderen.

»Na ja, Reto ist ja eher sparsam«, entgegnete Helene. »Ich glaube kaum, dass er so ohne weiteres zustimmt. Aber ich weiß nicht, woher ich sonst das Geld nehmen soll.« Ihre Geschwister schwiegen mit betretenen Gesichtern.

»Lara hab ich informiert«, sagte Michael nach einem kurzen Räuspern. »Ich hab sie gefragt, ob sie heute dabei sein will, aber sie meinte, ich soll sie einfach über unsere Beschlüsse informieren. Sie will sich da raushalten. Aber natürlich steht sie bereit, falls es zur Geldübergabe kommt.«

»Ob der Erpresser mitbekommen hat, dass wir eine Detektivin involviert haben?«, fragte Helene.

»Ich hoffe nicht«, meinte Michael. »Und außerdem ist sie ja nicht bei der Polizei, also befolgen wir die Anweisungen.«

»Reto war ziemlich sauer.« Helene rief abends ihre Schwester an. »Ich hab erst mal bei Mama vorgefühlt, ob ich ihn fragen kann, hab mich extra mit ihr in die Küche verzogen, damit er nichts mitbekommt. Sie hat sich total aufgeregt und hat mich geradezu ins Wohnzimmer zu Reto gezerrt. Beide waren mächtig empört, dass wir ihnen bisher nichts von der ersten Geldforderung erzählt haben. Ob wir ihnen nicht vertrauen. Warum wir den Kindern davon erzählen, ihnen aber nicht. Die haben sich überhaupt nicht mehr eingekriegt. Es war wohl ein Schock für die beiden, dass der Erpresser bereits vor zehn Tagen Geld gefordert hat. Wir hätten es ihnen früher sagen sollen.« Helene legte eine kurze Pause ein. »Warum hast du ihnen denn nicht von Sarah erzählt?«, fragte sie ihre Schwester.

»Machst du mir jetzt etwa Vorwürfe?«, fauchte Nora. »Ich hab einfach nicht dran gedacht. Ich war das ganze verlängerte Wochenende damit beschäftigt, mir Sorgen zu machen, nach meinen Kindern zu sehen, Dominik nicht zu beunruhigen, und für Sarah da zu sein. Und bei dem Spieleabend haben wir ja extra nicht über den Erpresser gesprochen. Ich habe einfach vergessen, unserer Mutter von der Geldforderung zu erzählen.«

»Tut mir leid«, lenkte Helene ein. »Wir sind momentan alle gereizt. Ich hätte dir keine Vorwürfe machen sollen.«

»Danke«, antwortete Nora mit versöhnlicher Stimme. Sie dachte nach. »Vielleicht haben wir den Erpresser nicht ernst genug genommen«, sagte sie. »Ich hab irgendwie nicht geglaubt, dass der tatsächlich Geld will. Ich dachte, der Brief mit der ersten Geldforderung wäre nur ein weiteres Mittel, Druck auszuüben, uns zu erschrecken, Angst machen, aus welchen Gründen auch immer.«

»Geht mir so ähnlich«, antwortete Helene. »Reto wollte jedenfalls sofort aufbrechen und in die Schweiz fahren, wir konnten ihn nur mühsam davon abhalten. Es war ja immerhin schon nach zwanzig Uhr.«

»Muss er denn überhaupt in die Schweiz?«, fragte Nora. »Er kann das Geld doch sicher auf sein deutsches Konto transferieren.«

»Ja, aber er befürchtet, dass das zu lange dauert. Jetzt wird er morgen sofort mit seiner Bank telefonieren und dann in die Schweiz fahren. Hoffentlich kriegt er das Geld!« Helene stockte. »Ach Nora, ich hab solche Angst. Angst, dass er einem unserer Kinder etwas antut. Bei deiner Sarah hat er ja zum ersten Mal eines unserer Kinder verletzt. Auch wenn es letztlich einigermaßen glimpflich ausgegangen ist. Der Schock sitzt tief, nicht nur bei ihr. Wer ist das nur und was haben wir ihm getan?«

»Ich weiß es nicht«, antwortete Nora mit verzagter Stimme.

»Und ich mache mich verrückt wegen Elias«, fügte Helene hinzu. »Sein ...«, sie stockte, »sein angeblicher Todestag ist ja schon vorbei. Aber was, wenn der Typ Ernst macht? Wenn er ernsthaft Elias verletzt? An mehr darf ich gar nicht denken!«

»Jetzt ist der Verbrecher ja erst mal beschäftigt«, entgegnete Nora. »Er muss die Geldübergabe vorbereiten. Da hat er bestimmt keine Zeit, unsere Kids zu bedrohen. Hoffe ich.«

»Ja«, antwortete Helene. »Hoffen wir es.«

Beide schwiegen und hingen ihren Gedanken nach.

»Was ist mit der Anzeige?«, fragte Helene nach einiger Zeit. »Erscheint die morgen in der Zeitung von Niklas?«

»Ich denke ja«, antwortete Nora. »Niklas erzählte, dass die Kollegen in seiner Redaktion sich etwas dagegen gesträubt haben, aber es sollte klappen.«

»Hoffentlich ist dieser Albtraum bald vorbei«, sagte Helene mit leiser Stimme. »Ich weiß nicht, wie lang ich diesen Druck noch aushalte.«

»Geht mir genauso«, stimmte ihre Schwester zu. »Und ob der Typ wirklich aufhört, wenn er das Geld kriegen sollte, steht in den Sternen.«

»Lara wird ihn hoffentlich schnappen«, sagte Helene. »Dann haben wir endlich Ruhe.«

Kapitel 14

»Jemand hat versucht, in Ihr Büro einzubrechen.« Ein Mitarbeiter des Werkschutzes hatte an Noras Bürotür angeklopft und war nach Noras ‚herein‘ eingetreten. Es war der Tag nach dem Eintreffen der Geldforderung. Nora hatte gerade mit einigen Mitarbeitern die anstehenden Projekte besprochen.

»Mein Name ist Henrichsen«, stellte der Werkschützer sich vor. »Ist Ihnen nichts an Ihrer Bürotür aufgefallen?«

»Ich hatte mich schon gewundert«, entgegnete Nora. »Ich war spät dran heute Morgen und fand meine Tür offen vor, hatte aber keine Zeit, dem nachzugehen.«

»Fehlt etwas?«, fragte Herr Henrichsen.

»Äh, ich glaube nicht«, antwortete Nora mit unsicherer Stimme. »Meinen Laptop nehme ich immer mit nach Hause, der Bildschirm steht noch hier, der Drucker ebenfalls, und sonst gibt es ja nichts Wertvolles.« Unruhig ging ihr Blick durch ihr Büro, dann sah sie Herrn Henrichsen an. »Mein Schreibtisch war abgeschlossen, so wie immer. Wer oder was hat Sie denn alarmiert?«

»Ein Mitarbeiter hat auf seiner Kontrollrunde Lärm gehört. Er hat nachgesehen und da ist ein Mann weggelaufen, der vor Ihrer Tür stand. Und die Tür war aufgebrochen. Mein Mitarbeiter hat den Typen noch verfolgt, aber der war schneller zu Fuß und ist ihm entkommen.« Herr Henrichsen verzog das Gesicht, es war ihm offenbar unangenehm, dass der Werkschutz den Einbrecher nicht erwischt hatte.

Nora erinnerte sich flüchtig an einen etwas übergewichtigen Mann, der ihr auf der Treppe entgegengekommen war und beim Treppensteigen unüberhörbar keuchte. Aber das konnte ja nicht der Einbrecher gewesen sein, der musste früher an ihrer Bürotür gestanden haben. Oder war er zurückgekehrt?

Herr Henrichsen unterbrach ihre Gedanken: »Okay, wenn nichts fehlt, bin ich wieder weg. Lassen Sie die Tür reparieren und rufen Sie mich an, wenn doch etwas fehlt oder Ihnen sonst was auffällt.«

»Klar«, sagte Nora. »Mache ich, ich seh mich nachher noch mal gründlich um.« Sie überlegte kurz. »Wie sah der Mann denn aus?«, fragte sie und ignorierte den überraschten Blick ihrer Mitarbeiterin Inge, die neben ihr saß. »War es überhaupt ein Mann? Oder könnte es eine Frau gewesen sein?«

»Äh, vermutlich schon«, antwortete Herr Henrichsen und zog die Augenbrauen hoch. »Frauen brechen doch eher selten ein, oder? Na ja, der Typ war laut meinem Mitarbeiter mittelgroß, schmale Figur, eher schmächtig, trug Jeans, einen schwarzen Hoodie mit Kapuze, dunkle Turnschuhe. Und der Kollege meinte, dass er den Einbrecher vermutlich nicht wiedererkennen oder besser beschreiben könnte.«

»Tja, das kann ich mir vorstellen«, sagte Nora und lächelte den Mann an. »Dann danke für die Information.«

Der Werkschutzmitarbeiter verließ das Büro und schloss die Tür hinter sich mit einem kräftigen Ruck.

»Bei dir ist ja zurzeit einiges los«, sagte Benjamin, einer von Noras Projektmanagern.

»Wie kommst du darauf?«, fragte Nora mit alarmierter Stimme und sah ihren Mitarbeiter mit gefurchter Stirn an.

»Äh, nur so«, stotterte Benjamin. Eine leichte Röte schlich seine Wangen hoch. »Irgendwie hab ich den Eindruck, du bist mit den Gedanken in letzter Zeit häufig woanders. Und jetzt der Einbruch in dein Büro – ist schon eigenartig.«

»Ich bin mit den Gedanken hier, bei den Projekten«, gab Nora mit scharfer Stimme zurück. *Was denkt der sich bloß?*, fragte sie sich. Sie hatte angenommen, ihr Team würde nicht mitbekommen, wie sehr sie von dem Erpresser abgelenkt war.

»Ist ja gut«, antwortete Benjamin und rutschte in seinem Stuhl zurück.

Nora beendete die Besprechung bald danach und zerbrach sich den ganzen restlichen Tag den Kopf, ob der Einbrecher wohl ‚ihr‘ Erpresser war, und was derjenige bloß in ihrem Büro gesucht hatte. *Und was wusste Benjamin?* Er war erst vor wenigen Monaten zu ihrem Team gestoßen, ein fähiger ehrgeiziger junger Mann, den sie in der kurzen Zeit bereits zu schätzen gelernt hatte. War er so sensibel, dass er bemerkte, dass sie mit ihren Gedanken häufig woanders war? Oder war er der Einzige in ihrem Team, der diesen Eindruck aussprach? Was wusste sie überhaupt über Benjamin, das nicht in den Bewerbungsunterlagen gestanden hatte? Er sprach nie über sein Privatleben, wenn die anderen montags über die Erlebnisse des Wochenendes oder vom Urlaub berichteten, hörte er aufmerksam zu, gab aber keine eigenen Geschichten preis. Hatte er ein Privatleben? Familie? Hobbys? Sie spürte die bekannte Paranoia in sich hochsteigen.

Sie machte pünktlich Feierabend und fuhr zügig nach Hause. Bevor sie in die Einfahrt zu ihrem Haus einbiegen wollte, stockte sie. Ein Mittelklassewagen stand wenige Meter vor ihrer Einfahrt, und im Vorbeifahren hatte sie den Eindruck gehabt, dass jemand hinter dem Steuer gesessen hatte. *Beobachtete er sie? Ihr Haus? Ihre Familie? Lara hatte sie ermahnt, auf alles Ungewöhnliche zu achten.* Nora kam sich vor wie in einem Krimi, *da steht auch häufig ein geheimnisvolles Auto am Straßenrand*, kam es ihr in den Sinn.

Rasch fuhr sie in die Einfahrt hoch, um den Bürgersteig nicht zu blockieren, schaltete den Motor aus, stieg aus, verriegelte das Auto mit der Fernbedienung und lief zurück, zur Straße. Sie hörte quietschende Reifen, die sich rasch entfernten. Das Auto stand nicht mehr am Fahrbahnrand und war nicht mehr zu sehen. Der Autofahrer hatte offenbar gewendet, der Wagen hatte in der Fahrtrichtung zu ihrem Haus gestanden. *Eigenartig. Oder Zufall? War das ein harmloser Anwohner, der gerade losfahren wollte? Oder der Erpresser?* Sie hatte weder die Marke noch das Kennzeichen des Autos, das so rasch weggefahren war, erkennen können.

»Ein Einbrecher in deinem Büro?« Lara zeigte sich erstaunt. Nora hatte die Detektivin sofort angerufen, als sie ihr Haus betreten hatte. »Hat er was mitgenommen?«

»Nein, er wurde gestört«, erklärte Nora. »Der Typ hatte meine Bürotür aufgebrochen und wurde dann vom Werkschutz ertappt. Er ist sofort weggelaufen, und die Täterbeschreibung ist mehr als dürftig: Jeans, schwarzer Hoodie mit Kapuze, dunkle Turnschuhe, mittelgroß, schmale Figur, eher schmächtig.«

»Kommt so etwas öfter in deiner Firma vor?«, fragte Lara.

»Nicht wirklich«, antwortete Nora. »Wenn du möchtest, kannst du gerne mit dem Mitarbeiter vom Werkschutz telefonieren.«

»Hm, danke für das Angebot«, antwortete Lara langsam. »Ehrlich gesagt, wüsste ich gar nicht, was ich noch fragen sollte. Das passt irgendwie überhaupt nicht zu ‚unserem‘ Erpresser. Der bedroht doch bisher nur die Kinder. Oder ändert er jetzt seine Vorgehensweise? Um uns zu verunsichern? Oder bist überhaupt du die

Zielperson, du in deinem Job? Lagen wir bisher völlig falsch?«

»Kann ich mir nicht vorstellen«, antwortete Nora. »Ich hab nicht mit irgendwelchen Geheimnissen zu tun, ich bin für die IT zuständig. Und da ist in meinem Büro kaum etwas zu finden. Und außerdem hat der Typ ja bei Michael angefangen, und auch Helenes Kids bedroht. Nein, ich denke, der hat es auf uns drei abgesehen.«

»Ich frage mich, ob der Typ wirklich nur die Kids bedroht. Oder ob er als Nächstes einen von euch angreift, dich oder Helene oder Michael. Der Einbruch würde darauf hindeuten. Vielleicht wollte er in deinem Büro auf dich warten?«

»Das glaube ich kaum«, entgegnete Nora und versuchte, den Schauer, der ihr den Nacken herunterlief, zu ignorieren. »Mehrere meiner Mitarbeiter sind jeden Morgen ein bis zwei Stunden vor mir im Büro. Selbst wenn der mich überfallen wollte, würden die anderen das mitkriegen, deren Schreibtische sind direkt vor meinem Büro.«

»Hm, okay«, sagte Lara. »Denk einfach noch mal intensiv drüber nach, ob du irgendeine Verbindung siehst, also zwischen dem Erpresser und diesem ominösen Einbrecher. Wir sprechen uns morgen wieder.«

Die beiden wechselten noch einige Worte und beendeten das Gespräch.

Endlich Zeit für ein Sudoku! Nora hatte es sich auf der Couch bequem gemacht, ein angespitzter Bleistift und ein Radiergummi lagen parat, sie schlug ein neues unberührtes Sudoku-Heft auf. Melina schlief, Timo und Sarah waren in ihren Zimmern, ebenso Juliette, und Niklas saß in ‚seinem' Sessel und las Zeitschriften. Nora hatte die ersten Zahlen eingetragen, als ihr Telefon klingelte.

»O nein!«, stöhnte sie und erntete einen mitleidigen Blick ihres Mannes.

»Wer ist es?«, fragte Niklas.

»Meine Mutter«, antwortete Nora und nahm das Gespräch an.

»Hallo Nora«, begrüßte Karin sie. »Geht es dir gut?«

»Ja, sicher«, antwortete Nora. »So gut es einem halt in diesen Zeiten gehen kann. Warum? Was ist los?«

»Ach, ich hatte so einen eigenartigen Anruf«, erklärte Karin. Nora spürte, wie sich ihre Nackenhaare hoben.

»Jemand hat behauptet, meine Tochter hätte einen Unfall verursacht, bei dem ein Kind gestorben ist, und ich sollte eine Kaution zahlen.«

»Mama!«, rief Nora in scharfem Ton. Niklas hob alarmiert den Kopf.

»Ich weiß, ich weiß«, sagte Karin. »Schließlich lese ich Zeitung, ich bin doch nicht bekloppt. Aber das war schon beängstigend, im Hintergrund hörte ich eine Frau weinen, das hättest du sein können. Na ja, ich hab mal tief Luft geholt, der hat immer weiter gelabert, und dann hab ich dem gesagt, dass er ein Blötschkopp ist und er sich jemand anders suchen muss. Dann hab ich aufgelegt. Aber ich wollte doch kurz von dir hören, dass es dir gut geht. Mit Helene hab ich auch schon telefoniert.«

»Das hast du gut gemacht«, sagte Nora erleichtert und zeigte ihrem Mann den erhobenen Daumen als Zeichen, dass alles in Ordnung war.

»Ich hatte sogar noch überlegt, ob ich zum Schein auf diesen Blödmann eingehe«, berichtete Karin. »Ob ich so tue, als würde ich ihm glauben, und parallel die Polizei anrufe. Aber das war mir dann, ehrlich gesagt, doch zu aufwändig. Wir haben momentan andere Probleme und müssen nicht unbedingt weitere Verbrecher verärgern. Außerdem finde ich, wer heutzutage auf diese Anrufe reinfällt, ist selber schuld. Das sind ja wohl Leute, die Geld haben, aber kein Hirn, keine Zeitung lesen oder einfach mal kurz nachdenken.«

»Du hast völlig recht.« Nora klatschte im Stillen Beifall.

»Meinst du, das war der Erpresser? Der unsere Kinder bedroht?«, fragte Karin.

Trotz der Anspannung lächelte Noras bei dem Begriff ,unsere Kinder'. »Das glaube ich kaum«, antwortete sie nach kurzem Überlegen. »Man liest doch dauernd in der Zeitung von genau dieser Betrugsmasche. Warum sollte der Erpresser dich damit erschrecken wollen?«

»Dann will ich dich nicht länger stören«, sagte Karin. »Tut mir leid, aber ich musste deine Stimme hören. Dieses Weinen im Hintergrund ging mir durch und durch. Am liebsten wäre ich kurz bei dir vorbeigefahren.«

»Kein Problem«, sagte Nora. »Gut, dass du angerufen hast. Ich wünsche dir einen ruhigen Abend.«

Karin verabschiedete sich und Nora informierte kurz Niklas über das Telefongespräch. Ihre Ruhe war dahin. Sie griff wieder zum Sudoku, konnte sich aber nicht mehr konzentrieren. Schließlich legte sie das Rätselheft zur Seite und holte ihren E-Book-Reader aus dem Schlafzimmer.

Nora grübelte die halbe Nacht, ob es eine Verbindung gab zwischen dem Vorfall im Büro und dem Erpresser. Den Schockanrufer, der ihre Mutter kurz verunsichert hatte, hatte sie nach flüchtigem Nachdenken als unwichtig abgehakt. Aber was war mit dem Einbrecher in ihrem Büro? Oder gab es eine Verbindung zu Daniel, ihrem früheren Liebhaber? Das passte alles nicht zusammen. Und woher wusste bloß Benjamin, dass in ihrem Leben »einiges los« war? Sie hatte keinem der Kollegen oder Mitarbeiter von dem Erpresser erzählt, sie erzählte überhaupt wenig Privates. Als im vergangenen Jahr ihre Enkelin entführt worden war, hatte sie ihrem Team erst davon erzählt, als es in der Zeitung stand, und auch dann hatte sie sich auf die notwendigsten Informationen beschränkt. Also: Was wusste Benjamin? Und von wem? Er war jung, könnte in ‚Tellys‘ Alter sein. Ob Benjamin dessen Handlanger war? Andererseits hatte er nicht den Eindruck gemacht, als hätte er sich mit seiner Bemerkung verplappert, als hätte er etwas preisgegeben, was er nicht wissen könnte. Benjamin war einer ihrer Lieblingsmitarbeiter, ein sensibler freundlicher junger Mann, der sehr auf die Emotionen seiner Kollegen und seiner Chefin achtete.

Ein Blick auf den Wecker zeigte ihr, dass es bereits 2 Uhr morgens war. Sie rückte näher zu ihrem Mann und kuschelte sich an ihn. Das half häufig, wenn sie nicht einschlafen konnte. Niklas drehte sich etwas, so dass er ihr seine Vorderseite zuwandte, und legte seinen Arm um sie. Nora schmiegte sich eng an ihren Mann an und versuchte, sich seinen regelmäßigen Atemzügen anzupassen. Umsonst. *Wie war es nur damals ihrer Schwester ergangen, als deren Mann den Autounfall hatte und Helene von einem auf den anderen Tag niemanden mehr zum Ankuscheln hatte?* Nora fragte sich wieder einmal, wie Helene das überstanden hatte. Sie hatte damals ihre Schwester nach Kräften unterstützt und die beiden hatten auf Noras Drängen hin nach einigen Monaten zusammen eine Wanderung auf dem Jakobsweg unternommen. Sie waren nur fünf Tage unterwegs gewesen. Aber die Wanderung hatte beiden gut getan und Helene bei der Trauerbewältigung geholfen.

Die Gedanken an die furchtbare Zeit vor acht Jahren mischten sich mit den Gedanken um den Erpresser, um Benjamin und diesen Fremden im Auto und wirbelten in ihrem Kopf herum. An Schlaf war nicht zu denken.

Sie rückte von Niklas weg und seufzte auf. *Was tat uns dieser Erpresser an?* Sie musste allen Personen in ihrer Umgebung misstrauen, fragte sich bei der kleinsten

Ungereimtheit, ob er oder sie der Erpresser war. *Hoffentlich war dieser Albtraum bald vorüber!*

Kapitel 15

Timo war außer sich. Nora hatte ihren Sohn selten so wütend erlebt.

»Michelle hat diesen Telly besucht«, stieß Timo hervor. Nora meinte, Rauchwolken aus seiner Nase aufsteigen zu sehen.

»Kannst du dir das vorstellen?«, fragte Timo und sah seine Mutter wütend an. Sein Gesicht war knallrot, die Stimme hoch, fast piepsig. »Den Typ, der unsere süße Melina entführt hat. Der uns tagelang in Angst und Schrecken versetzt hat. Und jetzt fährt diese dumme Kuh tatsächlich zur JVA und besucht ihn im Knast. ‚Immerhin waren wir monatelang zusammen‘, hat sie zur Entschuldigung vorgebracht. ‚Und sonst besucht ihn ja niemand.‘ Ja, warum wohl?, hab ich sie gefragt. Vielleicht, weil er ein Verbrecher ist? Ein Arschloch? Ein Kindesentführer? Außerdem wird er doch von seiner Mutter besucht!«

Timo tigerte in der Küche auf und ab. Seine Mutter schob rasch ein paar Gläser, die auf dem kleinen Tisch standen, zur Seite, bevor ihr Sohn sie in seinem Zorn unabsichtlich herunterfegte.

»Mama, ich kann Michelle nicht verstehen«, fuhr Timo fort. »Ich hab sie in unsere Familie mitgebracht, was mir wirklich nicht leicht gefallen ist. Hatte sogar überlegt, ihre Eltern ebenfalls an Ostern einzuladen. Und dann so was!« Er schüttelte den Kopf. »So schnell will ich die nicht mehr hier bei uns sehen!«

»Ich kann dich ja verstehen«, sagte Nora und legte die rechte Hand auf Timos Arm. »Das passt jetzt überhaupt nicht. Aber sie weiß nichts von dem Erpresser, oder?«, fragte sie und sah Timo scharf an. »Oder hast du ihr davon erzählt?«

»Äh, irgendwie schon«, druckste ihr Sohn herum. Sein Gesicht, das gerade eine normale Farbe angenommen hatte, wurde wieder von Rot überzogen. »Ich hab mal so was angedeutet«, sagte er. »Wir telefonieren ja zurzeit täglich, und da erzählt man sich, was es Neues gibt. Natürlich keine Details, aber dass jemand uns seltsame Briefe schickt, hab ich ihr erzählt. Und von Sarahs Fahrradunfall. Aber das hat doch nichts damit zu tun, dass sie diesen Telly im Knast besucht?«

»Vielleicht hat sie den Typ aufgesucht, um herauszufinden, ob er mit der Erpressung zu tun hat«, gab Nora zu bedenken. »Wir haben doch alle den Verdacht, dass jemand aus seinem Umfeld der Erpresser ist. Das ist zumindest naheliegend, und bisher ist keinem von uns eine Person eingefallen, die ein ähnlich starkes Motiv hat. Vielleicht hat Michelle es gut gemeint und versucht, ihren Ex-Freund auszuhorchen?«

»Du bist einfach zu gut für diese Welt«, antwortete Timo mit frustrierter Stimme. »Du findest immer etwas Positives in den Menschen.«

»Also, bei Telly hab ich bisher überhaupt nix Gutes gefunden«, antwortete Nora in heftigem Tonfall. »Und es ist mir ziemlich schleierhaft, was Michelle zu diesem Typ hingezogen hat. Aber trotzdem. Hast du sie eigentlich gefragt, ob sie ihn mal auf diesen Erpresser angesprochen hat?«

Ganz kurz flackerte eine Erinnerung in Nora auf. Helene hatte ihr erzählt, dass Hanna, ihre Tochter, bei einem kurzen zufälligen Zusammentreffen mit Telly diesen durchaus attraktiv fand. Telly war ein Kumpel von Hannas ehemaligem Freund Daniel, mit dem sie im vergangenen Jahr für einige Monate zusammen war. Irgendetwas schien dieser Typ, dieser Moritz Telkes, an sich zu haben, das Frauen anzog. Sie selber hatte ihn nur kurz erlebt, als sie Michelle mit ihrem Freund nach der Kindesentführung endlich aufgespürt hatten. Lara, die Detektivin, hatte kurzen Prozess gemacht und Telly mit einem Baseballschläger niedergeschlagen. Danach war der Entführer erst bewusstlos und anschließend ziemlich ausfallend gewesen.

Die Röte auf Timos Wangen vertiefte sich. »Nee, ehrlich gesagt, nicht. Ich war viel zu sauer und hab sie angebrüllt. Mit ihrer Erzählung von dem Besuch im Knast hat sie bei mir nur Aggression ausgelöst, ich konnte überhaupt nicht mehr denken. Ich musste mich zusammenreißen, sie nicht zu schütteln. Diesen blöden Telly aus ihr herauszuschütteln.«

Er setzte sich auf einen der beiden Barhocker und vergrub den Kopf in den Händen. »Es ist einfach zu viel«, sagte er mit leiser Stimme. »Gerade hatten wir uns von Melinas Entführung erholt, das Verhältnis zu Michelle hatte begonnen, sich zu entspannen. Und jetzt? Jetzt bedroht uns jemand, er verletzt Sarah, und wer weiß, was der als Nächstes plant. Und Michelle meint, unbedingt ihren Ex-Lover besuchen zu müssen. Ich bin einfach explodiert.« Mit zerknirschtem Gesicht sah er seine Mutter an. »Wahrscheinlich hast du recht, und sie wollte helfen. Sie hat mir letztens noch anvertraut, wie toll sie meine Familie findet, und wie gerne sie bei uns aufgenommen würde. Und da war ja der Nachmittag an Ostern ein schöner Start. Ich war einfach total enttäuscht, dass sie das alles gefährdet hat.« Er fuhr hoch. »Du darfst auf keinen Fall den anderen davon erzählen«, sagte er. »Bestenfalls Papa, aber sonst niemandem. Versprichst du mir das? Auch nicht Helene.« Bittend sah er seine Mutter an.

»Ist gut«, antwortete Nora und wandte das Gesicht ab. Eine bleierne Müdigkeit hatte sie angefallen. Sie hatte keine Kapazität mehr, jetzt noch mit ihrem Sohn zu diskutieren oder die Ereignisse um Michelle den anderen zu erzählen. Sie schaffte es kaum, ihren Sohn zu beruhigen.

»Vielleicht entschuldigst du dich bei Michelle«, sagte sie mit leiser Stimme. »Du scheinst sie ja richtig erschreckt zu haben, und vermutlich hat sie es nur gut gemeint und wollte uns helfen.«

Ohne auf eine Antwort zu warten, stand sie auf. »Ich muss noch was erledigen«, sagte sie und ging ins Wohnzimmer. Ein Gedanke hatte sich in ihr breitgemacht. Sie hatte keine Idee, wo dieser Gedanke herkam. Sie konnte keine Verbindung zu Michelles Besuch in der JVA erkennen. Aber der Gedanke spukte in ihrem Kopf herum: *Was, wenn der Erpresser sie belauschte? Oder Kameras angebracht hatte, mit denen er über jeden ihrer Schritte informiert war?*

»Hilf mir mal«, rief sie ihren Sohn, der sofort zu ihr eilte. »Lass uns mal Kameras oder Mikrofone suchen.«

Ohne ein Wort begab Timo sich auf die Suche, schob die Bilder an den Wänden zur Seite, inspizierte sorgfältig das Regal. Er holte eine Trittleiter aus der Küche und kontrollierte die Lampen. »Nichts«, sagte er nach einiger Zeit. »Wie oder wann hätte jemand die anbringen sollen?«

»Ich bin vermutlich schon ziemlich paranoid«, gab Nora zurück. »Danke jedenfalls, ich wollte das unbedingt kontrollieren.« Unschlüssig sah sie sich im Wohnzimmer um. Dann gähnte sie ausgiebig. »Ich muss mich hinlegen«, sagte sie, mehr zu sich selber. Timo ging die Treppe hoch, vermutlich zu seinem Zimmer.

Nora streckte sich auf der bequemen Ledercouch aus. Sie hatte den Eindruck, dass alle Probleme dieser Welt auf ihren Schultern lasteten. Am Vortag der Besuch vom Werkschutz, der von diesem eigenartigen versuchten Einbruch in ihr Büro erzählt hatte. Ihr Mitarbeiter Benjamin, der etwas über ihre Probleme wusste oder ahnte. Der Unbekannte, der in dem Auto neben ihrer Hauseinfahrt gewartet hatte. Ihre Mutter, die einen Schockanruf erhalten hatte. Und jetzt Timo! *Du hast genauso wie Timo reagiert!,* ermahnte sie sich selber. *Du misstraust auch allen und jedem. Kein Wunder, dass dein Sohn auf Michelles Besuch im Gefängnis so allergisch reagiert hatte. Und dafür hast du ihn noch beschimpft! Aber ich bin auch nur ein Mensch,* beruhigte sie sich selber. Sie streckte sich aus und merkte, wie ihre Augen zufielen.

Kleine Händchen patschten in ihr Gesicht, begleitet von einem begeisterten Quietschen. Melina! Nora schlug die Augen auf und sah ihre kleine Enkelin, die Timo lächelnd über ihr hielt. Rasch richtete sie sich auf und nahm das Baby in den Arm.

Kapitel 16

Die Anweisungen waren detailliert. Am Tag nach den Briefen mit der Geldforderung hatte Niklas wie gefordert die Anzeige mit dem Text ‚N + H gratulieren M' in ‚seiner' Zeitung veröffentlicht. Zwei Tage später, an einem Freitag, entdeckte Helene einen weiteren Brief im Postkasten. Helene arbeitete ebenso wie ihre Geschwister seit Dienstag im Homeoffice, damit sie zügig auf Instruktionen zu einer Geldübergabe, die sie jeden Augenblick erwarteten, reagieren konnte.

Der übliche Brief, weißer Briefumschlag, in Wuppertal aufgegeben. Er enthielt ein Blatt Papier, bedruckt.

Fahr morgen mit Michael um 10 Uhr nach Odenthal, dann über Voiswinkel nach Bergisch Gladbach.
Weitere Anweisungen über Handy.
KEINE Polizei !!!

Helene fotografierte den Brief und stellte ihn in ihre WhatsApp-Gruppe. Dann startete sie einen Konferenzanruf mit Lara, Nora und Michael, die den Anruf sofort annahmen.

»Hi«, sagte Helene. »Habt ihr alle den Brief gesehen?«
Alle bejahten.

»Niklas hört übrigens mit«, erklärte Nora. »Er sitzt neben mir und ich hab den Lautsprecher an.«

»Gut«, antwortete Helene. »Sandro ist allerdings in der Schule, ich erzähle ihm später alles. Habt ihr keinen Brief bekommen?«

»Nein«, antwortete Nora.

»Ich auch nicht.« Das war Michael.

Helene holte tief Luft. »Wir müssen besprechen, wie wir vorgehen. Kommentare?«

»Eines ist jedenfalls interessant!«, konstatierte Lara. »Helene, woher hat der deine Handynummer?«

»Das weiß ich nicht«, antwortete Helene. »Steht jedenfalls nicht im Telefonbuch. Aber ob der mich wirklich auf meinem Handy anrufen wird?«, grübelte sie. »Oder ob der mir noch ein anderes Handy schickt? So ein Prepaid-Ding, mit dem er mir Anweisungen gibt?«

»Hm, wie denn?«, fragte Lara. »Der hat doch bestimmt mitgekriegt, dass ihr alle Kameras habt. Da kann er ja kein Handy bei dir irgendwo platzieren, in den Vorgarten legen oder so. Und mit der Post schicken? Nicht sicher, dass es bis morgen früh ankommt. – Nein, überleg doch bitte, wer alles deine Handynummer hat. Ich weiß, das ist eine Zumutung, aber es ist zumindest eine Spur.«

Sie hielt kurz inne. »Ich bin morgen kurz vor 10 Uhr bei euch, also bei Helene. Ich könnte zwar in Voiswinkel warten, aber möglicherweise ändert der Erpresser die Strecke, und dann stehe ich am falschen Ort. Er hat ja vermutlich deine Handynummer, und da bin ich lieber bei euch.«

»Was ist mit der Polizei?«, mischte Michael sich ein. »Sollen wir sie informieren? Die haben doch andere Möglichkeiten, den Erpresser zu erwischen oder zu verfolgen. Wir haben nur Lara.«

»Aber der schreibt doch ausdrücklich, KEINE Polizei!« Noras Stimme klang schrill. »Ich geh bestimmt kein Risiko ein, ich will keinesfalls, dass ein weiteres unserer Kinder verletzt wird. Sarah hat immer noch Schmerzen, den

Gipsarm muss sie noch Wochen tragen, und ich hoffe, dass die Schramme an der Stirn keine Narbe hinterlässt.«

»Hast recht«, stimmte Michael zu. »Ich wollte nur das Thema aufbringen und checken, dass wir uns alle einig sind.«

»Nun ja, die Polizei ist über den Erpresser informiert«, gab Lara zu bedenken. »Durch die Attacke auf Sarah wissen sie Bescheid. Und wie Michael sagt, wenn es darum geht, den Erpresser zu verfolgen, haben die andere Möglichkeiten als ich.«

»Aber trotzdem, wenn wir die Polizei informieren, dann wissen zu viele Leute davon.« Nora widersprach vehement. »Da sickert bestimmt irgendwo etwas durch. Oder vielleicht hat der Typ sogar Verbindungen zur Polizei, das gibt es doch immer wieder.«

»Ich gebe Nora recht«, sagte Niklas. »Ich trau denen einfach nicht zu, dass sie sich zurückhalten, den Erpresser unbemerkt beobachten und dann festnehmen. Außerdem wissen wir gar nicht, ob es wirklich nur einer – oder eine – ist. Selbst wenn die Polizei einen schnappen sollte, kann der andere das möglicherweise beobachten und rächt sich dann an einem unserer Kinder. Nein, ich bin dafür, dass Lara versucht, den Typ zu identifizieren. Ob du den dann festhältst oder nur verfolgst, das musst du selber entscheiden.«

»Puh, da ladet ihr mir ganz schön viel Verantwortung auf«, sagte Lara mit einem tiefen Seufzer. »Ich bin nicht sicher, ob ich das so will.«

Schweigen. Nora vermutete, dass Lara nachdachte. Keiner unterbrach das Schweigen.

»Am besten ist es, wenn ich mit einem von euch die ganze Zeit per Handy in Kontakt stehe«, schlug Lara vor. »Dann kann ich mit demjenigen besprechen, wie wir weiter vorgehen, ob ich dem Erpresser folge, falls das möglich ist, oder ob ich versuche, ihn zu stellen. Was wäre denn eigentlich eure Präferenz? Festhalten oder folgen?«

Wieder Schweigen. »Festhalten«, schlug Niklas vor. »Und dann prügeln wir so lange auf ihn ein, bis er uns erzählt, ob er allein arbeitet oder zu zweit.«

»Äh, na ja«, antwortete Lara mit einem lauten Räuspern.

»Ich bin auch für Festhalten«, erklärte Helene. »Natürlich ohne die Prügel. Die kann man ja androhen. Aber wenn wir den Typ erst mal haben, können wir vielleicht erkennen, ob es da einen zweiten gibt. Dann wissen wir, mit wem wir es zu tun haben. Ob es ein Bekannter von dieser Marita, der Mutter von dem Entführer Telkes ist, zum Beispiel.«

»Ich stimme zu«, sagte Michael. »Festhalten ist bestimmt eine gute Idee, dann haben wir ihn. Wenn du, Lara, ihn verfolgst, könntest du ihn verlieren, dann haben wir ihn möglicherweise aufgeschreckt und wissen immer noch nicht, wer es ist.«

»Okay, also ihr seid alle dafür, dass ich versuche, den Typ bei der Geldabholung festzuhalten, richtig«?, fasste Lara zusammen. Mehrfaches »Ja« war zu hören.

»Und ich bin in Kontakt mit einem von euch, natürlich nur, wenn das möglich ist, ohne dass der Erpresser was mitkriegt. Mit wem?«, fragte Lara.

»Mit mir?«, fragte Michael. »Einverstanden?«

Nora, Helene und Niklas bejahten.

Kapitel 17

Helene zerbrach sich den restlichen Tag den Kopf, wer ihre Handynummer haben könnte. Zunächst ging sie alle Kontakte durch, fand aber niemanden, dem sie auch nur ansatzweise die Erpressung und vor allem die Attacke auf Sarah zutrauen würde. In der folgenden Nacht träumte sie von Telefonen, Telefone, die im ganzen Haus versteckt waren. Dauernd klingelte eines von ihnen und sie suchte es panisch, ohne es zu finden. Völlig gerädert erwachte sie am nächsten Morgen, einem Samstag.

Helene brachte kaum etwas zum Frühstück herunter. Sie hatte sich mit Sandro abgesprochen und Elias und Hanna am Vorabend informiert, dass eine Geldübergabe für diesen Tag geplant war. Die jungen Leute waren blass geworden, als ihre Mutter ihnen davon erzählt hatte.

»Soll ich nicht lieber fahren?«, hatte Elias angeboten.

»Das ist lieb.« Helene lächelte und fuhr ihrem Ältesten liebevoll über die Haare. »Aber der Erpresser hat ausdrücklich mich und Michael verlangt. Ich weiß nicht, wie der reagiert, wenn auf einmal ein junger Mann am Steuer sitzt. Und ob es helfen würde, wenn du eine Perücke aufsetzt, bezweifle ich.«

Michael war kurz vor 10 Uhr bei Helene, fast gleichzeitig mit Nora und Niklas. Niklas überreichte seinem Schwager eine schwarze Ledertasche.

»Dreißigtausend Euro, in kleinen Scheinen«, sagte er mit grimmigem Gesicht.

»Unser Geld ist hier«, sagte Sandro und wies auf einen kleinen Rucksack mit einer Schweizer Flagge, der im Wohnzimmer auf dem Boden lag. »Eigentlich ist es Retos Geld. Und es sind nur zwanzigtausend Euro. Reto sagte, er hätte mehr nicht so schnell flüssig machen können.«

Michael warf Nora einen frustrierten Blick zu, Nora zuckte mit den Schultern.

Elias und Hanna standen im Wohnzimmer und sagten kein Wort. Helene schnitt es ins Herz, ihre Kinder zu sehen, blass, mit angespannten Gesichtern, eng aneinandergedrängt.

»Habt ihr eure Kinder auch informiert?«, fragte Helene ihre Schwester.

»Timo und Sarah«, antwortete Nora. »Gestern Abend, als Dominik im Bett war. Ich bin nicht sicher, ob Dominik das nicht doch weitererzählt hätte.«

»Ich hab Leon auch nichts erzählt«, sagte Michael. »Das Geld, dreißigtausend Euro, hab ich in einen Stoffbeutel gepackt.« Er wies auf die Rückbank seines alten Volvos, auf der ein bunter Stoffbeutel lag, bedruckt mit einem Bücherstapel und dem Logo einer Buchhandlung. Nora fragte sich wieder einmal, warum ihr Bruder sich keinen neuen Wagen kaufte, Geld genug hatte er. Aber das Auto spielte jetzt keine Rolle. Dachte sie.

»Also los!«, sagte Michael und ging zu seinem Auto. Sandro umarmte Helene, Nora tat es ihm nach. Niklas ging zu Michael und klopfte ihm auf die Schulter.

»Du solltest das Geld bei dir vorne haben«, ermahnte Niklas, öffnete die rechte hintere Tür und holte Michaels Stoffbeutel heraus, den er Helene durch die offene Beifahrertür reichte. Helene setzte sich auf den Beifahrersitz und schnallte sich sorgfältig an. Sandro reichte ihr den Rucksack mit dem Geld, den sie im Fußraum verstaute.

»Wo ist Lara?«, flüsterte Helene. Sie traute sich nicht, laut zu sprechen, obwohl es äußerst unwahrscheinlich war, dass jemand sie hören könnte.

»In der Nähe«, antwortete Michael ebenso leise. »Kein Wort.«

»Das Handy hast du bereit?«, fragte Nora und steckte den Kopf durch die Beifahrertür.

Helene hielt ihr Handy hoch. »Frisch aufgeladen. Außerdem habe ich eine Powerbank und ein Ladekabel dabei.«

Nora nickte anerkennend.

Michael fuhr die kurze Auffahrt herunter und bog in die Straße ein. Nora, die vor Helenes Haustür stand, erhob unwillkürlich die Hand zum Winken, nahm sie aber sofort wieder herunter, es schien ihr eine unpassende Geste. Sie wandte sich um und ging mit Sandro und Niklas wieder ins Haus. Sie bemerkte eine Bewegung am Küchenfenster, das zur Straße hinausging. Elias und Hanna standen dort und beobachteten ihre Mutter.

Michael und Helene fuhren schweigend nach Odenthal, eine Gemeinde nordöstlich von Köln und bogen im Kreisverkehr in Richtung Voiswinkel ab, auf die gut ausgebaute Landstraße mit dem breiten Radweg auf der rechten Seite.

»Ich bin letztens mit dem Fahrrad hier heraufgefahren«, erzählte Michael. »Ich hab es so gerade geschafft, nicht abzusteigen. Es ist ganz schön steil.«

Bloß nicht über den Erpresser sprechen oder darauf, was uns erwartet!, dachte Helene. Sie bemerkte, dass ihr Bruder nervös war, genau wie sie, er schwitzte und fuhr sich immer wieder mit dem Handrücken über die Stirn.

Wieder einmal sah Helene in den rechten Außenspiegel und suchte Laras Auto, einen alten VW. *Die hatte doch gesagt, sie wäre in der Nähe.* Helene konnte sie aber nicht entdecken. Ein Blick auf ihren Bruder zeigte ihr, dass er ebenfalls häufig in den Innenspiegel sah.

Das Handy klingelte! Laut schrillte es durch das Auto. Helene erschrak dermaßen, dass sie das Telefon, das sie die ganze Zeit in der Hand gehalten hatte, fallen ließ.

»So ein Driss!«, fluchte sie und bückte sich, dabei stieß sie sich den Kopf am Armaturenbrett an. Michael bremste etwas ab, so dass Helenes Handy im Fußraum weiter wegrutschte. Endlich hatte sie ihr Handy aufgehoben und drückte hastig auf das grüne Telefonzeichen.

»Lautsprecher!«, befahl Michael und Helene drückte das Lautsprecherzeichen, so dass ihr Bruder mithören konnte.

»Ja, hallo«, sagte sie atemlos. Das Herz klopfte ihr bis zum Halse.

»Wirf das Geld zum Fenster raus«, sagte eine verzerrte Stimme. »Jetzt sofort! Keinesfalls anhalten!«

Das Gespräch war beendet, Helene hörte das Freizeichen.

»Ich soll das Geld zum Fenster rauswerfen«, informierte sie ihren Bruder überflüssigerweise, er hatte ja mitgehört.

Helene drückte auf den elektrischen Fensterheber in der Beifahrertür. Nichts. Es tat sich nichts, das Beifahrerfenster blieb oben.

»Der Schalter funktioniert nicht!«, rief sie verzweifelt ihrem Bruder zu. »Gibt's da irgendeinen Trick? Oder kannst du das Fenster runterfahren?«

»Äh, der ist schon länger kaputt«, sagte Michael und wurde knallrot. Er verlangsamte die Fahrt etwas.

»Soll ich die Taschen auf meiner Seite herauswerfen?« Er fuhr sein Fenster herunter.

»Aber der erwartet das Geld doch rechts«, antwortete Helene. »Und auf deiner Seite wird es womöglich von einem Auto überfahren. Hier rechts ist der Wald, da versteckt sich der Typ bestimmt irgendwo. Ich mach die Tür auf.« Sie nahm ihren Rucksack mit der kleinen Schweizer Flagge und wollte die Beifahrertür öffnen. Aber der Fahrtwind drückte sie sofort wieder zu.

»Fahr doch endlich langsamer!«, brüllte sie ihren Bruder an. Der bremste abrupt, so dass Helene in ihrem Sicherheitsgurt nach vorne geschleudert wurde und einen kleinen Schrei ausstieß.

»Wir dürfen nicht anhalten«, schrie Michael und fuhr langsam weiter. Helene öffnete ihre Tür.

»Jetzt?«, fragte sie und sah ihren Bruder an. Der nickte, und Helene warf die drei Geldpakete kurz hintereinander hinaus, in Richtung Wald, so weit sie konnte. Beim Weiterfahren konnte sie ihren Rucksack am Straßenrand auf dem Radweg liegen sehen, sie hatte wohl nicht genug Schwung beim Werfen genommen.

»Hinter uns kommt jemand«, sagte sie nach einem Blick zum Außenspiegel.

Michael fuhr noch langsamer, ein dunkelgrauer Mercedes überholte sie. Die Beifahrerin starrte sie an, eine junge Frau mit blonden lockigen Haaren. Michael starrte zurück. »Ob die jetzt das Geld einsammeln?«, fragte Helene.

»Merk dir, wo wir sind«, forderte Michael seine Schwester auf. Helene markierte die Stelle in ihrem Handy, dann nahm sie das Telefon ihres Bruders und rief Lara an. Rasch informierte sie die Detektivin über das Geschehen.

»Fahrt weiter«, forderte Lara sie auf. »Ich bleibe hier und warte.«

Sie fuhren langsam etwa zehn Minuten weiter, dann klingelte Michaels Handy. Lara. Helene nahm das Gespräch an, Michaels Auto hatte keine Freisprecheinrichtung.

»Ihr könnt umkehren«, sagte Lara. »Hier ist niemand, und euer Geld liegt im Dreck. Das holt bestimmt keiner mehr.«

»Tja, und jetzt?« Nora sah ihre Geschwister, Niklas, Sandro und Lara an. Sie hatten sich wieder bei Helene versammelt. Elias und Hanna hatten sich diskret nach oben verzogen.

»Hast du niemanden gesehen?«, fragte Helene und sah Lara an.

»Nein, tut mir leid«, antwortete Lara. »Ich hatte einen Kollegen mitgenommen, der hat sich mit dem Fahrrad oben in Voiswinkel postiert und hat versucht, euch zu folgen, als ihr oben wart. Was ja sowieso schon zu spät war. Ihr habt ihn abgehängt, und er hatte meine Information, dass ihr das Geld rausgeworfen habt, zu spät erhalten. Er ist dann sofort zurückgefahren und hat die Umgebung beobachtet, weil wir vermuten, dass der Erpresser das Geld mit einem Fahrrad oder Moped wegbringen wollte. Mein Kollege hat aber überhaupt keinen Verdächtigen gesehen, keinen, der da rumfuhr und etwas gesucht hat. Alle waren zügig unterwegs. Ich hab ebenfalls keine fragwürdige Person gesehen, tut mir leid.«

»Wie können wir denn jetzt dem Erpresser mitteilen, dass wir das Geld bereit hatten?«, fragte Nora.

»Gar nicht«, antwortete Lara lapidar.

»Soll ich eine Anzeige schalten?«, fragte Niklas. »Das Fenster von H+M hat geklemmt, oder so was?«

»Nein, das bringt nichts, glaube ich«, wehrte Lara ab. »Wir müssen einfach abwarten, mehr können wir nicht tun.«

»Ja, und dann fährt der Erpresser ein weiteres unserer Kinder an oder wie?«, fuhr Niklas auf. Er wandte seinen Kopf zu Michael. »Warum bist du denn überhaupt mit deiner alten Möhre gefahren? War doch klar, dass die Karre Probleme macht.«

»Hey, jetzt kein Streit bitte!« Nora hob die Hände und fasste ihren Mann an der Schulter. »Wir hätten ja vorschlagen können, mit meinem Auto zu fahren oder einem anderen. Aber wir haben die beiden mit Michaels altem Volvo fahren lassen.«

»Hast ja recht.« Niklas winkte ab und setzte sich wieder. »Sorry, Michael, wir sind alle ziemlich nervös. Und Abwarten ist nun wirklich nichts für mich.«

»Wahrscheinlich sind wir einfach zu früh zurückgefahren«, überlegte Michael. »Das Geld lag doch am Straßenrand, der Typ wollte das bestimmt noch einsammeln.«

»Ja, aber da, wo das Geld gelandet ist, das war kurz vor dem Ortsschild. Da war der Wald schon zu Ende«, gab Lara zu bedenken. »Wie soll da jemand unauffällig die Taschen holen? Es ist ja doch etwas Verkehr auf der Straße. Darum hab ich euch zurückbeordert. Das hatte keinen Sinn mehr. Da hätte höchstens jemand die Taschen untersucht, der mit dem ganzen Thema überhaupt nichts zu tun hat. Das war mir, ehrlich gesagt, zu riskant.«

»Aber jetzt haben wir den Erpresser total verärgert«, sagte Helene mit zittriger Stimme. »Ich glaube nicht, dass der uns sehen konnte, dass er mitgekriegt hat, dass ich das blöde Fenster nicht öffnen konnte. Der denkt bestimmt, wir wollten ihn verarschen.«

»Wir können nicht wissen, was der Erpresser denkt«, gab Lara mit sanfter Stimme zurück. »Aber wenn irgendein Unbekannter eine der Taschen geöffnet und mitgenommen hätte, das wäre eine total blöde Situation geworden. Glaubt mir, der Erpresser macht das bisher ziemlich überlegt. Ich kann mir nicht vorstellen, dass der eine Tasche nimmt, die weit sichtbar auf dem Radweg liegt. Der kann sich doch denken, dass wir Michaels Auto beobachten und versuchen, den Erpresser auf frischer Tat zu ertappen. Nein, der ist abgehauen, als ihr die Taschen nicht an der vereinbarten Stelle, mitten im Wald, herausgeworfen habt.«

Kapitel 18

»Hallo Mama.« Elias betrat das Wohnzimmer und ging zu seiner Mutter, die in einem Sessel saß und ein Sudoku löste. Es war Sonntagvormittag, der Tag nach der missglückten Geldübergabe. Alarmiert sah Helene hoch, die Stimme ihres Sohnes hatte eigenartig geklungen.

»Wie siehst du denn aus?«, fragte sie mit entsetzter Stimme, warf das Sudoku-Heft und den Bleistift auf den Wohnzimmertisch und sprang hoch. Sie eilte zu ihrem Sohn und nahm ihn in die Arme.

»Was ist passiert? Du bist total blass.« Sie streichelte ihm mit dem Handrücken über die Wange.

»Ich muss mich setzen«, stieß Elias hervor und taumelte zum Sessel. Seine Mutter hatte ihm den Arm um die Schulter gelegt und setzte sich auf das Sofaende, direkt neben ihren Sohn.

»Erzähl mal«, forderte sie ihn auf und sah ihn forschend an.

Elias nahm einen tiefen Atemzug. »Ein Auto ist auf mich zugerast«, berichtete er. »Ich dachte wirklich, das wäre mein Ende. So ein Idiot! Ich war auf dem Weg zu Lea, sie hatte mich angerufen, oder war sie das gar nicht?« Er runzelte die Stirn. »Warte mal. Ich glaub, das war sie überhaupt nicht. Die hörte sich so seltsam an, total heiser, und sie hatte ihre Nummer unterdrückt. Ich solle sofort kommen, ihr ginge es schlecht. Ich hab mir dein Auto genommen, sorry, hatte dich gar nicht gefragt. Direkt bei ihr kann man ja nicht parken, da hab ich in 'ner Nebenstraße geparkt und wollte die paar Schritte zu ihr gehen. Das ist doch so eine schmale Straße ohne Bürgersteige. Und da höre ich auf einmal ein Auto hinter mir aufheulen, ich dreh mich um, und da kommt ein Auto mit High Speed auf mich zugerast. Ich konnte gerade noch in einen Hauseingang springen, da war der schon vorbei. Ich hab den Schreck meines Lebens bekommen, das kannst du mir glauben.«

Er fuhr sich mit dem Ärmel seines T-Shirts über die Stirn, die schweißnass war.

»O nein!«, stieß Helene aus. »Das darf doch nicht wahr sein! Das tut mir so leid. Das ist der helle Wahnsinn! Da krieg ich einen Riesenschrecken! Was da alles hätte passieren können! Der Idiot ist direkt auf dich zugerast? Wer macht denn so was? Aber dir ist wirklich nichts passiert?«

Sie legte die Hand auf das Bein ihres Sohnes. Suchend ließ sie ihren Blick an Elias herunterwandern, zu seinen dunklen Haaren, die ein schmales blasses Gesicht einrahmten, zu den muskulösen Armen, die auf seiner Jeans lagen und unübersehbar zitterten. Dann legte sie ihren Arm um seine breiten Schultern und zog ihn an sich. Am liebsten hätte sie ihm etwas vorgesummt und ihn ausführlich getröstet, so wie früher, wenn er als kleiner Junge hingefallen war. *Wer wagte es, ihrem Jungen etwas anzutun? Ihn so zu erschrecken! Ihn einer solchen Gefahr auszusetzen! Mit einem Auto auf ihren Jungen zuzurasen!* Wut stieg in Helene hoch, eine unbändige Wut, die sie nur mühsam niederkämpfen konnte. Sie fühlte sich so hilflos, empfand ihre Familie als dem Erpresser ausgeliefert, ohne dass sie eine Idee hatte, was sie tun könnten.

»Nein, alles in Ordnung«, antwortete Elias und machte sich sanft los. »Ich muss mich nur von dem Schreck erholen.« Er atmete tief durch.

Helene rief sich zur Ordnung. Sie durfte sich jetzt nicht hängenlassen, so sehr sie sich erschrocken hatte. Es musste doch etwas geben, das sie tun könnten!

»Warst du denn bei Lea?«, fragte sie. Sie wollte sicherstellen, dass Elias' Freundin nicht in die Attacke verwickelt war. »Hat sie dich wirklich angerufen?«

»Ich hab bei ihr geklingelt«, antwortete Elias. »Aber sie hat nicht aufgemacht. Es war auch kein Licht in ihrer Wohnung zu sehen. Ich hab sie angerufen, aber sie ist nicht drangegangen. Ich war völlig fertig, da bin ich zurück zum Wagen und nach Hause gefahren. Ganz langsam.«

»Das hängt bestimmt mit der missglückten Geldübergabe gestern zusammen«, sagte Helene und spürte, wie sie rot wurde, von einem schlechten Gewissen übermannt. *Hatte sie Schuld daran, dass Elias beinah überfahren wurde? Weil sie die Geldsäcke nicht rechtzeitig hinausgeworfen hatte?* »Das ist ja ziemlich schief gelaufen. Und jetzt will der Typ uns zeigen, dass er Ernst macht!«

»Ja, das glaube ich auch«, sagte Elias mit leiser Stimme und ließ den Kopf hängen. »Jetzt bin ich an der Reihe. Zehn Tage nach meinem angeblichen Todestag. War ja nah dran.«

»Das tut mir so leid!«, sagte Helene. Ihre Stimme zitterte. »Ich bin schuld, dass der Erpresser dich überfahren wollte. Hätte ich doch nur mein Auto genommen, an dem das Fenster funktioniert!«

»Nein, Mama, du trägst ganz bestimmt keine Schuld«, sagte Elias mit energischer Stimme. »Das ist einzig und allein der rücksichtslose Erpresser und sonst keiner!«

Dankbar lächelte Helene ihren Sohn an. »Lieb, dass du das sagt. Was kann ich für dich tun? Möchtest du einen Tee? Oder ein Wasser? Oder was Stärkeres?«

»Ein Mineralwasser wär gut«, antwortete Elias und Helene stand auf.

»Was ist denn los?« Sandro kam die Treppe hinunter. »Du tönst so aufgeregt – was ist passiert?«

»Elias wäre beinah überfahren worden«, antwortete Helene und ging in die Küche. »Wir müssen die Polizei rufen. Und Lara informieren.«

Sie einigten sich darauf, zunächst Lara zu fragen. Die kam nach einer halben Stunde, kurz nach ihr folgten Nora, Niklas und Michael, die Helene angerufen hatte.

Elias hatte sich etwas beruhigt, Helene hatte ihm ein Mineralwasser gebracht und einen grünen Tee zubereitet, den er hasste, aber trotzdem in kleinen Schlucken trank. Sandro hatte seiner Frau und sich selber einen Grappa eingeschenkt, den Helene hinunterkippte und ihr Glas Sandro auffordernd erneut hinhielt.

»Dann erzähl mal«, forderte Lara Elias auf, als alle sich ins Wohnzimmer gesetzt hatten. Helene hatte überlegt, ob sie Hanna anrufen solle, die seit dem vorigen Abend bei ihrem Freund Mark war. Aber sie fühlte sich ausgelaugt, es war schon stressig, ihren Geschwistern von Elias' Bedrohung zu erzählen. Helene entschied, ihrer sensiblen Tochter später davon zu berichten. Sie wollte warten, bis sie Laras Einschätzung gehört und sich über die nächsten Schritte geeinigt hatten.

»Lara, was denkst du, war das die Reaktion auf die fehlgeschlagene Geldübergabe?«, fragte Helene, als Elias geendet hatte.

»Möglicherweise«, antwortete Lara langsam. »Allerdings bin ich überrascht über die Brutalität. Welcher Mensch rast auf einen Fußgänger zu? Was da alles hätte passieren können, da mag ich gar nicht drüber nachdenken.«

Alle schwiegen.

»Und du hast nichts von dem Auto oder dem Fahrer erkannt?«, fragte Lara an Elias gewandt.

»Mittelklassewagen, Kombi, SUV, Farbe? Hell, dunkel? Kleiner Fahrer? Teile vom Kennzeichen?«

»Eher Mittelklasse glaube ich«, antwortete Elias mit müder Stimme. »Dunkel. Limousine glaub ich, kein Kombi. Keine Ahnung!« Seine Stimme klang aggressiv.

»Ist gut«, Lara legte ihm begütigend die Hand auf den Arm. »Das war ein schlimmer Schock für dich. Niemand möchte so was erleben. – Was ist mit dem Kennzeichen?«

Nora musste trotz des erschreckenden Erlebnisses ein Grinsen unterdrücken. *Wie kaltblütig Lara war!*

»Äh, ich glaube, das war dreckverschmiert«, antwortete Elias. »Ja, ich bin ziemlich sicher. Ich hatte geguckt, ob der aus Köln kommt, hab aber gar nichts vom Kennzeichen sehen können. Und der Fahrer – als ich mich aus dem Hauseingang rausgetraut hab, war der schon weit weg. Da war vom Fahrer nichts mehr zu erkennen. – Das nächste Mal passe ich besser auf! Da halte ich mein Handy bereit für ein Foto des Fahrers.«

Lara grinste über seinen missglückten Versuch, einen Scherz zu machen.

»Jedenfalls wird der Erpresser zusehends nervös. Oder wütend«, sagte sie. »Ich denke, ihr solltet die Polizei hinzuziehen. Das war ein gefährlicher Angriff auf Elias, der böse hätte enden können. Selbst wenn der Typ dir nur Angst einjagen wollte, er hätte dich ja auch versehentlich erwischen können, obwohl er das vielleicht gar nicht vorhatte.«

»Das fühlte sich nicht so an, als ob der mich nur erschrecken wollte«, knurrte Elias.

»Jedenfalls hast du recht, Lara«, sagte Michael. »Wir müssen die Polizei informieren.«

»Wir können ja den Kommissar Bremer oder seine Kollegin, wie hieß die noch mal? anrufen«, schlug Nora vor.

»Die wir bei Melinas Entführung kennengelernt haben?«, fragte Helene.

»Ich denke, die sind dafür nicht zuständig«, antwortete Lara. »Ich fürchte, ihr müsst zunächst noch mal zu einer Polizeistation fahren und da eure Aussage machen. Die ziehen dann das zuständige Kommissariat hinzu.«

Genervtes Stöhnen von allen Seiten.

»Können wir nicht den Kommissar Bremer oder die Frau Yilmaz mal fragen, privat oder so?« Nora sah triumphierend in die Runde. »Ha, mein Namensgedächtnis!«, sagte sie.

»Tut mir leid, ich glaube nicht, dass das eine gute Idee ist«, antwortete Lara. »Die beiden sind auch nicht so supergut auf uns und insbesondere auf mich zu sprechen. Die werden euch bestimmt auf die normale Routine verweisen.«

»Muss das noch heute sein, oder kann der Besuch beim Polizeirevier bis morgen warten?«, fragte Helene. »Ich bin total erledigt, und die Aussicht, stundenlang auf dem Revier rumzuhängen, bis da jemand die Aussage von Elias per Ein-Finger-Suchsystem in den Computer eingetippt hat, ist ziemlich abschreckend.«

»Ich denke, ihr müsst da heute noch hin«, riet Lara. »Ihr müsst nicht alle fahren, Elias natürlich, Helene und Michael, am besten noch Nora, um ein Gesamtbild zu präsentieren. Nehmt wieder die Briefe mit, dann müssen die nicht erst den Vorgang suchen.«

Sie sah hoch. »Elias, versuch doch bitte noch einmal, Lea zu erreichen. Ich hätte gerne sichergestellt, dass sie es nicht war, die dir die Nachricht geschickt hat.«

Elias griff sofort nach seinem Handy und ging in die Küche. Die anderen hörten ihn telefonieren. »Sie war es nicht«, sagte er, als er nach kurzer Zeit zurückkam. »Sie wurde von dem Café angerufen, wo sie öfters arbeitet, und musste kurzfristig für jemanden einspringen, der krank geworden war. Ich hab ihr nicht erzählt, was los war, mache ich später. Sie ließ sich kaum abschütteln, es kann sein, dass sie nachher noch vorbeikommt. Ich war, ehrlich gesagt, zu erledigt, um mich durchzusetzen.«

»Schick ihr eine Nachricht, dass du gleich wegmusst«, empfahl Lara. »Du musst jetzt erst mal zur Polizei, und das dauert erfahrungsgemäß. Aber trotzdem musst du ihr bald von dem Angriff erzählen, die Polizei wird auf jeden Fall die Nachbarschaft befragen, ob jemand etwas mitbekommen hat. Damit fangen sie hoffentlich heute noch an. Und das gelangt dann schnell zu Lea.« Sie stockte. »Wie, sagtest du, war der Name des Cafés, in dem Lea gearbeitet hat?«

Helene erstarrte. *Lara setzte Lea auf ihre Liste der Verdächtigen! Wem konnten sie noch trauen?*

Elias stöhnte auf. »Café Lila Rose«, sagte er und fügte die Adresse hinzu. Lara schrieb in ihr Notizbuch.

»Dann müssen wir der Polizei ja auch von der versuchten Geldübergabe erzählen, oder?«, fragte Niklas.

Lara nickte beklommen. »Ja, war vermutlich doch keine gute Idee, sie nicht zu informieren. Vielleicht hätten wir es spätestens gestern nach der missglückten Übergabe erzählen sollen. Aber jetzt ist es halt passiert. Nehmt wieder einmal alle drei Briefe mit.«

»Ich komme nicht mit zur Polizei«, sagte Nora. »Ich muss Timo informieren, und anschließend unsere Mutter. Timo will möglicherweise sein Töchterchen aus der Gefahrenzone entfernen, und Mama wird stocksauer, wenn ihr Enkel beinah angefahren wird und wir ihr das nicht zeitnah erzählen.«

»Klar«, antwortete Lara. »Können wir uns heute Abend alle treffen, um gemeinsam eine Analyse des Täters anzufertigen?«

Zögernd nickten die anderen.

»Ehrlich gesagt ist es mir zu viel«, sagte Helene. »Aber es muss ja wohl sein. Bei Michael?«

Kapitel 19

»Ich fahre heute noch in die Schweiz. Mit Juliette und Melina. Das wird mir hier viel zu gefährlich. Ich will meine kleine Tochter nicht schon wieder einer Gefahr aussetzen.«

Timos Gesicht war puterrot geworden, als Nora ihrem Sohn von dem Anschlag auf seinen Cousin Elias erzählt hatte.

»Ja, das hatte Lara gleich zu Beginn empfohlen«, kommentierte sie. »Das ist sicher eine gute Idee. Ich helfe dir. Du sprichst mit Juliette und ihr packt, während ich zu Karin und Reto fahre, einverstanden? Ich wollte sowieso zu ihnen und von dem Anschlag auf Elias erzählen. Deine Oma wird sicher sauer, wenn ich ihr nicht zeitnah davon berichte. Anschlag – wie furchtbar das klingt! Und wie furchtbar ist das, mein Neffe wird beinah von einem Auto mit voller Absicht angefahren!« Sie atmete tief durch.

»Reto ist ja normalerweise sehr spontan«, sagte sie dann. »Ich denke, der hat kein Problem, heute noch loszufahren. Es ist ja erst früher Nachmittag.«

Timo nickte und lief zur Treppe, die ins Souterrain führte, wo ihr Au-pair-Mädchen wohnte.

Nora holte ihr Fahrrad aus der Garage und fuhr zu ihrer Mutter. Die Wohnung lag relativ nah, und Nora hatte sich im letzten Jahr angewöhnt, für kurze Strecken das Fahrrad anstelle ihres Autos zu benutzen.

Sie klingelte und Karin betätigte den Türöffner des Mehrfamilienhauses. Nora stieg rasch die Treppe hinauf zu Karins hübscher Eigentumswohnung.

»Nora!«, rief Karin beim Anblick ihrer Tochter. »Was für eine Überraschung. Wie kommt das? Ist etwas passiert?«

»Tut mir leid«, sagte Nora. »Ist Reto da?«

»Ja, er liest die Zeitung«, antwortete Karin. »Was ist denn los? Komm erst einmal herein.«

Nora ging rasch ins Wohnzimmer und sah Reto, der am Esstisch vor seinem Laptop saß und Zeitung las, vermutlich den »Schweizer Blick«. Sofort erhob der Schweizer sich und umarmte Nora.

»Schön, dich zu sehen«, sagte er. »Was ist los? Braucht deine Schwester wieder Geld?«

Nora schluckte mühsam ihren Ärger über Retos taktlose Bemerkung herunter.

»Nein, wir suchen Asyl«, antwortete sie. »Mama, setz dich doch bitte zu uns.«

Sie setzte sich an den Esstisch und schob den Stuhl neben ihr zurück, auf den Karin sich setzte. Dann berichtete sie – von der missglückten Geldübergabe, von Elias, und dass die anderen bei der Kriminalpolizei waren.

»Schön, dass wir auch schon erfahren, was mit unserem Geld passiert ist«, sagte Reto mit wütendem Gesicht. »Ihr werft es in den Dreck und wundert euch, dass keiner es aufhebt.«

»Reto!«, zischte Karin. Sie war blass geworden und fasste sich ans Herz. »Ein Auto rast auf Elias zu? Wer tut denn so was? Elias hat doch keinem was getan.«

»Das war die Rache, weil die Geldübergabe fehlgeschlagen ist«, erklärte Nora. »Der will uns zeigen, dass es ihm ernst ist. Es fing so harmlos an, mit Fotos, zerschnittenem Trikot, zerschnittenen Fahrradreifen. Und dann Sarah, und jetzt Elias. Der macht Ernst. Der steigert sich.«

Sie bemerkte das entsetzte Gesicht ihrer Mutter. »Entschuldige, Mama«, sagte sie hastig und legte die Hand auf den Arm ihrer Mutter. »Das war ein furchtbarer Schreck heute, für uns alle. Wir haben den Typ einfach unterschätzt, wir konnten und wollten nicht glauben, dass der wirklich unseren Kindern etwas antut.« Sie fuhr mit gespreizten Fingern durch ihre Haare.

»Keiner kann sagen, welches unserer Kinder als Nächstes bedroht wird«, schloss sie. »Darum möchte Timo mit seinem Töchterchen in die Schweiz fahren. Bist du einverstanden?«

Eindringlich sah sie Reto an, der fragend zu Karin blickte. *Er ist nicht begeistert,* stellte Nora fest. *War zu erwarten.*

»Ja, natürlich ist er einverstanden!«, antwortete Karin an seiner Stelle mit fester Stimme. »Hauptsache, Melina passiert nicht schon wieder etwas. Richtig, Reto?« Sie schubste ihren Lebensgefährten energisch in die Seite.

»Ja, ja«, beeilte dieser sich, zu sagen. »Wer will denn fahren? Nur Timo mit seiner Kleinen?«

»Er möchte gerne Juliette mitnehmen, das Kindermädchen«, antwortete Nora. »Er hofft, dass er bei dir für seine Ausbildung weiterarbeiten kann, und dafür braucht er Juliette, damit die sich um Melina kümmert. Wäre das okay?«

»Ja, sicher«, antwortete Reto rasch und warf einen Blick auf seine Lebensgefährtin. »Ich komme mit, wollte sowieso die nächsten Tage nach meiner Wohnung sehen.« Er räusperte sich. »Was ist denn mit der Polizei? Habt ihr die informiert? Ist die nicht in der Lage, die Kinder zu schützen?«

»Klar ist die informiert«, antwortete Nora und verdrehte die Augen. »Wir haben die ja auch bereits bei dem Angriff auf Sarah hinzugezogen. Die ermitteln. Und haben nicht genügend Personal, um unsere Kinder zu beschützen. Und Timo will natürlich sein Töchterchen aus der – äh – jetzt hätte ich beinah ‚aus der Schusslinie‘ bringen gesagt. Na ja, jedenfalls möchte Timo sein Töchterchen weit weg aus der Gefahrenzone bringen. Hilfst du ihm?« Eindringlich sah sie Reto in die Augen.

»Ja, hab ich ja schon gesagt«, knurrte der Schweizer. »Wie oft soll ich das noch sagen?«

»Danke«, antwortete Nora knapp. »Timo möchte am liebsten heute noch fahren«, erklärte sie und sah Reto beschwörend an. »Das wäre mir, ehrlich gesagt, auch am liebsten. Schaffst du das?«

»Äh, ja klar, kein Problem«, antwortete Reto rasch. »Hör auf, mich zu schubsen«, fauchte er seine Lebensgefährtin an. »Ich will ja auch, dass unser Enkelmädchen in Sicherheit ist.«

»Dann pack doch deine Sachen zusammen«, forderte Karin ihn auf, ohne auf Retos Tadel einzugehen.

»Bin ja schon unterwegs«, brummte Reto und ging ins Schlafzimmer.

»Danke, Mama«, hauchte Nora.

»Keine Ursache«, wehrte Karin ab. »Ist doch mein Urenkelmädchen.« Sie fuhr sich mit der Hand über die Augen. »Aber dass dieser Typ eure Kinder attackiert – das ist so furchtbar. Ich kann kaum noch schlafen.«

Nora wurde von einem schlechten Gewissen erfasst. Was tat sie ihrer Mutter an? Und jetzt nahm sie ihr auch noch den Lebensgefährten.

»Warum fährst du eigentlich nicht mit?«, fragte sie. »Oder willst du so lange zu uns kommen? Dann bist du nicht allein.«

»Nein, lieber nicht«, antwortete Karin nach kurzem Überlegen. »Reto hat ja nur ein Gästezimmer, da werden Juliette und Melina schlafen, Reto muss sich das Doppelbett mit Timo teilen. Auf der Couch im Wohnzimmer kann man nicht übernachten, die ist mittlerweile ziemlich durchgelegen. Und ich kann nicht zu euch kommen, danke für das Angebot. Wir haben den Handwerker bestellt, wir lassen neue Fenster einbauen, da muss ich zu Hause sein. Außerdem ist mir bei euch zu viel Trubel, auch wenn Melina weg ist.«

Sie sah ihre Tochter an. »Aber du musst mir versprechen, dass du mich sofort informierst, wenn irgendetwas ist. Ich mach mich sonst verrückt, wenn ich nichts von euch höre, und denke an die schlimmsten Dinge, die meinen Enkelkindern passieren. Versprochen?«

Nora nickte. »Ja, sicher. Du hast recht, ich werde dich auf dem Laufenden halten. Wobei ich hoffe, dass die Polizei oder Lara endlich einen Hinweis auf den Verbrecher findet.«

»Ja, hoffe ich auch«, antwortete Karin mit verzagter Stimme. »Als hätten wir nicht schon genug Probleme gehabt. Erst deine Schwerhörigkeit, dass du schon als Kind Hörgeräte tragen musstest. Nur weil ich möglicherweise deine Mittelohrentzündung nicht rechtzeitig hab behandeln lassen. Nein, lass mal«, Nora hatte abwehrend die Hand erhoben. »Das werfe ich mir bis heute vor. Dann der Unfalltod von Helenes Mann. Helenes Sternenkind Mia. Vor ein paar Jahren hast du dich in Kanada verirrt und wärest beinah umgekommen. Letztes Jahr hat dieser ‚Freund'«, sie betonte das Wort ironisch, »von Michelle unsere kleine Melina entführt. Und jetzt schickt da so ein Irrer Fotos, beschädigt Trikots und Fahrräder, fährt unsere Sarah an und jetzt auch noch Elias! Warum passiert das alles? Was haben wir getan? Womit haben wir das verdient?«

Nora umarmte ihre Mutter. Am liebsten hätte sie losgeheult, die Tränen stauten sich in ihren Augen. Aber sie fürchtete, dann endgültig zusammenzubrechen. »Wir kriegen das hin«, murmelte sie. »Lara findet den Erpresser, ganz bestimmt. Und jetzt sind ja Timo und Melina bald in Sicherheit. Dieser Verbrecher kann denen kaum in die Schweiz folgen.«

»Hoffentlich hast du recht«, antwortete Karin verzagt.

Reto kam mit einem mittelgroßen Koffer aus dem Schlafzimmer zu ihnen. »Bin bereit«, erklärte er. Nora registrierte die hektischen roten Flecken an seinem Hals und in seinem Gesicht. Auch ihn nahm das ganze Geschehen sehr mit.

»Du musst dich mit Timo irgendwo treffen, wo man euch nicht beobachten kann«, erklärte sie. »Nicht, dass der Typ Timo verfolgt und mitkriegt, dass ihr in die Schweiz fahrt.«

»Ja, geht's denn?«, polterte Reto. »Was denn noch alles?«

»Jetzt reg dich nicht schon wieder auf«, versuchte Karin zu beschwichtigen. »Wir müssen einfach vorsichtig sein. Du willst doch auch nicht, dass unserer süßen Melina schon wieder etwas zustößt, oder?«

Reto brummte etwas Unverständliches, dann telefonierte er mit Timo und lauschte dessen Anweisungen.

»Alles klar«, schloss er und sah auf.

»Findest du den Treffpunkt?«, fragte Nora kritisch.

»Ja klar, bin doch nicht blöde«, knurrte Reto, ging zu Karin und verabschiedete sich mit einem langen Kuss von ihr. »Pass auf dich auf«, sagte er mit rauer Stimme.

»Du auch«, erwiderte seine Lebensgefährtin. »Pass auf dich und die Jugend auf. Und melde dich, wenn ihr da seid.«

»Timo freut sich bestimmt, wenn er deinen dicken Geländewagen fahren darf«, sagte Nora mit einem Grinsen. »Lass ihn ruhig mal ans Lenkrad.«

»Und ich soll ein schreiendes Baby beruhigen? Nein, danke«, erwiderte Reto.

»Das macht Juliette«, entgegnete Nora mit einem Seufzer. *Warum nur war der Lebensgefährte ihrer Mutter so eigensinnig?*

Sie verabschiedete sich von Reto mit bangem Herzen. *Hoffentlich geht alles gut! Hoffentlich bekommt niemand mit, dass Timo sich mit seinem Baby in die Schweiz absetzt!*

Kapitel 20

Alle waren pünktlich um 19 Uhr bei Michael. Helene und Sandro kamen als Letzte und wurden im Flur von Michael empfangen. Karla, sein neuer Hund, begrüßte Helene schwanzwedelnd.

»Sie ist ja total freundlich«, stellte Helene fest, die den Golden Retriever ausgiebig streichelte. »Als Wachhund ist sie vermutlich weniger geeignet, oder? Aber sie ist wirklich einfach goldig!«

Sie gingen ins Wohnzimmer, wo Nora, Niklas, und Lara bereits am Esstisch saßen. Helene setzte sich neben ihre Schwester. »Ist Timo gut in der Schweiz angekommen?«, fragte sie.

»Ja«, antwortete Nora. »Sie sind gut durchgekommen, und Timo durfte die Hälfte der Strecke fahren.« Die beiden Schwestern grinsten sich an.

»Reto hat seinen kostbaren SUV von Timo fahren lassen? Alle Achtung«, kommentierte Helene.

»Jetzt erzählt mal: Wie war es bei der Polizei?«, fragte Nora.

»Wie erwartet«, antwortete Michael mit frustrierter Stimme. »Drei Stunden hatten wir auf dem Polizeirevier verbracht. Lara hatte sich netterweise ebenfalls angeschlossen. Allerdings hat sie das Revier nach einer halben Stunde entnervt verlassen.«

Nora warf einen raschen Blick auf Lara, die ein betont gleichmütiges Gesicht zog.

»Wir haben alles zu Protokoll gegeben«, erzählte Helene. »Am Anfang haben die uns angeguckt, als würden wir eine Geschichte vom Mond erzählen. Aber später haben sie dann einen Kriminalkommissar hinzugezogen, den Hauptkommissar Bodinger. Der hat sich alles noch einmal erzählen lassen und die Kollegen in Münster kontaktiert. Was sie als Nächstes unternehmen, weiß ich nicht.«

»Wie sieht es mit Polizeischutz aus?«, fragte Sandro. »Das ist jetzt der zweite tätliche Angriff auf eines unserer Kinder, da müssen die doch aktiv werden.«

‚Eines unserer Kinder – Sandro betrachtet Elias als sein Kind'. Helene ging trotz der großen Probleme das Herz auf und sie warf ihrem Mann einen liebevollen Blick zu.

»Das haben wir natürlich auch gleich gefragt«, sagte Helene. »Aber die haben wieder einmal geantwortet, dass sie dafür nicht die Ressourcen haben. Und wie bei Sarahs Attacke haben sie vorgeschlagen, dass die Kinder irgendwohin wegfahren, wo sie keiner erwischen kann. Aber wie lange sollen sie wegfahren? Und wohin? Timo wird auch nicht allzu lange in der Schweiz bleiben können. Und wie geht es mit Schule, Studium und Ausbildung weiter?«

Sie vergrub das Gesicht in den Händen.

»Was haben die denn zur versuchten Geldübergabe gesagt?«, wollte Sandro wissen.

»Das fanden sie gar nicht gut«, antwortete Helene. »Sie haben rumgemeckert und gefragt, warum wir heute bei ihnen wären und gestern nicht. Haben sie irgendwie recht.«

»Wo ist überhaupt Leon?«, fragte Nora und sah sich suchend in Michaels Wohnzimmer um. Sie verspürte den Anflug eines schlechten Gewissens, dass ihr der fehlende Neffe so spät auffiel.

»Leon ist bei seiner Mutter«, erklärte Michael. »Für uns völlig überraschend hat sie gestern angerufen und gesagt, dass sie heute gerne ihren Sohn sehen möchte. Nächsten Sonntag ist ja Muttertag, aber da ist sie schon wieder unterwegs, darum wollte sie heute etwas mit ihrem Jungen unternehmen. Sie hat ihn vormittags abgeholt und gesagt, dass es spät wird. Leon hat sich sehr gefreut, auch wenn er etwas skeptisch ist. Ich weiß nicht, was Maren vorhat, aber es tut Leon gut, dass sie Zeit mit ihm verbringen möchte.«

»Das freut mich für den kleinen Großen«, sagte Nora. »Er hat in letzter Zeit genug mitgemacht. Und wir sind ungestört.« Sie grinste.

Zustimmendes Nicken.

»Ich muss noch was loswerden«, sagte Michael mit bedeutungsschwerer Stimme. Alarmiert sahen die anderen auf. »Ich finde es einfach toll, dass ich euch habe«, er sah von Nora zu Helene und wieder zurück. »Nicht nur euch, meine Schwestern, auch noch zwei Schwäger und die Nichten und Neffen. Bis ich euch kennengelernt habe, hatte ich nur Leon. Und jetzt habe ich eine große Familie, die zusammenhält. Für euch mag das selbstverständlich sein, ihr kennt es gar nicht anders. Für mich ist es immer wieder eine tolle Erfahrung.« Er stand auf, ging zu seinen Schwestern, legte die Arme um die beiden und drückte jeder einen Kuss auf die Wange. »Ich hab euch lieb«, sagte er mit heiserer Stimme.

»Wir dich auch«, antwortete Nora und tätschelte Michaels Hand.

Stille.

Michael ging zu seinem Platz zurück.

»Was ist denn das?«, fragte Helene. Sie zeigte auf einige getöpferte Figuren. »Hat Leon etwa auch mit Töpfern angefangen? Und was sollen die darstellen?« Sie ging näher zu dem Regal, auf dem zwei etwa handgroße Töpfereien lagen. »Das sind ja Monster!«, rief sie aus. »Herrlich. Eine Mischung zwischen Grusel und Kuscheltieren.« Sie grinste. Die Figuren hatten beide den Körper eines Dinosauriers, mit einem langen Schwanz und kräftigen Hinterbeinen, die Mäuler aber schienen zu lächeln, die Gesichter der beiden sahen freundlich aus.

»Die sind von deiner Tochter«, erklärte Michael. »Hanna hat damit ihren Frust über den Erpresser ‚abgetöpfert‘. Dominik hat ihr ein paar von den Monstern gemopst und zwei Leon geschenkt. Als Trost oder so.«

»Das ist ja süß!«, kommentierte Helene. »Ich dachte mir, dass die Kreaturen von Hanna sind. Und ich bin froh, dass sie so freundliche Gestalten getöpfert hat, ihr wisst doch, nach dem Tod ihres Vaters hat sie unheimliche Figuren getöpfert, grauenhafte Viecher mit langen Krallen und furchterregenden Zähnen. Die meisten hat sie auf dem Grab ihres Vaters deponiert. Damit hat sie damals die Trauer verarbeitet.«

»Vielleicht sollte ich auch mit Töpfern anfangen?«, überlegte Michael und alle lachten.

»Bei dem Thema Grab«, ergänzte Helene. »Cordula hat mich angerufen, die Schwester meines verstorbenen Mannes.«

»Die hat doch letztens schon deine Tochter angerufen, oder?«, fragte Michael.

»Ja, genau die«, antwortete Helene. »Ich glaub, das letzte Mal hab ich vor Jahren mit ihr telefoniert. Aus irgendeinem Grund ruft die immer an, wenn bei uns etwas passiert. Jedenfalls hat sie nur wissen wollen, wie es uns geht. Ich hab natürlich nichts erzählt und hatte sowieso keine Luft auf Smalltalk mit ihr. Darum hab ich behauptet, es wär alles in Ordnung und ich wär grad auf dem Sprung zum Einkaufen und hab das Gespräch beendet.«

»Aha«, äußerte Lara und sah Helene irritiert an. Dann räusperte sie sich: »Wir gehen nochmal alles durch«, schlug sie vor. Sie hatte ein Flipchart mit Ständer mitgebracht, das sie im Wohnzimmer aufbaute.

»Als Erstes schreiben wir auf, was wir über den Erpresser wissen«, sagte Lara.

»Kein Profi«, rief Nora. Lara notierte es.

»Voller Wut.« Das war Michael.

»Er hasst uns.« Nora.

»Will uns über unsere Kinder verletzen. Vielleicht hasst er Kinder?« Helene

»Einfallsreich.« Niklas.

»Genießt seine Macht über uns.« Helenes Stimme klang grimmig.

»Intelligent.« Das kam von Lara.

»Steigert subtil die Bedrohung.« Helene.

»Wie stellt ihr euch ihn – oder sie, das sollten wir nicht außer Acht lassen – vor?«, fragte Lara. »Ist es eher ein Mann oder eine Frau? Oder sind es zwei? Was denkt ihr über sein Alter und seine Persönlichkeit? Seine Motive?«

»Dass er über den Zaun bei Michael gestiegen ist, deutet darauf hin, dass er eher jünger ist, vielleicht vierzig«, sagte Niklas. »Und eher auf einen Mann.«

»Liest gerne Krimis«, schlug Nora vor. »Daher kommen bestimmt einige seiner Ideen.«

»Sportlich«, sagte Michael. »Auch wieder ein Hinweis davon, dass er über meinen Zaun geklettert ist, um Leons Trikot zu zerschneiden.«

»Vermutlich nicht berufstätig«, meinte Nora. »Oder zumindest nicht zu hundert Prozent. Er hat so viel Zeit aufgewendet, um uns und unseren Kindern hinterherzuspionieren, das schafft man mit einem normalen Vierzig-Stunden-Job nicht.«

»Halt, halt«, rief Lara. »Ich komme mit Schreiben nicht hinterher. Aber ihr seid ausgesprochen produktiv!«

»Körperlich unauffällig«, sagte Michael. »Weder besonders groß oder klein, dick oder dünn.«

»Rücksichtslos«, ergänzte Helene. »Er hätte Sarah oder Elias ernsthaft verletzen können.«

»Das sind übrigens die beiden einzigen Bedrohungen, die wirklich gefährlich waren.« Lara zog die Stirn kraus.

»Beide Vorfälle galten erwachsenen Kindern der Zwillinge, nicht den halbwüchsigen Jungs oder dem Baby.«

Alle hielten für einen Moment die Luft an.

»Kann Zufall sein«, sagte Lara. »Aber vielleicht sollten wir uns mal ansehen, wer euch beide so sehr hasst, und weniger auf Michael fixiert ist.«

»Was ist mit dem Telkes und seinem Umfeld?«, fragte Nora. »Der steht doch immer noch weit oben auf unserer Liste der Verdächtigen, weil er ja wegen der Entführung unserer Melina im Gefängnis sitzt.«

»Oder es sind doch zwei Täter«, sagte Lara. »Die Mutter von diesem Telkes könnte einen Mittäter haben. Der wäre dann jünger und sportlich.«

»Wie sieht denn eigentlich die Mutter von diesem Moritz Telkes aus?«, fragte Helene. »Vielleicht haben wir sie ja schon mal gesehen, wie sie auf der Straße steht und uns beobachtet oder so.«

»Stimmt!«, gab Lara zu. »Möglicherweise habe ich sie zu früh von der Liste der Verdächtigen entfernt, weil sie zunächst im Urlaub war. Wartet mal.«

Sie nahm ihr Handy und scrollte durch ihre Fotos.

»Hier.« Sie hielt das Handy hoch. Das Gesicht einer Frau mittleren Alters war zu sehen. »Marita Telkes. Neunundfünfzig Jahre alt. Wie gesagt, sie leitet einen Autozulieferbetrieb. Sie ist etwa einen Meter fünfundsiebzig groß, schlank, blond. Sie ist jeden Tag mindestens neun Stunden im Betrieb.«

»Sie ist attraktiv«, stellte Nora fest. »Und sieht ihrem Sohn ähnlich.«

»Ich glaub nicht, dass ich die schon mal gesehen habe«, stellte Helene fest. Die anderen brummten zustimmend.

»Ich hab ihr Umfeld gründlich durchforstet«, sagte Lara. »Aber nichts Verdächtiges gefunden, keinen mit Knasterfahrung oder so. Sie lebt relativ zurückgezogen.

Die Firma läuft gut, es sieht nicht so aus, als würde sie Geld brauchen. Sie ist mobil und ihre Kunden sitzen in ganz Nordrhein-Westfalen, sie könnte gut bei Kundenbesuchen die Briefe einwerfen.«

Lara kratzte sich am Kopf. »Wen haben wir denn noch? Wenn wir mal nicht von einem völlig Unbekannten ausgehen, was eher unwahrscheinlich ist.«

Sie sah Michael an. »Greta. Und Gretas Sohn und dessen Vater. Auf die drei würden einige unserer Kriterien, die wir eben aufgeschrieben haben, zutreffen.«

Michael wurde rot. »Das kann ich mir nicht vorstellen«, sagte er mit heiserer Stimme.

»Du kennst doch Gretas Sohn gar nicht«, entgegnete Lara. »Und dessen Vater ebenso wenig.« Sie schlug ihr Notizbuch auf und blätterte einige Seiten um.

»Ich hab schon versucht, eine Verbindung zwischen Greta und ihrer Familie und Marita Telkes zu finden, bisher umsonst«, erzählte Lara. Sie ließ ihren Blick schweifen.

»Nora, was war mit deinem Lover vor ein paar Jahren? Wie hieß der noch mal? Daniel, nicht wahr? Du hast doch Schluss gemacht.«

Noras Wangen färbten sich blutrot. »Das ist acht Jahre her«, antwortete sie hastig. »Und letztes Jahr hat er doch was mit Helenes Tochter Hanna angefangen.«

»Die nach einigen Monaten mit ihm Schluss gemacht hat«, fiel Helene ihr ins Wort.

»Also haben zwei Frauen von eurer Familie mit diesem Daniel Schluss gemacht. Das könnte ihn doch verärgern. Auch wenn beide Fälle bereits Monate beziehungsweise Jahre her sind. – Nora, könntest du ihn kurz beschreiben? Welche von unseren Punkten hier auf der Liste«, sie deutete auf das Flipchart, »treffen auf ihn zu?«

Nora stand auf und ging zum Flipchart. Sie nahm einen grünen Stift, den Lara auf den Esstisch gelegt hatte und ging die einzelnen Punkte durch.

»Jung.« Sie malte einen grünen Pfeil. »Wütend? Vermutlich.« Sie fügte ein Fragezeichen hinzu und hakte weitere Punkte ab. »Intelligent, kein Profi, rücksichtslos, einfallsreich, sportlich, unauffällige Figur. Kinder? Ambivalentes Verhältnis. Genießt Macht, auf jeden Fall. Krimis? Weiß ich nicht. Ob er Zeit hätte? Neben seinem Job und seiner Bildhauerei? Kann ich nicht sagen.«

Nora legte den Stift auf den Esstisch. »Passen tatsächlich einige Eigenschaften«, sagte sie.

»Ich prüfe mal, ob er noch für seine Firma arbeitet«, sagte Lara und schrieb in ihr Notizbuch. »Dann weiß ich, wie viel Zeit er hat.«

Lara sah Michael an. »Es tut mir leid, aber wir müssen diese Liste für Greta und ihren Sohn durchgehen. Den Vater lassen wir erst mal außer Acht, zu dem kannst du vermutlich nichts sagen. Also: Nimm dir bitte den roten und den schwarzen Stift und geh die Liste durch, rot für Greta, schwarz für Mario. Okay?«

Aufmunternd nickte sie Michael zu, der laut seufzte, sich erhob und zum Flipchart ging.

»Ich fange mit Greta an«, sagte er und nahm den roten Stift.

»Kein Profi. Voller Wut? Hass? Nein, das glaube ich nicht. Enttäuscht. Enttäuscht von mir. Aber warum sollte sie Nora oder Helene hassen? Nächster Punkt: Hasst sie Kinder? Nein, ganz bestimmt nicht, sie kam mit Leon supergut klar, das kann nicht das ganze Jahr gespielt gewesen sein. Was noch? Einfallsreich? Ja. Genießt ihre Macht? Nein, das passt überhaupt nicht zu Greta. Intelligent? Ja. Eher jünger? Ja, zumindest jünger als Marita. Krimis? Die verschlingt sie geradezu. Sportlich? Ja, einigermaßen, sie macht regelmäßig Fitnesstraining. Körperlich unauffällig? Ja. Rücksichtslos? Nein, wirklich nicht.«

163

Lara sah die roten Pfeile durch. »Also, die Punkte, die auf Greta zutreffen, passen auf etwa fünfzig Prozent aller vierzigjährigen Frauen«, sagte sie. »Das hilft uns nicht wirklich weiter. Und wie du schon sagst: Ich sehe überhaupt kein Motiv.«

Michael nickte befriedigt. »Sag ich doch«, knurrte er.

»Aber es war gut, das überprüft zu haben«, sagte Lara und ignorierte Michaels Kopfschütteln. »Was ist mit Mario?«

Michael nahm den schwarzen Stift. »Also, die Figur und das Alter könnten passen«, sagte er und fügte zwei schwarze Pfeile hinzu. »Zu den anderen Punkten kann ich wirklich nichts sagen. Da müsste ich Greta fragen, was gerade etwas ungünstig ist.«

»Wenn du einverstanden bist, frage ich Greta«, schlug Lara vor. Michael überlegte einen Moment und nickte dann.

»Wir sollten noch Benjamin dazusetzen«, schlug Nora vor. »Mein Mitarbeiter. Der hatte letztens so eigenartig reagiert. Er wusste, dass ich Probleme habe, obwohl ich darüber überhaupt nicht im Büro gesprochen habe.«

»Na ja, unsere Kollegen und Mitarbeiter haben mittlerweile alle mitgekriegt, dass wir Probleme haben«, wandte Helene ein. »So oft, wie ich mich kurzfristig abgemeldet habe.«

»Wenn Nora sagt, dass sie bei ihm ein ungutes Gefühl hat, sollten wir ihn auf die Liste setzen«, sagte Lara und reichte Nora einen blauen Stift.

Nora stellte sich mit einem Seufzer ans Flipchart. »Also«, sagte sie. »Kein Profi. Voller Wut? Hass? Ich wüsste wirklich nicht, warum. Kinder? Keine Ahnung. Einfallsreich? Ja. Genießt seine Macht? Möglicherweise, er hat mal zu mir gesagt, ich wäre ‚bossy‘, vielleicht will er mal selber der Boss sein. Intelligent, ja. Jung: Mitte dreißig. Er sieht sportlich aus. Mittelgroß und schlank. Wie er das Ganze mit seinem Job vereinbaren sollte, ist mir unklar.«

»Danke«, sagte Lara und betrachtete das Flipchart.

»Wir haben fünf Verdächtige: Greta, Mario, Daniel, Marita, Benjamin. Plus Mister oder Miss unbekannt. Möglicherweise haben zwei der Personen auf dieser Liste zusammengearbeitet, zum Beispiel Greta und Mario, Daniel und Benjamin.«

»Benjamin ist erst seit wenigen Monaten in meiner Abteilung«, warf Nora ein. »Und Daniel hat die Firma bereits vor drei Jahren oder so verlassen. Er war in der Marketingabteilung.«

»Ich suche mögliche Verbindungen«, entgegnete Lara. »Und beide haben in deiner Firma gearbeitet. Andererseits checke ich, wer von unseren Verdächtigen einen Hass gegen euch alle drei hat. Das trifft bei Daniel und Benjamin nicht zu, die haben überhaupt keine Beziehung zu Michael. Und Mario – was sollte der gegen Nora und Helene haben? Denkbar wäre, dass er die Abneigung von seiner Mutter übernommen hat.«

»Marita und Greta kennen sich möglicherweise«, ergänzte Helene. »Vielleicht sind sie im selben Strickkurs oder so.«

»Guter Hinweis«, antwortete Lara. »Marita sehe ich mir auf jeden Fall näher an, sie hat sicher das stärkste Motiv von allen Verdächtigen.«

Sie zog die Stirn kraus. »Es gibt noch weitere Kandidaten«, sagte sie und schlug ein neues Blatt auf dem Flipchart auf. »Ich denke an Lea, die Freundin von Elias. Ich hab sie überprüft, die hat am Sonntagvormittag tatsächlich in diesem Café gearbeitet. Aber sie kann Elias ‚anonym‘ angerufen haben, und ein Freund von ihr hat Elias angefahren.« Sie schrieb den Namen auf das Flipchart.

»Das glaube ich kaum«, erwiderte Helene. »Wir kennen Lea seit vielen Jahren.«

»Ich will einfach keinen ausschließen«, sagte Lara. »Weiter. Juliette. Hat sie einen Freund?«

Nora nickte. »Ja, seit ein paar Monaten. Timo hat den mal kurz kennengelernt, er fand ihn sympathisch. Aber Juliette will ich wirklich nicht auf dieser Liste sehen, das hatten wir im letzten Jahr, und das arme Mädchen ist bei den harten Verhören der Polizei beinah zusammengebrochen. Nein, bitte streich Juliette von diesem Blatt! Und ihren Freund ebenfalls.«

»Okay«, antwortete Lara zögernd und zeichnete eine gestrichelte Linie durch den Namen.

»Weiter. Michelles Eltern.« Sie fügte die beiden der Liste zu.

»Das hatten wir schon«, antwortete Nora. »Die beiden haben sich bisher bis auf den einen Besuch kaum für ihr Enkelkind interessiert. Warum sollten sie uns bedrohen?«

»Na ja, ein Motiv hätten die beiden«, antwortete Lara. »Ihr habt denen doch quasi die Tochter weggenommen. So könnte man es sehen.«

»Ja, aber die kennen Michael überhaupt nicht«, entgegnete Nora. »Ich hab mich mit Timo unterhalten, der trifft Michelle überhaupt erst seit wenigen Wochen. Sie hat ihm erzählt, dass sie kaum mit ihren Eltern spricht, und schon gar nicht über seine Familie.«

Lara zog ein zweifelndes Gesicht und malte eine weitere gestrichelte Linie durch ‚Michelles Eltern‘.

»Was ist mit Jan?«, fragte sie und sah Nora und Niklas an.

»Wer ist Jan?«, fragte Sandro.

»Dominiks bester Freund«, antwortete Niklas. »Jan hat Dominik allein gelassen, als dessen Fahrrad kaputt war. Und es gibt Gerüchte, Jans Vater wäre bei der russischen Mafia, seine Mutter würde Drogen nehmen.«

»Kennt ihr die Eltern denn?«, fragte Sandro.

»Nein, leider nicht«, antwortete Niklas. »Die sind nie bei einem Elternabend, und Dominik ist nie bei Jan, die treffen sich immer entweder irgendwo draußen oder bei uns.«

»Gut. Was wissen wir über Jans Eltern?«, fragte Lara und griff sich einen lilafarbenen Stift. »Wie gut, dass ich so viele verschiedene Farben dabei habe«, sagte sie mit einem Grinsen und wandte sich dem Flipchart zu.

»Also«, sagte sie. »Profi? Der Vater wäre unser erster Kandidat für einen Profi, wenn er wirklich Verbindungen zur russischen Mafia hat. Voller Wut? Hass? Vielleicht sind die neidisch auf euch, ihr seid wohlhabend, das kann Hass erzeugen. Kinder? Die haben ja selber Kinder. Mehr als eins? Hat Jan noch Geschwister?«

Sie sah Nora an. »Ich glaube, eine ältere Schwester«, antwortete diese. »Bin aber nicht sicher.«

»Hm«, machte Lara. »Aber egal, ob Geschwister oder nicht, es ist eher unwahrscheinlich, dass sie Kinder nicht mögen. Obwohl es seltsam ist, dass Dominik nie bei denen zu Hause ist.« Sie fügte ein lilafarbenes Fragezeichen hinter den entsprechenden Punkt auf dem Flipchart. »Einfallsreich? Wissen wir nicht, wenn ihr die beiden nicht kennt.« Nora nickte. »Genießt seine Macht? Möglicherweise, auch hier wieder das Problem, ob der Vater wirklich zur Mafia gehört. Intelligent? Fragezeichen. Jung? Könnte sein, wenn sie Jan früh bekommen haben, sind sie Mitte dreißig. Sportlich? Wissen wir nicht. Körperlich unauffällig? Rücksichtslos? Wissen wir nicht.«

Sie trat einen Schritt zurück. »Bei Jans Eltern müssen wir sehr vorsichtig sein«, sagte sie. »Wir wissen über die beiden nur aus Gerüchten. Wenn an den Gerüchten von wegen Mafia und Drogenkonsum nichts dran ist, scheiden die als Kandidaten aus.«

Nora und Niklas nickten.

Die Gruppe diskutierte noch eine Zeitlang und versuchte, weitere Argumente für oder gegen einen der möglichen Verdächtigen zu finden.

»Gibt es etwas, das wir tun können, um dich bei deinen Ermittlungen zu unterstützen?«, fragte Nora.

Lara überlegte. »Momentan fällt mir nichts ein, aber ich werde noch mal drüber nachdenken und lass es euch wissen«, antwortete sie.

»Was können wir denn jetzt überhaupt tun?«, fragte Helene. »Die Verdächtigen genauer beobachten? So weiterleben wie bisher? Auf eine neue Anweisung zur Geldübergabe warten und hoffen, dass die klappt?«

»Ja, das ist eine total blöde Situation«, antwortete Lara. »Das hab ich so noch nie erlebt. Wir können nicht mehr tun als abwarten. Abwarten, ob der Erpresser – oder die Erpresserin – eine neue Anweisung zur Geldübergabe schickt. Sollen wir hoffen, dass es beim nächsten Mal klappt? Dass der Erpresser das Geld holt, ohne dass er erwischt wird? Blöde Frage.« Sie seufzte und sah in die Runde.

»Ich würde euch raten, macht so weiter wie bisher: Achtet auf Dominik und Leon. Eure Kinder sollen nach wie vor die Regeln, die ihr aufgestellt habt, beachten. Sobald einem von euch etwas auffällt, jemand, der euch oder eure Kinder beobachtet, ein Auto oder ein Fahrrad, das hinter euch herfährt, oder Ähnliches: Bitte alarmiert mich sofort. Bei Tag und Nacht. Ich will diesen Fall abschließen, ich will den Erpresser überführen und sicherstellen, dass er euren Kindern nichts mehr antun kann.«

Abschließend fotografierten alle das Plakat.

Kapitel 21

»Fahr mit dem Fahrrad zum großen Freizeitgelände und such deine Tochter. Sofort! Und nimm dein Geld mit.«

Der Anrufer flüsterte laut, Helene konnte nicht einmal erkennen, ob es ein Mann oder eine Frau war. Die Person hatte nach den zwei Sätzen sofort aufgelegt.

Helene stieß einen leisen Schrei aus und fasste sich an den Hals. Ihr wurde schlecht, mühsam überwand sie den Impuls, sich zu übergeben. *Hanna! Was war passiert? Vor zwei Tagen wäre Elias beinah überfahren worden, und jetzt war ihre Tochter dran! Was war mit ihr? Wo war sie? Hörte das denn nie auf?*

Wo war ihr Handy? Sie suchte es und fand es schließlich im Wohnzimmer auf dem Wohnzimmertisch, da, wo es immer lag. Sie hatte sich für die ganze Woche krank gemeldet, sie war nicht imstande, zu arbeiten. Rasch wählte sie Hannas Telefonnummer: Sie landete direkt auf der Mailbox. Helene hinterließ eine hastige Nachricht, dann rannte sie hinauf ins Arbeitszimmer, wo sie den Rucksack mit den zwanzigtausend Euro deponiert hatte. Sandro und sie hatten diskutiert, was sie mit dem Geld machen sollten, aber beide wollten es bereit haben, wenn die nächste Geldforderung kam. Nora und Michael hatten mit ihrem Anteil genauso verfahren.

Sie nahm den Rucksack, rannte die Treppe hinunter, schlüpfte in ihre Turnschuhe, schnallte den Rucksack auf ihren Rücken und ging zur Haustür. Ein jammervolles Winseln ließ sie innehalten. Carlos war ihr in den Flur gefolgt. Sollte sie ihn mitnehmen? Dann würde sie sich sicherer fühlen, ähnlich wie auf dem Friedhof. Aber Carlos würde ihr beim Fahrradfahren nicht lange folgen können, dank seines fortgeschrittenen Alters. Oder sie müsste langsam fahren. Die Angst trieb sie vorwärts, da wollte sie lieber ohne den Hund fahren. »Du musst hierbleiben«, sagte sie und streichelte den enttäuschten Hund kurz.

Im letzten Moment fiel ihr ein, dass sie die anderen informieren sollte. Sie tippte eine rasche Nachricht in die WhatsApp-Gruppe, die sie mit ihren Geschwistern, Sandro, Niklas und Lara teilte. Dann kontrollierte sie den Lautsprecher ihres Handys, der auf der höchsten Stufe stand, so dass sie Anrufe oder sonstiges Nachrichten nicht verpassen konnte. Helene schloss die Haustür ab, steckte Handy und den Haustürschlüssel in die kleine Lenkertasche am Fahrrad und fuhr los, Richtung Freizeitgelände.

Nach etwa zwanzig Minuten war sie am Freizeitgelände angekommen, außer Atem, weil sie sich beeilt hatte. Sie hielt an und sah sich um. Der Spielplatz war gut besucht, viele kleine Kinder spielten an den Klettergerüsten oder schaukelten, beobachtet von ihren Eltern oder Großeltern. Einige Kinder waren auf Rollerskates unterwegs, andere übten Fahrradfahren. Flüchtig dachte Helene an die Jahre zurück, als sie mit ihren Kindern auf dem Spielplatz war, häufig gemeinsam mit Nora und deren Kindern. Sie hatten dort viele schöne Nachmittage verlebt. Aber für solche Erinnerungen war jetzt keine Zeit.

Ein weiteres Mal drehte Helene sich um und musterte ihre Umgebung. Sie konnte nichts Auffälliges entdecken, keiner schien sie zu beobachten, es nahm überhaupt niemand Notiz von ihr. Sie wunderte sich: *Warum hatte sich eigentlich noch keiner aus ihrer WhatsApp-Gruppe gemeldet?*

Helene griff zum Handy, um zu prüfen, ob eine Nachricht eingetroffen war. In dem Moment klingelte es.

Helene erschrak über den lauten Klingelton und hätte beinah ihr Telefon fallen lassen.

»Ja, hallo?«, fragte sie und hörte, dass ihre Stimme kaum vernehmbar war. Sie räusperte sich und meldete sich nochmals, diesmal kräftiger.

»Fahr Richtung Westen. Sofort! Beeil dich. Denk an deine Tochter. Ich melde mich.«

Helene holte Luft, um etwas zu sagen, da war der Anruf beendet. Was sollte das? Wer war das? Die Stimme hörte sich genauso an wie bei dem ersten Anruf, ein lautes Flüstern, es war auch diesmal nicht erkennbar, ob ein Mann oder eine Frau angerufen hatte. Helene hatte keinen Akzent erkennen können. Kam der Anrufer aus dem Rheinland? Rasch prüfte Helene die anrufende Nummer – anonymer Anrufer. Klar.

Richtung Westen – das war ziemlich ungenau. Sie sah sich ein weiteres Mal einmal gründlich um, aber sie konnte auch diesmal niemanden entdecken, der sie zu beobachten schien. Sie sah lediglich Mütter und Großmütter und einige wenige Väter, die ihre Kinder nicht aus den Augen ließen, außerdem ein altes Ehepaar, das langsam auf ihre Stöcke gestützt um den Spielplatz ging. Helene konnte niemanden entdecken, der nicht in irgendeiner Weise mit einem Kind beschäftigt war. Keiner achtete auf sie. Langsam drehte sie sich einmal um sich selber. Der Spielplatz war von Wald umgeben. Da gab es viele Stellen, an denen sich jemand hinter Bäumen oder Büschen verstecken und sie mit einem Fernglas hätte beobachten können. Aber sie wollte nicht das Risiko eingehen, ihre Umgebung einer genaueren Überprüfung zu unterziehen. Hier ging es um ihre Tochter Hanna, und sie musste alles, was Hanna gefährden könnte, vermeiden!

Also los! Sie prüfte den Stand der Sonne – wie gut, dass der Himmel nur wenige Wolken zeigte – und fuhr auf einer schmalen Straße in Richtung Westen.

Die Straße endete nach wenigen Minuten an einer Landstraße. Wo sollte sie jetzt hin? Nach rechts oder links? Wieder sah sie nach der Sonne – Westen war eher links. *Wo sollte das bloß enden? Und wo war Hanna?*

Helene wandte sich nach links und fuhr die Landstraße entlang. Es gab keinen Radweg und die Straße war ziemlich belebt, immer wieder wurde sie von einem Auto überholt, und nicht jeder Autofahrer hielt den notwendigen Abstand ein. Allmählich spürte sie die Anstrengung und den Stress der letzten Tage. Sie wurde unkonzentriert und fuhr versehentlich durch ein Loch in der Asphaltdecke. Ihr Fahrrad geriet ins Schwanken und sie wäre beinah hingefallen. Im letzten Moment konnte sie abspringen. Sie holte tief Luft und schob ihr Fahrrad auf den Randstreifen, weg von der Straße. Sie brauchte dringend eine Pause.

Helene lehnte sich an einen Holzzaun, der einen Garten zur Straße begrenzte, und atmete tief durch. Sie war nass geschwitzt, von der körperlichen Anstrengung und von der Aufregung. Mit zitternder Hand griff sie in die Lenkertasche und holte ihr Handy heraus. Keine Anrufe. Wo sollte sie jetzt hin? Sollte sie warten, bis ein weiterer Anruf kam? Oder in Richtung Westen fahren? Allmählich kamen ihr Zweifel, ob der Erpresser sie wirklich zu einer bestimmten Stelle lotste, oder ob er sie nur drangsalieren wollte.

Rasch rief sie die WhatsApp-Gruppe auf, um zu prüfen, ob eines ihrer Geschwister sich gemeldet hatte. *Nein! Sie hatte die Nachricht über ihre Radtour gar nicht abgeschickt!* Sie hatte sie eingetippt, aber den ‚Senden'-Knopf nicht gedrückt. *Wie konnte sie nur so kopflos sein!* Sie wollte die Nachricht abschicken, aber zu ihrem Schrecken bemerkte sie, dass sie keinen Empfang hatte. *Klar, mitten im Wald hast du oft keinen Empfang*, erinnerte sie sich. Das kannte sie von ihren Spaziergängen mit Carlos. *Sie würde es später noch einmal versuchen müssen.* Helene behielt das Handy in der Hand, stieg auf ihr Rad, fuhr langsam ein

Stück weiter und stoppte abermals. Das Handy zeigte einen Balken an, immerhin war das Netz nicht völlig weg. Rasch tippte sie den Kontakt ihrer Tochter Hanna an. Vielleicht war die jetzt erreichbar. Aber statt endlich die Stimme ihrer Tochter zu hören, ertönten drei Töne und das Display zeigte eine Warnung, dass der Akku leer war. Das Handy schaltete sich aus.

So ein Driss! Sie hatte alle möglichen Verhaltensmaßregeln, die sie vereinbart hatten, missachtet. Das Handy war schon alt – warum hatte sie nicht längst ein Neues gekauft? Oder wenigstens den Akkustand geprüft? In dieser Zeit, wo Erreichbarkeit so wichtig war! Von den anderen wusste niemand, wo sie war. Und sie fuhr immer noch mit zwanzigtausend Euro im Rucksack herum!

Es half alles nichts, sie musste nach Hause. Ohne Handy war sie sowieso nicht mehr erreichbar, auch nicht für den Erpresser. Wieder einmal musterte sie sorgfältig ihre Umgebung. Es war niemand zu sehen. *Beobachtete der Verbrecher sie? Steckte er hinter einem der Büsche im Wald gegenüber? Ergötzte er sich womöglich an ihrer Verzweiflung, an ihrer Erschöpfung?*

Was sollte sie bloß tun? Am liebsten hätte sie Sandro angerufen, dass er sie abholte. Aber ohne Handy? Selbst wenn sie eine Telefonzelle fand – sie wusste seine Handynummer nicht auswendig. *Man ist viel zu abhängig von diesen kleinen Telefonen*, dachte sie grimmig, *selbst die Telefonnummern der nächsten Angehörigen kennt man nicht auswendig.*

Nach einem letzten Blick die Straße hinauf und hinunter schwang sie sich auf ihr Fahrrad und begab sich auf den Rückweg.

Helene kannte sich in der Gegend nicht aus und verirrte sich prompt. Der Waldweg, den sie eingeschlagen hatte, endete an einer Siedlung. Da war sie auf dem Hinweg sicher nicht vorbeigefahren. Also zurück und an der nächsten Weggabelung Richtung Osten. Sie ertappte sich dabei, dass sie immer noch wartete, wartete auf einen Anruf – auf ihrem stromlosen Handy! *Nicht allzu intelligent!* – Oder eine Person, die plötzlich aus dem Wald sprang und ihr Anweisungen gab. Oder Hanna. *Ach Hanna! Ihre geliebte Tochter! Hoffentlich ging es ihr gut!*

Helene merkte, dass sie immer unkonzentrierter wurde und wieder einmal beinah vom Weg abgekommen wäre. Sie hielt an und sprang vom Fahrrad, sie brauchte dringend eine Pause. *Warum nur hatte sie nichts zu trinken mitgenommen?* In der Küche standen immer mehrere kleine Wasserflaschen im Schrank, außerdem Trinkflaschen in verschiedenen Größen. *Die Zeit, eine der Flaschen zu nehmen, hätte sie auf jeden Fall gehabt.*

Jetzt hör auf, dich mit Vorwürfen zu überhäufen, ermahnte sie sich. *Das ist eine Ausnahmesituation, da handelt man nicht immer logisch.*

Sie keuchte schon wieder, sie musste dringend mehr Sport treiben. *Demnächst, wenn alles vorbei war. Wann war demnächst?*

Helene starrte in den Wald. In dem dichten Blätterwerk eines Busches wenige Meter von dem Weg entfernt nahm sie eine Bewegung wahr. Sie kniff die Augen zusammen: *Wer oder was war das?* Da bewegte sich jemand. Ein Mann. Der Mann ging mit hohen Schritten langsam zwischen den Büschen hindurch, seitlich zur Straße. Sie ging einen Schritt näher – der Mann kam ihr bekannt vor. Er war durchschnittlich groß, trug eine dunkle Hose und einen dunklen Anorak mit Kapuze. *Was war mit ihm? Warum ging er so eigenartig? An wen erinnerte er sie, mit diesem eigenartigen Gang?* Auf einmal drehte der Mann sich zu ihr um und sah ihr ins Gesicht. Helene stieß einen leisen Schrei aus. Der Mann sah aus wie Thomas, ihr vor Jahren verstorbener Ehemann. Helene kniff die Augen zusammen und sah noch einmal hin. *Nein, das war nicht Thomas.* Es gab eine gewisse Ähnlichkeit, und das Bild einer Situation kurz vor Thomas' Unfall flackerte in ihr auf, da war er ganz ähnlich wie der Fremde mit hohen Schritten durch ihren Garten gestakst. *Was war noch mal der Anlass gewesen?* Sie konnte sich nicht erinnern. – Der Fremde warf ihr einen weiteren Blick zu, drehte sich um und ging wieder weg, tiefer in den Wald hinein.

Kapitel 22

Nora war beunruhigt. Irgendetwas war passiert. Sie lauschte in sich hinein. Was war es? Wer war es?

Timo hatte vor einer Stunde angerufen.

»Wir haben uns hier in Retos Wohnung gut eingerichtet«, erzählte er. »Reto hat ein bisschen rumgemeckert, ob Melina ihn wohl schlafen lassen würde. Aber Juliette hat ihn beruhigt, dass sie beim geringsten Muckser der Kleinen aufspringt.«

Nora hatte innerlich geseufzt. Ob das gutging, ihr brummiger Stiefvater und ein Baby? Das wurde ihm bestimmt sehr bald zu viel. Aber Timo fühlte sich besser, mit seinem Baby weit weg in der Schweiz, und sie auch. Zumindest zwei ihrer Kinder waren in Sicherheit.

Es war vermutlich doch ein Fehler gewesen, dass sie sich für zwei Tage krankgemeldet hatte. Aber Nora fühlte sich außerstande, sich auf ihre IT-Probleme im Büro zu konzentrieren. Sie versuchte, sich mit Gartenarbeit abzulenken, rupfte etwas Unkraut, fegte mit einem Besen über die Terrasse. Aber die Unruhe in ihr steigerte sich noch. Sie musste bei ihren Lieben nachhören, ob alles in Ordnung war. Kurz entschlossen ließ sie den Besen fallen, setzte sich auf einen Gartenstuhl und nahm ihr Handy zur Hand.

»Hallo Mama, wie geht es?« Sie hatte zunächst ihre Mutter angerufen.

»Alles okay«, antwortete Karin. »Ich hab mich gerade hingelegt.«

Hingelegt? Um 11 Uhr am Vormittag? Das war völlig untypisch für ihre Mutter.

176

»Soll ich kurz vorbeikommen?«, fragte Nora. »Ich hab mir zwei Tage freigenommen.«

»Nein, nein, lass nur«, gab Karin zurück. »Ich sag ja, ich wollte ein Nickerchen halten. Du hast mich gestört.«

»Oh, tut mir leid«, antwortete Nora. »Dann lass ich dich jetzt in Ruhe. Erhol dich. Tschüss.«

Ihre Mutter hatte noch nicht mal einen Abschiedsgruß gesagt, einfach aufgelegt. Nora nahm sich vor, am Nachmittag bei Karin vorbeizufahren.

Die Unruhe bestand weiter. Karin war nicht die Person, die diese Unruhe verursachte, auch wenn Nora sich Sorgen um ihre Mutter machte, die sich nie am Vormittag hinlegte. Aber da war etwas anderes. Ein anderes Familienmitglied hatte Probleme.

Sie wählte die Nummer ihrer Tochter.

»Hi Mum«, antwortete Sarah sofort. »Gibt es was? Ich bin nämlich am Arbeiten.«

»Nein, alles in Ordnung«, antwortete Nora. »Sorry, wollte nur hören, wie es dir geht.«

»Alles okay so weit«, antwortete Sarah. »Ich melde mich später.«

Dominik war in der Schule, den konnte sie nicht anrufen. *Also Helene. Du wusstest, dass es Helene ist,* flüsterte eine Stimme in ihr. *Warum hast du sie nicht als Erstes angerufen?* Nora hätte es nicht sagen können.

Sie straffte ihre Schultern und wählte die Telefonnummer ihrer Zwillingsschwester. Sofort sprang die Mailbox an.

»O nein!«, stöhnte Nora laut. »Wo bist du?«

Sie rief Sandro an. Offenbar hatte er – der Lehrer – gerade Pause, er nahm das Gespräch sofort an, hatte aber keine Ahnung, wo seine Frau stecken könnte. Elias und Hanna ebenso wenig. Alle drei reagierten äußerst bestürzt und äußerten, dass sie sofort nach Hause fahren würden.

Nora überlegte fieberhaft: Wo könnte Helene stecken? Vielleicht hatte sie in ihrem Haus eine Nachricht hinterlassen, eine Notiz auf den Küchentisch gelegt oder Ähnliches. Nora tippte eine rasche Information in die Erpresser-WhatsApp-Gruppe, lief in den Flur, schlüpfte in ihre Turnschuhe, schnappte den Autoschlüssel und Helenes Hausschlüssel und fuhr zum Haus ihrer Schwester.

Sie klingelte und wartete einen Moment, dann öffnete sie mit klopfendem Herzen die Haustür. Fast erwartete sie, dass ihre Schwester im Flur lag, überfallen von dem Erpresser, oder dass das Haus Einbruchsspuren zeigte. Aber im Haus schien alles normal zu sein, niemand befand sich im Flur, die Küche sah aus wie immer, Nora sah einen Stapel benutztes Geschirr auf der Spüle.

Plötzlich hörte sie ein Geräusch aus dem Wohnzimmer, ein Rascheln, dann Schritte auf dem Parkett – Carlos. Helenes Hund lief zu Nora und ließ sich ausgiebig streicheln.

»Na, du Lieber«, sagte Nora. »Wo steckt dein Frauchen? Warum bist du nicht mit ihr mitgegangen, wo immer sie hin ist? Du sollst sie doch beschützen!«

Sie wählte ein weiteres Mal Helenes Telefonnummer, landete wieder auf der Mailbox.

Was sollte sie nur tun? Wo konnte Helene sein? Helene war in Bedrängnis, das spürte sie, *sie war nicht einfach einkaufen oder Ähnliches.*

Die Steine! *Ob sie Helene mit Hilfe der Steine finden könnte?* Die hatten sie vor Jahren während einer Wanderung auf dem Jakobsweg gefunden, beide Steine hatten eine Maserung, die dem Symbol des Jakobswegs, einer aufgehenden Sonne mit Strahlen, ähnelten. Beide Schwestern hatten ihren Stein seitdem auf jeder Wanderung und jeder Reise dabei. Vor vier Jahren hatte

Helene ihre Schwester mit Hilfe des Steins gefunden, als Nora sich in einem Nationalpark in Kanada verirrt hatte.

Nora ging ins Wohnzimmer und sah sich um. Da lag Helenes Stein, im Regal, genau auf Augenhöhe. Warum hatte sie den Stein nicht mitgenommen? Nora hatte ihren Stein allerdings auch nur während Urlaubsreisen, Wanderungen und Radtouren dabei, ihr eigener Stein lag ebenfalls in ihrem Wohnzimmerregal.

Und nun?

Kapitel 23

Helene war erschöpft und frustriert. Es machte keinen Sinn, weiter im Wald durch die Gegend zu irren, der Erpresser wollte sie möglicherweise nur verängstigen. Seine Macht ausüben. Ihr demonstrieren, dass sie tun musste, was er wollte.

Nein! Sie würde bei seinem perfiden Spiel nicht mehr mitmachen. Kurz entschlossen drehte sie um und fuhr die Straße zurück. Sobald sie ein Auto hörte, stieg sie kurz vom Fahrrad und versuchte, den Fahrer anzuhalten. Aber die Fahrer – allesamt männlich – schüttelten nur den Kopf. Einer brüllte ihr einen unfreundlichen Spruch nach.

Dann sah sie es entgegenkommen: ein Taxi! Sie sprang rasch vom Rad, ging zur Straße und winkte. Eine beigefarbene Mittelklasselimousine fuhr auf den Randstreifen, stoppte neben Helene und das Fahrerfenster wurde heruntergefahren.

»Kann ich Sie mitnehmen?«, fragte die Fahrerin, eine hübsche Mittfünfzigerin mit grauen Haaren und einem bunten T-Shirt. »Aber Ihr Fahrrad kann ich nicht transportieren, tut mir leid.«

»Kein Problem«, antwortete Helene sofort. Sie hätte die Fahrerin abknutschen können. »Das Rad hole ich später mit meinem Mann. Ich bin ... äh ... ich hab ... ich muss dringend nach Hause.«

Sie schob ihr Fahrrad an die Mauer des angrenzenden Grundstücks. Abschließen konnte sie es leider nicht, sie hatte kein Schloss dabei. Sie klickte die Lenkertasche los, überquerte die Straße und ging zum Taxi. Die Fahrerin öffnete einladend die Beifahrertür, Helene ließ den

Rucksack in den Fußraum fallen und ließ sich mit einem tiefen Seufzer auf den Sitz plumpsen.

»Alles in Ordnung mit Ihnen?«, fragte die Taxifahrerin und sah Helene skeptisch an.

»Nicht wirklich«, antwortete Helene. »Aber wenn Sie mich rasch nach Hause bringen, geht es besser.«

Sie nannte ihre Adresse und die Fahrerin fuhr sacht an. »Sie haben aber schon Geld dabei?«, fragte sie mit kritischem Blick.

Helene angelte ihr Handy aus der Hosentasche und holte ihre Kreditkarte heraus. »Kann ich mit Karte zahlen?« *Wie gut, dass sie die Kreditkarte dabeihatte. Mit dem Handy zahlen, funktionierte bei leerem Akku nicht.*

»Klar.« Die Taxifahrerin grinste und wendete den Wagen.

Helene erinnerte sich im letzten Moment daran, dass sie sich die Adresse merken sollte, um ihr Fahrrad wiederzufinden. Das war nicht das Wichtigste, und das Rad hatte bereits etliche Jahre auf dem Buckel oder besser auf dem Sattel. Aber sie hing an diesem Mountainbike, das ihr erster Ehemann, Thomas, ihr vor elf Jahren zum Geburtstag geschenkt hatte. *Ach Thomas! Was war das eben im Wald, dieser Mann, der sie so sehr an ihren verstorbenen Ehemann erinnert hatte?*

»Möchten Sie mir erzählen, was los ist?« Die mitfühlende Stimme der Taxifahrerin neben ihr riss Helene aus ihren Gedanken.

»Nee, lieber nicht«, antwortete sie rasch. »Lieb gemeint von Ihnen, aber zum Erzählen fehlt mir die Energie.«

»Okay, kein Problem«, kam die Antwort vom Fahrersitz und sie fuhren schweigend weiter.

Nach etwa zehn Minuten waren sie vor Helenes Haus angekommen. Helene zahlte mit ihrer Kreditkarte und addierte noch ein Trinkgeld. Mit einem »Tschüss« stieg sie aus dem Taxi, schlurfte müde die Auffahrt zu ihrer Haustür, schloss die Tür auf und ging hinein. Verärgert schleuderte sie die Turnschuhe von den Füßen und eilte ins Wohnzimmer. Dort warf sie den Rucksack mit dem Geld unter den Esstisch und hängte ihr Handy an die Ladestation. Sie wartete einen Moment und warf einen Blick auf das Display. Gab es Rückmeldungen auf ihre WhatsApp in der Gruppe? Arrgh! Helene hatte die Nachricht immer noch nicht abgeschickt. Im Wald hatte sie ihr Versäumnis bemerkt, aber dann hatte das Handy sich wegen des leeren Akkus abgeschaltet. Rasch tippte sie auf »senden«, dann schickte sie eine weitere Nachricht, dass sie zu Hause war.

Was war das? Ihr Festnetztelefon blinkte. Ja klar, damit konnte sie ja auch telefonieren, solange das Handy seinen Akku lud. Unverzüglich kontrollierte sie das Display. Ihre Schwester hatte mehrfach angerufen. *Was war mit Nora los? Aber zunächst musste sie sich vergewissern, dass es Hanna gut ging.* Helene lehnte sich an die Wand neben dem Regal und wählte die Handynummer ihrer Tochter.

»Mama, was ist los?«, schwang Panik in Hannas Stimme.

»Nichts Besonderes«, schwindelte Helene. *Hörte Hanna nicht die Steine, die ihr vom Herzen purzelten?* Am liebsten hätte Helene laut gejubelt. *Hanna ging es gut!* »Ich wollte nur wissen, ob bei dir alles in Ordnung ist.«

»Ja, alles bestens«, antwortete Hanna und Helene sank an der Wand hinunter. »Nora hat nach dir gefragt, sie sucht dich.«

»Ich war unterwegs, und der Akku von meinem Handy war leer«, sagte Helene.

»Wie waren noch mal die Regeln?«, fragte Hanna. »Handy immer aufgeladen, am besten eine Powerbank mitnehmen, wenn wir unterwegs sind?«

»Jaja, hast ja recht«, antwortete Helene mit müder Stimme.

»Wir reden heute Abend, okay?«, fragte Hanna.

Helene nickte. »Ja«, hauchte sie nach kurzer Zeit. *Hanna konnte schließlich ihr Nicken nicht sehen.*

»Bis heute Abend«, sagte Hanna. »Hab dich lieb!«

Helenes Erleichterung schlug in grenzenlose Wut um. Sie war versucht, das Telefon an die Wand zu werfen. *Da hatte der Erpresser sie böse an der Nase herumgeführt. Hatte sie in Angst und Schrecken versetzt, sie in die Irre geführt, sie glauben gemacht, es gäbe ein Problem mit Hanna. Warum bloß? Aber Hauptsache, Hanna geht es gut*, redete sie sich selber zu.

Jetzt zu Nora!

Sie tippte Noras Telefonnummer, die etwa sieben Mal auf ihrem Handy und mehrfach auf dem Festnetz angerufen hatte.

»Helene!« Noras Stimme war die Erleichterung anzuhören. »Wo steckst du die ganze Zeit? Alles in Ordnung?«

»Nicht wirklich«, antwortete Helene. »Der blöde Erpresser hat mich in die Irre geführt. Der hat mich angerufen und gesagt, ich müsste Hanna suchen. Ich sollte sofort losfahren und mein Geld mitnehmen. Da hab ich mich natürlich sogleich auf mein Fahrrad geschwungen. Ich sollte nach Westen fahren. Unterwegs rief der noch einmal an und dann nicht mehr. Ich war total erschöpft und verängstigt. Im Wald hatte ich keinen Empfang auf meinem Handy, und dann war der Akku leer. Ach ja, ich hatte eine kurze Info in unsere Erpresser-Gruppe getippt, aber in meiner Panik nicht abgeschickt. Das hab ich aber erst gesehen, als ich wieder zu Hause war.« Sie seufzte tief auf. »Irgendwann kannte ich mich im Wald nicht mehr aus, ich wusste nicht, wo ich war. Der Erpresser konnte mich ohne Handy auch nicht mehr erreichen. Also hab ich ein

Taxi angehalten und bin nach Hause gefahren. Nachher muss ich mein Fahrrad abholen, ich hoffe, ich finde die Stelle wieder, und es wurde nicht geklaut, ein Schloss hatte ich nicht dabei.«

»Ach du Ärmste!« Nora war geschockt. *Ihre ausgeglichene Schwester, die immer so besonnen und beherrscht handelte, war durch einen Telefonanruf in Panik versetzt worden. Was hatte dieser Verbrecher alles erreicht!* Sie atmete tief durch.

»Ich komme sofort zu dir, okay?«, fragte Nora.

»Danke!« Sie konnte die große Erleichterung ihrer Schwester hören.

»Was wollte der Erpresser mit dieser seltsamen Aktion erreichen?« Nora und Helene saßen auf Helenes ferrarirotem Sofa und tranken gemeinsam ein Glas Wein. »Für Kaffee bin ich viel zu aufgekratzt«, hatte Helene gesagt. Am liebsten hätte Nora etwas Stärkeres getrunken, aber sie musste noch Auto fahren. Die beiden Schwestern hatten sich von ihren Erlebnissen der letzten Stunden erzählt.

»Und da war ein Mann, der aussah wie Thomas, im Wald?«

Nora hörte die Skepsis in ihrer Stimme. Sie und Helene hatten eine gewisse telepathische Begabung, aber die Beziehung bestand nur zu Frauen in ihrer Familie. Nora hatte sich vor Jahren in einem kanadischen Nationalpark verirrt und ihre Großmutter Irene hatte sie aufgemuntert. Helenes Tochter Hanna hatte den Schatten von Irene im vergangenen Jahr ein paar Mal gesehen, Irene hatte ihre Urenkelin offenbar vor einem Mann warnen wollen, in den die etwas naive Hanna sich verliebt hatte.

»Vermutlich hab ich mich geirrt«, sagte Helene. »Ich war ja völlig erschöpft und dehydriert, da hab ich wahrscheinlich gedacht, dass Thomas mich retten könnte.«

Nora kommentierte das nicht weiter.

Sie grübelten über die Absicht des Erpressers. Nora tippte eine kurze Zusammenfassung von Helenes Irrfahrt in die WhatsApp-Gruppe.

»Macht ausüben!« In Helenes Stimme schwang sehr viel Wut mit. Nora nickte. »Ja, das scheint ihm Spaß zu machen.«

Helene dachte nach. *Wer könnte so viel Hass auf sie empfinden?* Ein Gedanke blitzte in ihr auf. Bevor sie ihn festhalten konnte, unterbrach Nora sie.

»Ich hab eben mit Mama telefoniert«, erzählte sie. »Sie sagte, sie hätte sich grad hingelegt. Am Vormittag! Müssen wir uns Sorgen um unsere Mutter machen?«

»Ach, wir sind alle total erledigt«, antwortete Helene. »Sie hat doch die Handwerker im Haus, oder wie war das? Das ist natürlich zusätzlicher Stress.«

»Mist, ich hab ganz vergessen, sie nach den Handwerkern zu fragen«, fiel es Nora an. »Ich rufe sie gleich noch mal an, dann erfahre ich, ob es ihr besser geht.«

»Ist wirklich blöd, dass Reto nicht bei ihr ist«, sagte Helene.

»Es ist einfach alles blöd«, kommentierte Nora mit einem tiefen Seufzer.

Kapitel 24

Zwei Tage später. Nora saß in ihrem Arbeitszimmer und versuchte, sich auf den Projektplan, den einer ihrer Mitarbeiter angefertigt hatte, zu konzentrieren, als ihr Handy klingelte. Ihre Mutter. Hastig nahm sie das Gespräch an.

»Hallo Mama«, sagte sie betont locker, obwohl sie ein ungutes Gefühl hatte. Ihre Mutter rief fast nie vormittags an, nur wenn es dringend war. »Was ist los? Vermisst du Reto?«

»Ach Nora«, ertönte eine schwache Stimme. »Mir geht es nicht gut, ich fühle mich so komisch.«

»Mama!« Ein kleines Händchen quetschte Helenes Herz zusammen. Sie hatte doch gewusst, dass mit ihrer Mutter etwas nicht stimmte, als die sich vor zwei Tagen vormittags hingelegt hatte. *Warum hatte sie nicht genauer nachgefragt? Warum war sie nicht einfach kurz bei ihrer Mutter vorbeigefahren, um zu prüfen, ob alles in Ordnung war?*

»Ich komme sofort zu dir, bin in wenigen Minuten da. Mach bitte deine Tür auf, dann muss ich deinen Schlüssel nicht suchen. Geht das?« Nora benutzte den Hausschlüssel ihrer Mutter nur selten und wusste auf Anhieb nicht, wo der war. Karin hatte keine Pflanzen in ihrer Wohnung, die Nora im Fall von Karins Reisen hätte gießen sollen. »Alles lebende Grünzeug geht in Omas Pflege ein«, hatte Sarah vor wenigen Jahren vorwurfsvoll konstatiert. Karin hatte ein beleidigtes Gesicht gezogen, aber seitdem gab es nur noch Seidenblumen in ihrer Wohnung.

Schweigen. Nora brüllte: »Mama, kannst du deine Tür öffnen?«

»Jaja«, stöhnte Karin. Dann legte sie auf.

Nora überlegte: *Sollte sie Reto verständigen? Nein, zunächst musste sie wissen, was los war.*

Nora wusste später nicht, wie sie die paar Kilometer zu ihrer Mutter gekommen war. Sie hatte sich zwischendurch ermahnt, auf die Straße und andere Verkehrsteilnehmer zu achten. Als sie unbeschadet vor dem Haus ihrer Mutter stand, war sie schweißgebadet und atmete erleichtert auf.

Rasch eilte sie zur Haustür. Verschlossen. Sie klingelte bei einer Nachbarin, die zum Glück sofort öffnete.

»Ich muss zu meiner Mutter«, erklärte sie, als die junge Frau im Erdgeschoss erstaunt in ihrer Wohnungstür stand. Ohne weitere Erklärung rannte Nora die Treppe hinauf.

Karins Wohnungstür war angelehnt! Mit einem tiefen Seufzer öffnete Nora vorsichtig die Tür. Zumindest lag niemand im Flur. Rasch ging sie ins Wohnzimmer.

Karin saß im Sessel, leichenblass, sie atmete schnell und sah Nora mit schreckgeweiteten Augen an.

»Mama!« Nora eilte zu ihrer Mutter und sah ihr forschend ins Gesicht. Gleichzeitig holte sie ihr Handy aus der Hosentasche.

»Ich weiß nicht, was los ist«, erzählte Karin atemlos. »Ich hab so einen Druck auf der Brust und krieg schlecht Luft.«

»Ich rufe einen Arzt.« Nora bemühte sich um einen ruhigen Tonfall, auch wenn das Herz ihr bis zum Hals klopfte. Rasch wählte sie die 112.

»Ja hallo, hier ist Nora Linde«, sagte sie, als eine freundliche weibliche Stimme sich in der Notrufzentrale meldete. »Meine Mutter hat einen starken Druck auf der Brust und klagt über Luftnot«, sagte sie. »Sie ist neunundsechzig Jahre alt. Ich wüsste nicht, dass sie Vorerkrankungen hat, richtig?«

Sie warf einen Blick zu Karin, die nickte. Dann gab sie die Adresse durch. »Zweite Etage«, fügte sie hinzu. »Was kann ich tun, bis jemand hier ist?«

»Versuchen Sie, Ihre Mutter zu beruhigen, und geben Sie ihr etwas Wasser zu trinken«, antwortete die freundliche Dame. »In wenigen Minuten ist der Rettungswagen bei Ihnen. Bitte öffnen Sie die Haustür, damit die Sanitäter sofort zu Ihnen in die Wohnung können.«

»Gleich kommt jemand«, erklärte Nora ihrer Mutter, eilte in die Küche und kam mit einem Glas Wasser zurück.

»Hier, möchtest du etwas trinken?« Karin nickte und Nora hielt das Wasserglas. Sie fürchtete, dass ihre Mutter das Glas fallen lassen könnte.

»Ich mach die Haustür auf, bin sofort zurück«, erklärte sie dann und rannte die Treppe hinunter. Sie öffnete die Haustür und fixierte sie mit dem Fußabtreter.

»Was ist los?« Die junge Frau aus dem Erdgeschoss hatte ihre Wohnungstür geöffnet.

»Meine Mutter hat vermutlich einen Herzinfarkt«, erklärte Nora. »Der Notarzt kommt gleich. Könnten Sie bitte darauf achten, dass die Haustür offenbleibt?«

»Ja, natürlich«, antwortete die Nachbarin und wollte offenbar noch etwas hinzufügen. Aber Nora rannte schon die Treppe hinauf und setzte sich zu ihrer Mutter.

Sollte sie beten? Sie war nicht gläubig und betete sonst auch niemals.

Nach wenigen Minuten hörten sie das Martinshorn. Eine Autotür wurde geöffnet, dann vernahm Nora eilige Schritte im Treppenflur.

»In der zweiten Etage«, hörte sie die junge Nachbarin unten im Hausflur erklären. Zwei Sanitäter betraten die Wohnung, kurz hinter ihnen kam eine Frau, ebenfalls in der orangefarbenen Sanitäterkleidung.

»Hallo, ich bin Doktor Krämerfeld«, stellte sie sich vor und ging zu Karin.

»Wie geht es Ihnen?«, fragte sie und holte ein Stethoskop aus ihrer Brusttasche.

Sie untersuchte Karin sorgfältig. »Wir müssen Sie ins Krankenhaus bringen«, erklärte sie und warf einen Blick zu Nora. »Dann wissen wir genau, was Ihnen fehlt, und können Ihnen helfen.«

Karin nickte nur apathisch.

»Sie sind die Tochter?«, fragte Frau Krämerfeld und sah Nora an.

»Ja«, antwortete Nora. »Ist es ein Herzinfarkt?«

»Das werden wir im Krankenhaus feststellen«, erwiderte die Ärztin. »Können Sie für Ihre Mutter ein paar Sachen zusammenpacken und später nachkommen?«

Sie nannte den Namen des Krankenhauses.

Einer der Sanitäter betrat die Wohnung, Nora hatte gar nicht mitbekommen, dass er hinausgegangen war. Er brachte eine Trage mit, auf die sie Karin legten.

Nora ging zu ihrer Mutter. »Ich komme gleich nach«, sagte sie und drückte Karins Hand. »Alles wird gut.«

Karin nickte schwach. Der Sanitäter fuhr die Trage hoch und schob Karin in den Hausflur. Die Aufzugstür stand offen, Nora sah, dass der Sanitäter die Tür mit einem Keil blockiert hatte.

»Wir tun unser Bestes, dass Ihre Mutter bald wieder auf die Beine kommt«, sagte die Ärztin mit einem ermunternden Lächeln zu Nora. Dann verließ sie mit den Sanitätern die Wohnung und zog die Tür hinter sich zu.

Nora stand in der Mitte des Wohnzimmers, mit hängenden Armen, unfähig, sich zu rühren. *Was kommt denn noch alles?*, dachte sie verzweifelt. *Erst wird Sarah angefahren, dann rast jemand auf Elias zu. Helene wird in die Irre geführt. Und jetzt Mama! Was tut dieser Verbrecher uns alles an? Warum bloß?*

Karins Lebensgefährte fiel ihr ein. *Ich muss Reto informieren! Oder sollte sie besser zunächst abwarten, was die Ärzte im Krankenhaus sagten? Reto war ja in der Schweiz, aber er würde wahrscheinlich sofort in Richtung Deutschland aufbrechen, wenn er hörte, dass seine geliebte Karin einen Herzinfarkt hatte. Möglicherweise war es gar kein Infarkt. Und dann baute Reto vor lauter Sorge einen Unfall. Nein, sie musste erst sicher sein, was mit ihrer Mutter los war, und sich dann überlegen, wie sie es Reto schonungsvoll beibrachte, am besten mit Timos Hilfe. War Timo überhaupt noch bei Reto? Das Zusammenleben der beiden brachte einige Probleme mit sich. Später!*, ermahnte sie sich. *Jetzt musste sie erst mal ein paar Sachen für Karin zusammenpacken und ins Krankenhaus bringen. Und ihre Schwester informieren.*

Nora straffte die Schultern und holte aus der kleinen Kammer im Flur eine Reisetasche. Dann ging sie ins Schlafzimmer und packte etwas Wäsche, Nachthemden und einen Bademantel ein. Vom Nachttisch nahm sie Karins E-Book-Reader und steckte ihn mitsamt Ladekabel ein. Die Reisetasche hatte einen Kulturbeutel enthalten, den füllte sie im Badezimmer mit Zahnbürste, Kamm und anderen Hygieneutensilien. Reto war ja weggefahren, daher musste sie nicht rätseln, welche Sachen Karin gehörten. *Wo waren die Schminkutensilien?* Karin war eitel und ging nie ungeschminkt aus dem Haus. Nora öffnete den Badezimmerschrank erneut und fand die Abschminkpads, die sie in den Kulturbeutel steckte, außerdem Wimperntusche, Lidstrich und Make-up. Sie ging in den Flur und packte eine rote Sweatjacke, die an der Garderobe hing, und ein Paar Hausschuhe ein. Ein letzter Rundblick im Wohnzimmer – Karins Handy! Es lag auf einer Kommode, daneben das Ladekabel. Rasch stopfte sie beides in die Reisetasche.

Sie versuchte, ihre Schwester zu erreichen. Aber nur die Mailbox meldete sich. *Wo steckte Helene? Irrte sie schon wieder irgendwo herum? Nein, so was passierte ihr nur einmal. Jetzt war keine Zeit für Grübeleien.* Nora hinterließ eine weitere Nachricht, mit der Info, dass die Mutter im Krankenhaus war. Dann ging sie zur Tür hinaus und lief hinunter zu ihrem Auto, um ins Krankenhaus zu fahren.

Kapitel 25

»Es war ein leichter Herzinfarkt.« Die sympathische Ärztin hatte sich als Doktor Schneider vorgestellt, sie sprach mit einem rheinischen Akzent, war mittelgroß und dunkelhäutig.

Nora war froh, dass ihre Schwester sich noch gemeldet hatte, und sie Helene auf dem Weg ins Krankenhaus hatte einsammeln können.

»Wir haben Ihrer Mutter einen Stent eingesetzt, das ist Routine. Sie sollte sich die nächste Zeit etwas schonen.« Die Ärztin musterte die Schwestern. »Hatte Ihre Mutter in letzter Zeit Stress? Sie machte auf mich einen sehr aufgewühlten Eindruck, ich glaube, ihre Aufregung kam nicht nur von den Herzbeschwerden.«

Nora und Helene sahen sich an. Beide dachten das Gleiche: Eine Ärztin, die den ganzen Menschen sieht, nicht nur die Krankheit.

»Ja, allerdings«, antwortete Nora. »Es gibt jemanden, der unsere Familie bedroht, und unsere Mutter weiß darüber Bescheid, wir wollten es ihr nicht verheimlichen. Mehr möchte ich darüber nicht sagen, aber Stress gibt es zurzeit genug.«

»Dachte ich mir.« Die Ärztin nickte befriedigt. »Da kann ich Ihnen nicht helfen, und ich stimme Ihnen zu, solche Probleme können Sie Ihrer Mutter nicht verheimlichen. Ich spreche später noch mit ihr und wir werden versuchen, Methoden zur Stressbewältigung zu finden, die Ihrer Mutter zusagen, wie zum Beispiel Yoga oder Meditation.«

»Danke sehr!« Nora hätte die Ärztin umarmen können. »Können wir jetzt zu ihr?«

»Ja, sicher.« Die Ärztin geleitete Nora und Helene zu einem Zimmer auf der Intensivstation.

»Was habt ihr meiner Karin angetan?« Reto schäumte vor Wut.

Als Nora vom Krankenhaus zurück und zu Hause war, hatte sie ihren Sohn Timo angerufen und ihn gebeten, Reto schonend von Karins Herzinfarkt zu berichten. Da Timo ebenfalls in der Schweiz war, konnte er es Karins Lebensgefährten persönlich mitteilen und gleichzeitig auf Reto achtgeben. Das war Noras Gedanke gewesen. Aber ihr Plan war gründlich schiefgegangen! Es waren wenige Minuten vergangen, nachdem sie mit Timo gesprochen hatte, da rief ein wutschnaubender Reto an. Nora hörte ihren Sohn im Hintergrund beruhigende Worte sagen. Aber Timos Worte verpufften wirkungslos.

»Kaum bin ich weg, kriegt meine Karin einen Herzinfarkt! Wie konnte ich sie nur alleine lassen? Das alles nur, weil ihr irgendjemanden verärgert habt und es noch nicht einmal hinkriegt, die Geldübergabe vernünftig durchzuführen! Ich fahre sofort zurück, es ist mir egal, ob Timo mitkommt oder nicht. Er kann selber auf sich und seine Tochter aufpassen, ich fühle mich nicht mehr zuständig!«

Das ist typisch Reto!, dachte Nora und biss die Zähne zusammen. *Alle beschimpfen und jedes Augenmaß verlieren, ohne Rücksicht auf Verluste. Natürlich sind Timo und ich schuld an Karins Herzinfarkt.*

Sie holte tief Luft.

»Reto!«, sagte sie in scharfem Ton, als Reto zum Atemholen eine Pause in seinem Redeschwall einlegen musste. »Es geht Karin recht gut, ich war eben bei ihr. Die Ärzte haben ihr einen Stent eingesetzt, das ist ein Standardeingriff, praktisch risikolos. Du kannst sie sogar anrufen, ich hab ihr das Handy mitgebracht und sie darf es benutzen.« Stille. Ihre Worte hatten scheinbar etwas bewegt.

»Ich verstehe, dass du äußerst besorgt bist, und natürlich musst du zu ihr, das weiß ich«, fuhr sie fort, jetzt mit sanfterer Stimme. »Ich spreche sofort mit Timo, wann ihr fahren könnt. Also pack schon mal deine Sachen, und ich bespreche mich mit meinem Sohn, einverstanden?«

»Wenn er in zehn Minuten nicht fertig ist, fahre ich ohne ihn«, sagte Reto. »Ich muss zu Karin.«

Mühsam schluckte Nora ihren Ärger hinunter. »Lass mich erst mal mit Timo sprechen«, sagte sie. »Du solltest jetzt wirklich nicht Auto fahren, du bist viel zu aufgeregt, und Karin hat überhaupt nichts davon, wenn du einen Unfall baust.«

»Du hast ja keine Ahnung, wie es hier aussieht«, grollte Reto. »Die Sachen des Babys sind überall in der Wohnung verteilt, ich muss aufpassen, dass ich nicht drüberfalle. Und die Küche ist ein einziges Chaos. Bis die hier alles gepackt haben, bin ich schon lang zu Hause.«

»Du kannst doch mit der Eisenbahn fahren«, schlug Nora vor. »Da bist du fast so schnell wie mit dem Auto, und baust nicht aus lauter Aufregung einen Unfall.«

»Mit der Bahn, dass ich nicht lache«, entgegnete Reto. »Bis zur Grenze komme ich problemlos, und dann bin ich der Unpünktlichkeit der Deutschen Bahn ausgeliefert. Da kann ich froh sein, wenn ich morgen bei Karin bin!«

»Ist ja gut«, sagte Nora und versuchte einen beschwichtigenden Tonfall. »Jetzt pack doch einfach deine Sachen und ich spreche mit Timo.«

»Jaja, mache ich«, antwortete Reto und beendete das Gespräch.

Nora sah verblüfft ihr Handy an. Sie hatte Reto wohl falsch eingeschätzt und nicht mit seiner überaus heftigen Reaktion gerechnet. Sie rief Timo auf dessen Handy an.

»Reto ist außer sich«, begrüßte ihr Sohn sie.

»Was du nicht sagst«, antwortete Nora. »Ich möchte nicht, dass er jetzt selber Auto fährt, dann haben wir den nächsten im Krankenhaus. Was denkst du?«

»Mir fällt hier die Decke auf den Kopf«, antwortete Timo. »Ich kann nicht vernünftig arbeiten, Melina schläft schlecht und ist ziemlich unleidlich. Selbst Juliette ist strapaziert.« Die letzten Worte hatte er geflüstert. »Ich denke, es ist das Beste, wenn wir alle unsere Sachen packen und nach Hause fahren. Falls Reto mich an das Steuer von seinem SUV lässt ...«

»Da musst du dich halt durchsetzen«, empfahl Nora. »Lass einfach keine Diskussion zu. Sag ihm, dass Karin ihn unversehrt braucht, und er an sie denken soll.«

»Hört sich einfach an«, grollte Timo. »Ich gebe mein Bestes.«

»Du schaffst das schon«, ermunterte Nora ihren Sohn. »Und denk dran, in der Schweiz sind Knöllchen extrem teuer, halt dich an die Geschwindigkeitsbeschränkungen.«

»Jaja, ich weiß«, antwortete Timo. »Am besten nehme ich noch eine Beruhigungspille, damit ich Reto auf dem Beifahrersitz ertrage, ohne handgreiflich zu werden.«

Trotz aller Probleme musste Nora lachen. »Schön, dass du deinen Humor nicht verlierst«, sagte sie. »Ich wünsche dir eine gute Fahrt, stell deine Ohren auf Durchzug und melde dich zwischendurch.«

Kapitel 26

»Können Sie Ihren Stiefvater bei der Polizeistation abholen?«

»Wie bitte?« Nora traute ihren Ohren nicht. Sie rieb ihren schmerzenden linken Fuß, mit dem sie kurz vorher im Wohnzimmer auf ein Spielzeugauto getreten war. Man merkte, dass Melina wieder im Haus war. Melina liebte es, Autos unterschiedlicher Größe und Fabrikate fahren zu lassen. Juliette gab sich Mühe, hinter der Kleinen herzuräumen, war aber nicht immer erfolgreich.

»Hier ist die Polizeiwache Köln-Ehrenfeld, Polizeioberwachtmeister Hellenbrink. Reto Bühler – das ist doch Ihr Stiefvater, oder?«

»Äh, nicht direkt«, stotterte Nora. »Reto ist der Lebensgefährte meiner Mutter, verheiratet sind die beiden nicht.«

»Auch gut«, antwortete der Polizist. »Können Sie den Lebensgefährten Ihrer Mutter bei der Polizeiwache abholen?« Er gab die Adresse durch. »Hinter der Polizeiwache gibt es fünf Parkplätze, wenn Sie Glück haben, ist einer frei.«

»Äh, was ist denn los? Warum muss ich ihn abholen? Was hat er angestellt?«, fragte Nora. Reto war vor zwei Tagen mit Timo nach Hause gefahren, er hatte zu Noras Überraschung tatsächlich Timo am Steuer seines SUVs geduldet. Nora hatte Reto sofort ins Krankenhaus gefahren, als er zu Hause angekommen war. Sie war mit ihm zu ihrer Mutter gegangen und hatte erfreut gesehen, dass Karin schon wieder recht munter war. *Warum war Reto bei der Polizei?*

»Das erzähle ich Ihnen, wenn Sie hier sind«, antwortete der Polizeibeamte in grimmigem Tonfall.

»Okay. Danke. Bin schon unterwegs«, sagte Nora und beendete das Gespräch. Sie schickte eine kurze Information an ihr Team und ihre Chefin – beinah hätte sie an diesem Tag gearbeitet! Stattdessen rannte sie in den Flur, schlüpfte in ihre Pumps, griff die burgunderrote Lederjacke von der Garderobe und eilte zu ihrem Auto. Sie gab in das Navigationssystem die Adresse der Polizeiwache ein und fuhr los.

Was hatte Reto bloß wieder angestellt? Sie kannte den Lebensgefährten ihrer Mutter seit vielen Jahren, und sie kannte seine Impulsivität, die manchmal zu unbeherrschten Reaktionen führte. Der Herzinfarkt seiner geliebten Karin und die Aufregung der letzten Tage um die Erpressung, die Nora ihm und Karin nicht hatte verschweigen wollen, zeigten offenbar erste heftige Konsequenzen. Reto neigte dazu, anderen Leuten die Schuld an unliebsamen Vorfällen zu geben, stets suchte er einen Sündenbock. Das hatte in der Vergangenheit bereits mehrfach zu heftigen Diskussionen geführt, selbst Karin beklagte sich manchmal bei ihren Töchtern über diese schwierige Eigenschaft ihres Lebensgefährten. Allerdings war Reto bisher Noras Wissens nach nicht mit der Polizei in Konflikt geraten. Nora mochte Reto sehr gern, und am wichtigsten war für sie, dass der Schweizer ihre Mutter abgöttisch liebte und sie glücklich machte. Aber manchmal war das Zusammensein mit dem Eidgenossen herausfordernd.

Die fünf Parkplätze, von denen der Polizist – *Wie war noch mal sein Name? Sein Titel?* – gesprochen hatte, waren alle belegt. Nora fuhr einmal um den Block und parkte schließlich in einer Seitenstraße vor einer Toreinfahrt, die ziemlich unbenutzt aussah. Sie hatte keine Geduld für eine weitere Parkplatzsuche. Hoffentlich war das Auto noch da, wenn sie zurückkam. Ohne Krampe,

Knöllchen oder Ähnlichem. Sie stieg aus, verriegelte das Auto und eilte zur Wache.

Die Glastüren öffneten sich beim Näherkommen und Nora betrat einen kahlen Vorraum. In einer geräumigen Glaskabine in einer Ecke saß ein Polizist an einem Schreibtisch. Sie ging zu ihm.

»Ich soll hier jemanden abholen, Reto Bühler«, sagte sie.

»Name und Ausweis bitte«, verlangte der Polizeibeamte und wies auf die ‚Durchreiche‘ in der Glaswand.

»Nora Linde«, antwortete sie und legte ihren Personalausweis in die Mulde, die der Beamte zu sich drehte.

Der Beamte studierte ihren Ausweis. »Ach, Sie wollen den Schweizer abholen?«, fragte er grinsend. »Warten Sie einen Augenblick.« Er griff zum Telefon.

Nach wenigen Minuten öffnete sich eine Tür neben der Glaskabine. Ein weiterer Polizist erschien, etwa Anfang dreißig, mit kurzen blonden Haaren und einem sorgfältig getrimmten Bart. Hinter ihm war Reto zu sehen, mit rotem Kopf und finsterem Gesicht. Nora ging einen Schritt zurück und fragte sich im selben Moment, ob sie erwartete, dass Reto sie wütend ansprang.

»Frau Linde?«, fragte der Polizist mit einem freundlichen Lächeln. »Ich bin Polizeioberwachtmeister Hellenbrink, wir haben telefoniert.« Er reichte Nora die Hand.

»Was ist passiert?«, fragte Nora. »Warum ist Reto hier, auf der Polizeiwache?«

Der Polizist räusperte sich. »Herr Bühler hat, ich muss es leider sagen, randaliert. Er hat die Eheleute Ngono aufgesucht, das sind, soviel wir verstanden haben, die Eltern von einer Freundin seines Enkels Timo Linde. Das Ehepaar und Herr Bühler haben eine gemeinsame Urenkelin, ein kleines Mädchen namens Melina, richtig?«

Nora nickte.

»Gut.« Der Polizist zog ein befriedigtes Gesicht und fuhr fort. »Der Herr Bühler hat die Eheleute Ngono beschuldigt, in eine Erpressung verwickelt zu sein. Das Ehepaar fühlte sich massiv bedroht und hat die Polizei angerufen, völlig zu Recht. Herr Bühler ist laut ihren Angaben ausfallend geworden und sie fürchteten, dass er sie körperlich angreifen würde. Die Polizisten haben ihn zur Wache mitnehmen müssen und die Ngonos werden Strafanzeige stellen. Herr Bühler hat die Beschuldigungen im Wesentlichen zugegeben, stimmt's?« Der Polizist sah auffordernd zu Reto. Reto nickte. *Hatte es ihm die Sprache verschlagen? Nora wunderte sich. So kleinlaut hatte sie den Schweizer noch nie erlebt.*

»Können wir dann gehen?«, fragte sie.

»Ja klar«, antwortete der Polizist und wies zur Tür. »Und reden Sie Ihrem Stiefvater ins Gewissen, sein Verhalten bei unbescholtenen Bürgern war völlig inakzeptabel.«

»Mach ich«, erwiderte Nora. Beim Hinausgehen sah sie ihr Spiegelbild in der Glaskabine. Der Spiegel präsentierte ihren tomatenroten Kopf.

Mit einem »ade« verabschiedete Reto sich, folgte Nora wortlos zur Tür hinaus und ging die Straße hinter ihr her. Sie kamen zu Noras Auto, das zu ihrer Erleichterung weder eine Krampe noch ein ‚Knöllchen‘, der Kölner Ausdruck für einen Strafzettel, aufwies.

»Können wir als Erstes mein Auto holen?«, fragte Reto, als er sich auf den Beifahrersitz gesetzt hatte. »Das steht noch bei ... äh ... bei dieser Michelle.« Er sah Nora nicht an.

»Ganz bestimmt nicht«, fauchte Nora. »Ich lass dich sicher nicht ans Steuer, du baust einen Unfall oder kriegst einen Herzinfarkt. Dein Auto kann ich später mit Niklas oder jemand anderem holen.«

199

Reto gab keine Antwort. Schweigend fuhr Nora los.

»Willst du zu Karin?«, fragte sie nach einiger Zeit. Ihre Mutter würde sich vermutlich freuen, wenn Reto sie besuchte. Der könnte dann von seinem missglückten Racheversuch erzählen und Karin ablenken.

»Das wäre nett«, antwortete Reto. »Aber wie komme ich später nach Hause, ohne Auto?«

»Das ist dann dein Problem!«, zischte Nora. »Soll ich mich um alles kümmern? Es gibt Busse und Taxis. Oder du kannst zu Fuß gehen, da kannst du dann noch mal in Ruhe nachdenken.«

Reto verstummte wieder.

»Was genau hast du eigentlich bei den Ngonos gemacht?«, fragte Nora nach einiger Zeit, als das Schweigen sich allzu sehr im Auto ausbreitete. »Und woher hast du deren Adresse?«

»Ich wollte nur helfen«, verteidigte Reto sich. »Ich hab bei denen geklingelt und sie aufgefordert, mit der Erpressung und den Bedrohungen aufzuhören. Die können doch nicht einfach meine Enkelkinder bedrohen, Elias und Sarah anfahren, Dominiks Fahrrad kaputtmachen. Irgendeiner musste denen Bescheid stoßen.«

»Und? Haben sie zugegeben, dass sie es waren? Und versprochen, sofort damit aufzuhören?« Noras Stimme troff vor Sarkasmus.

»Alles haben sie abgestritten«, entgegnete Reto mit mürrischer Stimme. »Aber ich glaube denen nicht! Ich werde Wege finden, sie zu überführen!«

»Reto!« Nora trat hart auf die Bremse, die Ampel vor ihr war auf Gelb umgeschlagen. Nora drehte sich in ihrem Sitz zu ihrem Stiefvater um und funkelte ihn wütend an. Reto, der nach vorne in den Sicherheitsgurt gepresst worden war, tat es ihr gleich.

»Du hast überhaupt keine Beweise«, sagte Nora mit schriller Stimme. »Und Lara konnte auch keine finden. Lara

200

ist die Detektivin, die Expertin, wenn die denkt, Michelles Eltern haben mit der Erpressung nichts zu tun, dann vertraue ich ihr. Also lass die armen Leute in Ruhe!«

Die beiden maßen sich mit Blicken. Bis hinter ihnen ein wütendes Hupkonzert ertönte.

Mit einem Seufzer wandte Nora sich wieder nach vorne und fuhr los. *Hoffentlich hielt Reto sich in Zukunft zurück!*

Kapitel 27

Diesmal waren die Anweisungen klar und deutlich. Michael hatte einen Brief erhalten, offenbar nicht per Post abgesandt, sondern von Hand in seinen Briefkasten eingeworfen.

»Ich hab sofort die Kamera überprüft«, erzählte er seinen Schwestern, die nach seiner Whatsapp-Nachricht »Ihr müsst SOFORT kommen. Mit dem Geld!«, am frühen Samstagvormittag zu ihm gefahren waren. Lara, Niklas und Sandro waren ebenfalls dabei.

»Das war gegen fünf Uhr heute Morgen«, erzählte Michael. »Da konnte man eine schwarze unförmige Gestalt erkennen, die den Brief eingeworfen hat. Der hat sich eine schwarze Plane, eine Burka oder Ähnliches umgehängt. Das könnte jeder und jede sein.« Frustriert verzog er den Mund.

»Zeig mal den Brief«, forderte Nora ihn auf.

40.000 € von jedem.
Heute um 11 Uhr mit dem Geld per Fahrrad von
Schildgen Richtung Altenberg.
Keine Polizei. Michael allein.

»Wie sollen wir so schnell an zusätzliches Geld kommen?«, jammerte Helene. »Ich hab doch mit den Zwanzigtausend schon Probleme gehabt, und selbst Reto kann nicht zaubern. Um noch mal Zwanzigtausend zu besorgen, müsste ich eine Bank überfallen. Und wie könnt ihr heute zehntausend Euro abheben? Am Samstag?« Sie sah ihre Geschwister an.

»Gar nicht«, antwortete Michael. »Der Typ wird nervös und ist bestimmt happy, wenn er überhaupt Geld kriegt. Der will uns einfach Stress machen, und damit ist er ja bisher ziemlich erfolgreich. Ich bringe ihm die Achtzigtausend, das ist ein ganzer Batzen Geld.«

»Ich stimme Michael zu«, mischte Lara sich ein. »Das ist ein Anfänger, der kriegt allmählich kalte Füße. Ich glaube auch, dass der froh ist, endlich Geld in die Finger zu bekommen.« Sie kratzte sich am Kopf. »Das ist ganz schön kurzfristig. Raffiniert von dem Typ. Ich hab versucht, weitere Kollegen zu erreichen, die mit mir die Strecke überwachen können. Bisher hat sich niemand gemeldet.«

»Wir können doch bei der Überwachung helfen«, schlug Helene vor. »Nora und ich können uns verkleiden, mit Perücke oder so, und Niklas kennt er vermutlich sowieso nicht.«

»Tut mir leid, ich glaube nicht, dass das eine gute Idee ist«, erwiderte Lara mit strenger Stimme.

Die weiß aber auch alles besser!, grollte Nora innerlich.

»Was ist mit der Polizei?«, fragte sie und schluckte ihren Groll herunter. »Sollen wir die einschalten? Die haben doch andere Möglichkeiten, die Strecke zu überwachen als wir.«

»Das müsst ihr entscheiden«, antwortete Lara. »Vermutlich werden die Probleme haben, so kurzfristig eine unauffällige Überwachung zu organisieren.«

»Ehrlich gesagt will ich nicht, dass der Erpresser mit den achtzigtausend Euro davonkommt«, entgegnete Niklas mit grimmigem Gesicht. »Der kann ja immer weitermachen. Wenn wir den nicht bei der Geldübergabe erwischen, haben wir nie Ruhe. Also, wenn ihr einverstanden seid, informiere ich die Kommissare.« Er sah Nora, Helene, Sandro und Michael der Reihe nach an.

Helene nickte. »Ich stimme dir zu«, sagte sie. »Aber die müssen sicherstellen, dass der Erpresser nichts merkt.«

»Ich weiß nicht.« Michael zog ein bedenkliches Gesicht. »Ich kenne diese Strecke, da ist um die Zeit nicht viel Verkehr. Wie will die Polizei da unauffällig überwachen?«

»Das können wir denen überlassen«, entgegnete Niklas. »Das ist schließlich deren Job.«

»Was sagst du?«, fragte Michael und wandte sich an Nora.

»Ich denke, Niklas hat recht«, antwortete sie. »Wir sollten der Polizei eine Chance geben. Und ich will unbedingt, dass der Erpresser geschnappt wird.«

Niklas griff zum Handy und informierte ‚ihren' Kommissar Bodinger. Nach wenigen Sätzen beendete er das Gespräch. Die anderen sahen ihn gespannt an.

»Der Kommissar sagte, dass das schwierig wird«, erzählte er. »Wie du gesagt hast, Lara, ist es sehr kurzfristig. Aber sie würden es versuchen. Dummerweise reicht die Zeit nicht, um meinen Rucksack mit einem Sender zu versehen.«

»Ich hab einen«, sagte Lara. »Ich hab ihn sofort eingepackt.« Sie errötete etwas. »Ich hab bei der letzten Geldübergabe versäumt, den Sender zu platzieren. Das passiert mir nicht noch einmal.«

Sie holte aus ihrer schwarzen Ledertasche ein kleines Gerät heraus und zeigte es den anderen. Michael nahm den Rucksack, in den er sein Geld gesteckt hatte. Lara steckte den Sender zwischen Michaels Geldbündel, Nora und Helene stopften ihr Geld mühsam dazu. Michaels Rucksack war sehr unförmig geworden.

»Also, mehr Geld hätte auch nicht mehr reingepasst«, sagte Nora mit grimmigem Gesicht. »Und wie hättest du mehr als diesen Rucksack auf dem Fahrrad transportieren sollen?«

»Hast du bedacht, dass der Erpresser das Geld möglicherweise mit einer Drohne holt?«, fragte Sandro und erntete einen anerkennenden Blick von Helene.

»Ja, hab ich«, antwortete Lara. »Wär eigentlich eine gute Idee. Allerdings ist der Rucksack zu groß und zu schwer, der Erpresser wollte ja kleine Scheine haben. Handelsübliche Drohnen können den nicht transportieren.«

»Ich muss jetzt losfahren«, sagte Michael nach einem Blick auf seine Armbanduhr. Nora vermeinte, ein Zittern in seiner Stimme zu hören. »Wenn ich um elf Uhr in Schildgen, diesem Vorort von Bergisch Gladbach, sein soll, muss ich los.«

Michael ging in die Küche, gab etwas Orangensaft in eine Trinkflasche und goss Wasser dazu. Dann zog er seine Turnschuhe an, packte sein Handy in die Brusttasche, ging hinaus und holte sein Fahrrad, ein schwarzes Mountainbike, aus der Garage. Die Trinkflasche steckte er in den dafür vorgesehenen Behälter am Fahrradrahmen.

Die anderen folgten ihm nach draußen, Niklas hatte den Rucksack mit dem Geld geschultert.

»Schickes Mountainbike«, stellte Lara mit anerkennendem Blick fest. »Und kein E-Bike!«

Sie umarmte Michael, Nora und Helene taten es ihr nach. Niklas klopfte seinem Schwager ermunternd auf die Schultern und reichte ihm den Rucksack, den Michael auf seinen Rücken lud. Mit einem heiseren »tschüss« fuhr er los.

Lara telefonierte und ging kurz danach zu ihrem Auto. Sie verriet den anderen nichts über ihre Pläne und fuhr zügig davon.

»Hoffentlich geht es gut«, sagte Nora mit einem tiefen Seufzer. Sie war mit Helene, Niklas und Sandro zurück in

Michaels Haus gegangen. Keiner der vier hatte sich hingesetzt, Helene ging im Wohnzimmer auf und ab, Nora stand an der Terrassentür und sah in den Garten hinaus, Sandro stützte sich auf eine Sessellehne, Niklas lehnte an der Wand.

»Tja, was heißt ‚gutgehen‘?«, fragte Niklas. »Dass er das Geld deponieren kann? Dass Lara oder die Polizei ihn schnappen?«

»Ich hoffe, dass jemand den Erpresser schnappt«, sagte Nora. »Ansonsten müssen wir ja immer noch Angst um unsere Kinder haben.«

»Hoffentlich hält Michael durch«, sagte Helene mit leiser Stimme. »Er hat mir gestern erzählt, dass sein Magen wieder Probleme macht. Hoffentlich ist der Krebs nicht wiedergekommen.«

Michael hatte vier Jahre zuvor Magenkrebs gehabt. Nach einer Chemotherapie galt er als geheilt und alle bisherigen Untersuchungen hatten keine Anzeichen gezeigt, dass der Krebs zurück war.

»Ich denke, wir machen uns einen Kaffee«, schlug Nora vor. Sie wartete die Zustimmung der anderen nicht ab, sondern ging in die Küche und schaltete den Kaffeeautomaten ein. Kurz darauf kam sie ins Wohnzimmer mit einem Tablett, auf dem vier Kaffeetassen, Löffel, Zucker und eine Milchtüte standen. Niklas, Sandro und Helene nahmen sich jeder eine Tasse und schenkten sich von dem Kaffee ein.

»Ziemlich stark, dieser Kaffee«, lobte Niklas. »Da bleibt ja fast der Löffel stecken.«

Sandro brummte zustimmend: »Fast schon italienisch«, sagte er. Die Schwestern gaben keinen Kommentar ab. Alle vier standen immer noch herum, keiner hatte Ruhe, sich hinzusetzen.

Niklas telefonierte mit dem Kommissar. »Er verrät mir nicht, was sie vorhaben«, informierte er mit Frust in der Stimme die anderen.

»Vielleicht ist es wirklich zu spät und sie können nichts tun«, sagte Helene.

Niklas zuckte mit den Schultern. »Ich denke auch, dass sie nicht viel unternehmen können«, sagte er mit dünner Stimme. »Hoffentlich ist Lara erfolgreicher!«

»Lass uns die Daumen drücken und uns in Geduld üben«, meinte Nora und trank einen Schluck von ihrem Kaffee.

Dann warteten sie.

Etwa eine Stunde später klingelte Noras Handy.

»Michael!«, rief Nora. Helene sprang von ihrem Sessel auf und eilte zu ihrer Schwester, Sandro folgte ihr, Niklas ging ebenfalls zu seiner Frau.

Nora nahm das Gespräch an und schaltete sofort den Lautsprecher ein.

»Es ist weg!« Michaels Stimme klang atemlos, er keuchte. »Der hat mich angerufen, etwa auf Höhe von dem Altenberger Fußballplatz. Ich hab das Geld ins Gebüsch geschmissen und bin weitergefahren. Dann bin ich irgendwann zurück, der Rucksack war verschwunden und niemand zu sehen. Ich hab alles abgesucht, der Rucksack ist nicht mehr da. Ich konnte keinen fragen, ob er was Verdächtiges gesehen hat, keiner war unterwegs, sonst begegne ich da immer Radfahrern. Von der Polizei war nichts zu sehen, und von Lara ebenso wenig.« Er stieß einen Fluch aus, hatte aber scheinbar das Handy abgedeckt, so dass niemand ihn verstehen konnte.

»Dann komm doch am besten zurück«, schlug Nora vor. »Du kannst ja sowieso nichts mehr ausrichten. Die Polizei oder Lara werden bestimmt vor Ort die Personen befragen.«

»Hey!«, rief Michael. »Lara ist eben im Auto an mir vorbeigerast. Aber ohne anzuhalten oder mir irgendwas zu sagen. Und von der Polizei ist immer noch keiner zu sehen, hier ist überhaupt niemand.« Er stöhnte laut auf. »Ich bin völlig am Ende, bin gerast wie ein Irrer, um pünktlich in Schildgen zu sein. Und das Ganze völlig umsonst!«

»Ich komme dich abholen«, sagte Niklas und Nora warf ihrem Mann einen liebevollen Blick zu. »Dein Rad kann ich in den Kombi laden. Wo genau bist du?«

»Ich schicke dir meine Position«, antwortete Michael. Niklas' Handy gab einen Piepston von sich, daraufhin rannte er nach draußen.

»Wie gut, dass wir mit dem Kombi hier sind«, sagte Nora. »Ich mache mir wirklich Sorgen um Michael, er hörte sich nicht gut an. Ich bin froh, dass Niklas unseren Bruder abholt, der wäre sonst möglicherweise zusammengeklappt.«

Und wieder einmal warteten sie – Helene, Nora und Sandro.

Eine halbe Stunde später kamen Niklas und Michael.

Nora und Helene waren in den Flur gelaufen, als sie das Auto hörten, und umarmten die Männer.

»Was kann ich für dich tun?«, fragte Helene. »Ein Kaffee, Wasser, Tee, ein Schnaps?«

»Kaffee bitte«, antwortete Michael.

»Du bist leichenblass«, sagte Helene und musterte ihren Bruder mit besorgtem Gesicht. »Komm mit ins Wohnzimmer und setz dich hin.«

Schwer ließ sich Michael in den Sessel plumpsen.

»Du blutest ja!«, sagte Nora entsetzt und wies auf seine Jeans, die am Knie zerrissen und blutverschmiert war.

»Halb so wild«, tat Michael ihre Bemerkung ab. »Tut mir leid, dass ich hier wie ein Weichei wirke«, fügte er hinzu. »Ich war etwas zu spät dran, bin gerast wie ein Irrer. Ich hatte total Angst, dass ich den Erpresser verpasse. Als der mich auf einmal angerufen hat, bin ich vor Schreck hingefallen und hab mir das Knie verletzt. Dann hab ich nur den Rucksack in die Büsche geworfen und bin schnell weitergefahren. In Altenberg hab ich angehalten und mich umgeguckt. Es war niemand zu sehen. – Danke!« Er lächelte Helene an und nahm mit zitternden Händen die Kaffeetasse, die sie ihm reichte.

»Ich bin dann langsam wieder zurückgefahren, bis zu der Stelle, wo ich den Rucksack geworfen hab. Der ist vielleicht einen Meter neben dem Radweg gelandet. Ich hab geguckt, aber der Rucksack war weg. Natürlich bin ich nicht näher rangegangen, die Polizei will sicher Spuren sichern. Ach ja, die kamen kurz nach unserem Telefongespräch, auf einem Motorrad. Ich hab denen die Stelle gezeigt und sie wollten die Spurensicherung holen. Dann kam Niklas und hat mir geholfen, mein Fahrrad in den Kombi zu laden. Die Polizei kommt sicher demnächst hierher.«

Michael lehnte sich in seinem Sessel zurück und schloss die Augen. Helene setzte sich auf die Armlehne des Sessels und schmiegte sich an ihren Bruder. Sie spürte, wie die Tränen hochstiegen, die vielen ungeweinten Tränen, die sie bisher erfolgreich unterdrückt hatte. Helene hatte das Gefühl, die Last auf ihren Schultern wurde immer schwerer und die Tränen drückten immer kräftiger gegen ihre Augenlider. *Aber wenn ich jetzt anfange zu weinen, kann ich nie wieder aufhören*, dachte sie. *Hoffentlich findet Lara oder die Polizei eine Spur von dem Erpresser!*

Kurze Zeit später klingelte es an der Haustür.

»Der Typ ist so was von raffiniert!«, schimpfte Lara, als Helene ihr die Tür geöffnet hatte und sie ins Wohnzimmer kam.

»Der war mit einem Squad da!«, fuhr Lara fort. Sie tigerte im Wohnzimmer auf und ab. »Ein Squad! Hat sich den Rucksack geschnappt und ist durch den Wald auf und davon. Den Sender hat er wohl bald rausgefischt und fallenlassen, der hat sich nach wenigen Minuten schon nicht mehr bewegt. In den Wald bin ich mit meinem VW natürlich nicht nachgekommen, und mein Kollege auf seinem Mountainbike wurde ebenfalls nach wenigen Minuten abgehängt. So eine Scheiße! Jetzt ist das Geld weg und der Erpresser ist uns entwischt.«

»Wie sah er denn aus?«, fragte Nora. »Würdest du ihn wiedererkennen?«

»Schwarz gekleidet, schwarzer Helm«, antwortete Lara mit frustrierter Stimme. »Mittelgroß, mittelschlank, von Haaren war unter dem Helm nix zu sehen. Das könnte fast jeder sein.«

»Vielleicht findet die Polizei anhand der Spuren etwas heraus«, sagte Niklas. Seine Stimme hörte sich wenig überzeugt an.

»Wir sehen uns noch mal das Flipchart mit den Verdächtigen an«, sagte Lara. Die Kommentare der anderen »Neiiin!« und »Was denn noch?« und »Wie viel Energie hat diese Frau?« ignorierte sie.

»Vielleicht können wir den Kreis der Verdächtigen einengen«, sagte sie mit grimmigem Gesicht, holte zwei zusammengefaltete Flipchartblätter aus ihrer Tasche und eine Rolle Klebeband, riss vier Streifen ab und befestigte beide Flipchartblätter mit Hilfe der Klebestreifen an der Regalwand.

»Wem von unseren Verdächtigen trauen wir diese Vorgehensweise zu? Wer von denen würde Squad fahren?«, fragte sie. »Marita?«

»Irgendwie nicht«, antwortete Nora. »Könnte ein Vorurteil sein, aber ich sehe eher einen Mann auf dem Squad.«

»Damit fällt Greta ebenfalls raus«, kommentierte Michael mit einem befriedigten Grinsen.

»Wie sieht es mit den anderen aus?«, fragte Lara. »Gretas Sohn Mario?«

»Passt«, antwortete Niklas.

»Daniel und Benjamin ebenfalls«, ergänzte Michael.

»Ich würde gern noch mal über Michelles Eltern sprechen«, sagte Lara. »Ich hab das Gefühl, wir haben sie zu schnell von der Liste gestrichen.«

»Das glaube ich kaum«, entgegnete Nora. »Die beiden haben die Anzeige gegen Reto zurückgezogen. Ihr erinnert euch, Reto hat die beiden ernsthaft bedroht, sie mussten die Polizei rufen, damit er Ruhe gibt.«

»Könnte natürlich ein Trick sein«, gab Lara zurück. »Damit wir sie nicht verdächtigen.«

Nora seufzte tief auf. »Ich glaube, ich kann heute nicht mehr nachdenken«, sagte sie. »Ich bin einfach total erledigt.«

»Geht mir genauso«, stimmte Helene zu. Niklas, Sandro und Michael bestätigten ebenfalls.

»Was sollen wir denn deiner Meinung nach tun?«, fragte Michael. »Denkst du, dass wir jetzt Ruhe haben? Dass der Erpresser unsere Kinder nicht mehr bedroht?«

»Ich weiß es nicht«, antwortete Lara. »Das ist eine total blöde Situation, das hab ich so noch nie erlebt. Wir können nicht viel mehr tun als abwarten. Abwarten, ob der Erpresser – oder die Erpresserin – Ruhe gibt. Immerhin hat er jetzt achtzigtausend Euro gekriegt. Ob ihm das reicht? Ob seine Rache damit befriedigt ist? Ich habe keine Ahnung. Ich würde euch raten, macht so weiter wie bisher: Erklärt euren Kindern, dass wir nicht wissen, ob die Bedrohung vorbei ist. Sie sollen nach wie vor die Regeln, die ihr aufgestellt habt, beachten. Sobald einem von euch etwas auffällt, jemand, der euch oder eure Kinder beobachtet, ein Auto oder ein Fahrrad, das hinter euch herfährt, oder Ähnliches: Bitte alarmiert mich sofort. Bei Tag und Nacht. Ich will diesen Fall abschließen, ich will den Erpresser überführen und sicherstellen, dass er euren Kindern nichts mehr antun kann.«

Mit diesen Worten entfernte sie ihre Flipcharts vom Regal, faltete sie zusammen, steckte sie in ihre Tasche und verließ mit einem »tschüss« das Haus.

Zwei Stunden später kam Kommissar Bodinger. Die Polizeibeamten hatten keine brauchbaren Spuren gefunden. Das Squad war eine kurze Strecke durch den Wald und dann auf eine Landstraße gefahren und blieb verschwunden. Ebenso wie der Rucksack mit den achtzigtausend Euro.

Kapitel 28

Der Tag nach der Geldübergabe verlief zunächst ereignislos.

»War die Geldübergabe missglückt?«, fragte Nora ihren Ehemann.

»Kommt auf die Perspektive an«, antwortete Niklas mit grimmigem Gesicht. »Es gibt jemanden, für den sie erfolgreich war.«

Nora zog ein verdrießliches Gesicht. »Vielleicht ist der Erpresser eine Frau. Heute ist doch Muttertag. Dann hat sie ein tolles Geschenk zum Muttertag bekommen.«

Es war der zweite Sonntag im Mai. Keinem war danach zumute, Muttertag zu feiern. Noras erwachsene Kinder hatten Geschenke für ihre Mutter besorgt, einen üppigen Hortensienstrauch, eine hübsche Dekofigur an einer Stange in Form einer Elfe und ein Geschenkset mit Duschbad und Body Lotion. Dominik überreichte eine Tasse mit der Aufschrift ‚für die beste Mama der Welt‘.

»Ich bin nicht zum Verpacken gekommen«, entschuldigte er sich und zog ein verlegenes Gesicht. Nora lächelte und wuschelte ihrem Sohn liebevoll durch die Haare.

Helene hatte bereits vor Jahren ihre Kinder angewiesen, ihr nichts zum Muttertag zu schenken.

Karin war drei Tage nach ihrem Infarkt aus dem Krankenhaus entlassen worden und mit Reto in die Schweiz gefahren. Nora und Helene riefen beide ihre Mutter vormittags an, gratulierten zum Muttertag und erkundigten sich nach Karins Befinden. Nora berichtete ihr – in Absprache mit Helene – von der Geldübergabe mit der

Feststellung, dass sie nun bestimmt Ruhe vor dem Erpresser hatten.

Reto hatte mit Nora und Helene seit dem Treffen im Krankenhaus kein Wort gesprochen. Er verübelte ihnen, dass sie Karin von dem Erpresser erzählt hatten, und schob ihnen die Schuld am Herzinfarkt seiner geliebten Lebensgefährtin zu. Beide Schwestern fühlten sich zu erschöpft, um Reto anzusprechen und eine Versöhnung zu erreichen.

Nora versuchte, den Sonntag zu genießen, mit Faulenzen oder – wie die Jugend sagte – mit ,Chillen'. Sie hatte kurz mit ihrer Schwester telefoniert.

»Ich mache gleich einen langen Waldspaziergang mit Carlos«, erzählte Helene.

Nora spielte im Garten mit Melina. Normalerweise wäre sie mit der Kleinen in den Park oder zu einem Spielplatz gegangen, aber an diesem Tag fühlte sie sich in ihrem Garten sicherer.

»Jetzt setzen wir den Hortensienstrauch ein«, schlug Timo vor und holte den Spaten aus dem Gartenhäuschen.

»Ich helfe dir«, rief Sarah und lief zu ihrem Bruder. Ihre langen Haare wehten hinter ihr und leuchteten in der Sonne rotgolden.

»Pass auf deinen Arm auf«, rief Nora und verwünschte sich in derselben Minute. Endlich gab ihre Tochter sich wieder lockerer. Sarah lachte nur und gab ihrem Bruder Anweisungen, wo er das Loch für den Hortensienstrauch graben sollte. Als Timo fertig war, lief sie zum Haus und holte die Elfe, die auf einer Stange thronte, und steckte sie vor den Hortensienstrauch.

»Das habt ihr toll gemacht«, lobte Nora ihre Kinder.

Nora fühlte, wie die Anspannung allmählich von ihr abfiel. Bis am frühen Nachmittag, als sie gerade Melina zum Schlafen hingelegt hatte, ihr Handy klingelte.

Ein kurzer Blick auf das Display zeigte ihr eine Mobilnummer. *Also kein anonymer Anrufer*, dachte sie erleichtert.

Ihre Erleichterung verschwand mit den ersten Worten des Anrufers.

»Hier ist Peter Werber vom Bergischen Tagesboten«, hörte sie. »Spreche ich mit Nora Linde?«

Noras Herz begann zu hämmern. *Was wollte der Reporter bloß?* Kurz war sie versucht, das Gespräch sofort zu beenden, aber aus Erfahrung und den Erzählungen ihres Ehemannes, der als Lokalreporter arbeitete, wusste sie, dass der Journalist nicht so schnell aufgeben würde.

»Ja, bin ich«, sagte sie kurz.

»Ein Vögelchen hat mir gezwitschert, dass Sie erpresst werden«, sagte der Reporter. »Angeblich bedroht der Ihre Kinder. Was können Sie dazu sagen?«

Nora erstarrte. *Woher wusste der Typ von der Erpressung? Wusste er auch von der Geldübergabe? Was sollte sie bloß antworten? Wo zum Teufel war Niklas, dem wäre bestimmt eine plausible Antwort eingefallen.* Aber der war mit Dominik zum Fußballplatz gefahren. »Wir sollten den Sonntag so normal wie möglich verbringen«, hatte er gesagt. Und sie, Nora, hatte zugestimmt.

»Äh, was meinen Sie?«, stotterte sie. Nicht unbedingt die intelligenteste Reaktion, dachte sie voller Zorn. Zorn auf den Reporter, Zorn auf sich selber, dass sie nicht souverän reagierte, und grenzenlose Wut auf den Erpresser.

»Sie wissen, wovon ich rede«, antwortete der Anrufer. »Jemand schickt Ihnen Drohbriefe. Und attackiert Ihre Kinder. Attackiert der auch Ihre kleine Enkelin? Die letztes Jahr entführt wurde? Wie heißt die noch mal? Melina, richtig?«

»Meine Enkelin heißt Melina«, bestätigte Nora und überlegte fieberhaft. »Aber sonst stimmt nichts von dem, was Sie behaupten. Wir werden nicht bedroht und auch nicht erpresst. Mein Mann, ein Kollege von Ihnen, ist zurzeit nicht hier, er ist ... äh ... er kommt später und kann Sie gerne zurückrufen.«

Gerade noch rechtzeitig hatte sie sich erinnert, dass sie keine Information weitergeben sollte, wo Dominik sich zurzeit aufhielt.

»Sie behaupten, Sie würden nicht erpresst?«, fragte der Reporter mit Erstaunen in der Stimme. »Da habe ich andere Informationen. Wenn Sie mir keine Auskünfte geben, dann kann ich nur das schreiben, was ich vermute, ohne dass Sie Gelegenheit haben, alles richtig darzustellen. Also, was ist Ihnen lieber?«

»Mein Mann wird Sie anrufen, sobald er zurück ist«, beschied Nora ihn mit fester Stimme. »Das ist in etwa zwei Stunden. So lange müssen Sie sich gedulden.«

Mit diesen Worten legte sie auf.

Unwillkürlich hielt sie den Atem an. Ob der Reporter erneut anrufen würde?

Nach einigen Minuten stieß sie erleichtert den Atem aus. *Der Zeitungsfritze,* wie sie ihn in Gedanken nannte, *hatte wohl aufgegeben. Wie hieß er noch mal? Peter Werber.* Sie gratulierte sich, dass sie trotz der Aufregung seinen Namen behalten hatte. *Ob der wirklich beim Bergischen Landesboten arbeitete? Sollte sie da anrufen und nach ihm fragen? Mit verstellter Stimme? Anonym?*

Mit einem tiefen Seufzer ließ sie sich auf die Couch plumpsen. Sie konnte kaum noch denken, die Gedanken rasten in ihrem Kopf herum. *Am besten wartete sie, bis Niklas nach Hause kam und überlegte mit ihm, wie sie auf den Reporter reagieren sollte.*

Aber die anderen musste sie warnen.

Sie griff zu ihrem Handy und tippte eine Nachricht in ihre ‚Erpresser-Gruppe‘, mittels der sie die anderen über den Anruf eines Reporters informierte, der offenbar über die Erpressung Bescheid wusste. Nora schloss mit den Worten: »Ich bespreche mit Niklas, wie wir reagieren.«

Natürlich ließen die ersten Reaktionen nicht auf sich warten. Zumindest hatte scheinbar keiner der anderen einen Anruf erhalten. Dafür gab es gute Ratschläge.

»Hast du bei der Zeitung nachgefragt, ob die diesen Typen – wie hieß er? – tatsächlich beschäftigen?« Das war Helene.

»Warum hast du nicht sofort aufgelegt?«, von Lara.

»Keinesfalls zurückrufen!«, von Michael.

Von Niklas kam keine Reaktion.

Nora schaltete ihr Handy auf stumm, streckte sich auf der Couch aus und schlief ein.

»Mama, ich hab ein Tor geschossen!« Dominik kam ins Wohnzimmer getrampelt. »Oh, hab ich dich geweckt?«

»Ist schon okay.« Nora richtete sich langsam auf. *Wie schön, dass Dominik sich über sein Tor freut und den Erpresser zumindest zeitweise vergessen hatte,* dachte sie. *Im Unterschied zu ihr.*

»Erzähl doch mal«, sagte sie und sah ihren Sohn erwartungsvoll an. Und Dominik sprudelte los, wie Jan die Vorlage geschossen hatte, er so gerade an den Ball gekommen war, und tatsächlich das Tor getroffen hatte. Und wie die Zuschauer gejubelt hatten. Bei diesen Worten warf er einen raschen Blick auf seinen Vater.

»Super!«, lobte Nora ihren Sohn.

»Ich muss jetzt duschen«, erklärte Dominik und stapfte beschwingt nach oben.

Erleichterung überkam Nora. Dominik mit seiner begeisterten Erzählung hatte sie geradezu überfordert. Nur mit Mühe hatte sie sich zu einer Reaktion aufraffen können.

»Er war wirklich total glücklich«, sagte Niklas mit müder Stimme und setzte sich neben Nora auf die Couch.

»Was war jetzt mit dem Reporter?«

Nora erzählte ihrem Mann von dem Anruf. »Kennst du den zufällig?«, fragte sie, als sie geendet hatte. Niklas schüttelte den Kopf.

»Ich hab einen Bekannten angerufen, der ebenfalls beim Bergischen Tagesboten arbeitet«, erklärte er. »Der kennt den Peter Werber, ein erfahrener Journalist. Ich rufe den gleich mal an, mit deinem Handy, wenn das okay ist?«

Nora nickte und wies auf den Wohnzimmertisch.

»Ich geh nach oben ins Arbeitszimmer, willst du dabei sein?«

»Du machst das schon«, antwortete Nora und streckte sich wieder auf der Couch aus. Niklas ging zur Treppe und Nora hörte ihn die Treppe hinaufsteigen.

Nach wenigen Minuten, in denen Nora beinah wieder eingeschlafen wäre, kam Niklas herunter und setzte sich auf den Sessel neben seiner Frau.

»Ich hab mit ihm gesprochen und ihn gefragt, woher er die Information hat«, erzählte er. »Hat er nicht verraten; hätte ich auch nicht getan. Ich hab ihm klargemacht, dass an seiner Information was dran ist, dass er aber möglicherweise das Leben oder die Gesundheit unserer Kinder gefährdet, wenn er darüber berichtet. Und dass ich ihn informiere, sobald wir ohne Gefahr für die Kids darüber sprechen können. Da hat er sich drauf eingelassen. Hat er zumindest gesagt.«

»Wer hat da bloß etwas verraten?«, sinnierte Nora, gab das Nachdenken aber gleich wieder auf. Sie war einfach zu erschöpft und es gab viele Freunde, Bekannte, Schulkameraden und Kommilitonen, die etwas über die Erpressung wissen konnten, auch wenn sie versucht hatten, den Kreis der Eingeweihten so klein wie möglich zu halten.

Niklas tippte auf ihre Bitte hin eine kurze Information über sein Telefongespräch mit dem Reporter in ihre ‚Erpresser-Gruppe'. Mehrere ‚Daumen hoch' Emojis waren die Antwort.

Kapitel 29

Der Muttertag ging ohne weitere Neuigkeiten vorbei. Der Montag kam, und sie gingen zur Arbeit, zur Universität oder zur Schule. Sarah war nach Münster gefahren und besuchte ihre Vorlesungen.

Niklas telefonierte kurz mit dem Kommissar und fragte nach neuen Entwicklungen; Nora saß neben ihm und lauschte.

»Wir ermitteln in alle Richtungen«, tönte die sonore Stimme von Kommissar Bodinger aus dem Handy. »Wir tun unser Bestes und ich bin zuversichtlich, dass wir den Erpresser finden werden.«

Nora war unruhig. Sie hatte sich zu ihrem Job zurückgemeldet, allerdings arbeitete sie im Homeoffice. Aber in ihrem Kopf irrte ein Gedanke herum. Da war etwas, an das sie sich erinnern sollte. Sie hatte etwas übersehen, und die anderen ebenso. Ein wesentliches Puzzlestück war ihnen entgangen. Der Gedanke blitzte immer wieder auf, ohne dass sie ihn fassen konnte. Sie konnte sich nicht auf ihren Job konzentrieren. Was hatte sie übersehen? Was konnte sie tun, um das herauszufinden?

Sie musste sich bewegen. Bewegung half ihr häufig, ihre Gedanken zu ordnen.

Sie würde zum Friedhof fahren. Der Friedhof half ihr immer, ihre Gedanken zu ordnen und zur Ruhe zu finden. Nora liebte Spaziergänge über den Friedhof, betrachtete gerne die alten Grabsteine, die viele Geschichten erzählen konnten, und lauschte dem Frühlingsgesang der Vögel.

Rasch steckte sie ihr Handy in die hintere Hosentasche, schlüpfte im Flur in ihre Turnschuhe, holte ihr Fahrrad und fuhr los.

An dem eisernen Eingangstor stieg Nora von ihrem Fahrrad und schloss es an einen Fahrradständer an. Dann ging sie gemächlich über den breiten Hauptweg des Friedhofs zum Familiengrab, in dem ihre Großmutter Irene, ihr Vater, Helenes erster Mann Thomas und Helenes vor achtzehn Jahren totgeborene Tochter Mia ruhten. Das Grab war mit vielen Töpfereien geschmückt, alle von Hanna, ihrer Nichte, gefertigt, die nach dem frühen Tod des Vaters versucht hatte, ihre Trauer mit Töpfern zu bewältigen.

Beim Näherkommen bemerkte sie eine Frau, die einen kleinen Blumentopf mit blau-violetten Hornveilchen auf das Grab stellte. Nora stutzte. Die Frau war etwa sechzig Jahre alt, korpulent, sie trug eine Jeans und eine beigefarbene Windjacke. Sie kam Nora vage bekannt vor, aber sie konnte ihr zunächst keinen Namen zuordnen. *Eine Nachbarin? Eine frühere Kollegin? Von ihr oder von Helene?*

Nora ging näher und wollte die Frau begrüßen, als die aufblickte. Die Fremde stieß einen Laut des Erschreckens auf, richtete sich auf und eilte davon, sie bog in einen Seitenweg ein und wandte sich dann in Richtung Ausgang.

Nora stand zunächst wie erstarrt da. *Wer war das? Und warum hatte die Frau so erschreckt reagiert? Ganz offensichtlich hatte diese nicht an ihr vorbeigehen wollen und hatte einen Umweg eingeschlagen, statt direkt zum Ausgang zu marschieren.*

Hinterher!, befahl sie sich selber. *Mit der stimmt etwas nicht!* Sie setzte zur Verfolgung an.

Die korpulente Frau rannte in einer Geschwindigkeit, die Nora ihr gar nicht zugetraut hätte. Nora lief hinterher und knickte an einer Unebenheit des Weges um. *Nein!*, brüllte sie innerlich, *die darf mich nicht abhängen!* Sie rappelte sich auf und hinkte weiter, wesentlich langsamer als vorher.

Sie kam gerade rechtzeitig am Eingangstor des Friedhofs an, um zu sehen, wie die andere Frau in einen Mercedes stieg, der seitlich geparkt hatte. Mit quietschenden Reifen raste der Wagen davon. Aber Nora konnte das Kennzeichen ablesen.

Cordula! Nora war der Name der Frau eingefallen. Die Schwester von Helenes verstorbenen Mann. Die Frau auf dem Friedhof war Cordula gewesen, die ihren Bruder besucht hatte. Cordula, diese mit sich und der ganzen Welt unzufriedene Frau.

Nora nahm ihr Handy und rief den Kommissar Bodinger an. »Ich weiß, wer der Erpresser ist«, rief sie und gab das Kennzeichen des Mercedes durch. »Sie müssen den Wagen anhalten, da finden Sie die Schwägerin meiner Schwester, Cordula Gruner. Den Fahrer hab ich nicht erkannt. Cordula hat einen Hass auf Helene und unsere ganze Familie. Die Erpressung passt auf jeden Fall.«

»Jetzt beruhigen Sie sich erst einmal«, antwortete der Kommissar.

»Was für ein völlig blödsinniger Rat!«, brüllte Nora. »Warum soll ich mich beruhigen, wenn ich endlich den Erpresser identifiziert habe? Oder einen der beiden? Den Erpresser, der mich und meine Familie in den letzten Wochen terrorisiert hatte. Der den Herzinfarkt meiner Mutter verursacht hatte.« Sie atmete tief durch.

»Geben Sie sofort die Fahndung nach dem Mercedes raus!«, verlangte sie.

»Ich soll eine Fahndung herausgeben, weil jemand vor Ihnen weggelaufen ist?«, fragte der Kommissar. »Das ist ja doch etwas weit hergeholt. Wie kommen Sie darauf, dass diese Frau der Erpresser ist? Und was ist die Verbindung mit dem Mercedesfahrer?«

»Hab ich Ihnen doch gerade erklärt!«, blaffte Nora zurück. »Helenes ehemalige Schwägerin kennt uns, alle unsere Kinder, die weiß genau, wie sie uns verletzen kann. Es passt einfach alles. Die Frau ist mit sich und der Welt unzufrieden. Und der Fahrer in dem Mercedes ist der Komplize, der vermutlich das Squad mit unserem Geld gefahren hat. Jetzt suchen Sie doch endlich den Mercedes!«

»Wird gerade angeleiert«, gab der Kommissar unbeeindruckt zurück. »Wo sind Sie?«

»Am Waldfriedhof«, antwortete Nora, etwas ruhiger. »Ich wollte dem Wagen mit den Erpressern folgen, aber ich bin mit dem Fahrrad hier und die sind wie verrückt losgerast.« Sie dachte an die Szene im vergangenen Jahr, als sie versucht hatte, dem Entführer ihrer kleinen Enkelin mit ihrem Fahrrad zu folgen. Der Entführer fuhr ein Wohnmobil und hatte sie bald abgehängt.

»Können Sie nach Hause fahren?«, fragte der Kommissar. »Oder soll ich Sie abholen?«

»Nein, schon okay«, antwortete Nora und rieb ihren schmerzenden Knöchel. »Meine Schwester kommt mich abholen.«

Sie beendete das Gespräch und rief Lara an.

»Helenes Schwägerin ist die Erpresserin!«, rief sie, als die Detektivin den Anruf angenommen hatte. »Cordula. Wir hatten doch so viele Punkte auf dem Flipchart, die zu ihr gepasst haben. Cordula war auf dem Friedhof und ist fortgerannt, als sie mich gesehen hat. Und am Friedhofstor ist sie von einem Mercedes abgeholt worden.«

»Ein Mercedes?«, fragte Lara. »Mit Düsseldorfer Kennzeichen, also D?«

»Ja«, antwortete Nora und wollte das Kennzeichen durchgeben. Aber Lara hatte bereits aufgelegt. *Wie kam Lara auf Düsseldorf?*

Zwei Minuten später kam Helene in ihrem Auto angebraust. Nora hatte ihre Schwester nicht angerufen, Helene hatte gespürt, dass etwas nicht stimmte, war ihrer Intuition gefolgt und zum Friedhof gefahren.

»Was ist los?«, rief sie, als sie aus dem Auto stieg und auf Nora zueilte.

»Es ist Cordula!«, sagte Nora mit kaum unterdrückter Wut in der Stimme. »Cordula, deine Schwägerin, die Schwester von Thomas. Sie hat uns erpresst. Ich hab schon den Kommissar informiert, er hat – mit etwas Rumgezicke – eine Fahndung herausgegeben. Und natürlich hab ich Lara angerufen, die hat aber fast sofort aufgelegt. Es hörte sich an, als wollte sie schnellstens los.«

»Cordula? O nein!«, rief Helene. »Thomas wollte mich vor ihr warnen! Du erinnerst dich, als ich durch den Wald geirrt bin? Da hab ich doch einen Mann gesehen, der aussah wie Thomas.«

»Ja, und die ganze Zeit hab ich gedacht, dass wir etwas übersehen haben«, sagte Nora. »Am Flipchart passte doch so viel zu Cordula, und dann deine eigenartige Begegnung mit dem Mann, der dich an Thomas erinnert hat – warum haben wir nicht eher drüber nachgedacht?«

Die beiden Frauen umarmten sich. »War sie hier?«, fragte Helene und sah ihre Schwester mitfühlend an. Nora nickte.

»Ich hab sie erst gar nicht erkannt«, erzählte sie. »Sie hat zugenommen, und ich hab sie das letzte Mal vor vielen Jahren gesehen.«

»Ja, bei unseren Familienfeiern war sie ja schon länger nicht dabei«, sagte Helene. »Du kannst dich bestimmt erinnern, dass Thomas sie nicht mochte, wir hatten nur wenig Kontakt zu ihr. Nach seinem Tod hat sie so ein Theater gemacht und wollte sich unbedingt in meine Familie hineindrängen. Ich bin sie nur mit Mühe wieder losgeworden.« Sie fuhr sich mit den Händen über das Gesicht.

»Tja«, sagte Nora. »Und eben war sie am Grab. Als sie mich gesehen hat, ist sie davongelaufen, die konnte auf einmal richtig rennen, trotz ihrer überzähligen Pfunde. Und ich bin auch noch umgeknickt. Am Tor, also hier«, sie wies auf die Stelle neben Noras Auto, »ist sie von einem Mercedes abgeholt worden. Ich hab das Kennzeichen lesen können und an den Kommissar weitergegeben.«

»Ach, sie ist abgeholt worden?«, fragte Helene und zog grübelnd ihre Augenbrauen zusammen. »Also hat sie nicht allein gearbeitet.«

»Ich hab vorhin mit Lara telefoniert«, berichtete sie. »Lara hat gefragt, ob das ein Düsseldorfer Kennzeichen ist, und als ich das bejaht hab, hat sie sofort aufgelegt. Tja, die zweite Person ist möglicherweise Marita Telkes, die Mutter von dem Entführer unserer kleinen Melina.«

»Ist ja interessant«, sagte Nora. »Dann hätte sie ja den Erpresser, oder besser die Erpresserin, auch bald identifiziert.«

»Wir fahren nach Hause«, schlug Nora vor. »Ich muss mich hinsetzen, ich fühle mich erschöpft, und der Knöchel tut weh.« Sie fuhr leicht mit dem Finger über den linken Fußknöchel und verzog das Gesicht.

»Dann nimm du mein Auto und ich fahre mit deinem Fahrrad«, schlug Helene vor.

Nora nickte erleichtert und stieg in Helenes Wagen, während Helene sich auf das Fahrrad schwang. Beide fuhren los, zu Noras Haus.

Kapitel 30

»Ich bin gerade noch rechtzeitig gekommen«, erzählte Lara. Sie hatte sich etwa drei Stunden nach Noras Anruf bei Nora und Niklas eingefunden, Helene und Michael waren ebenfalls dabei, selbst Sandro hatte sich mit einem Vorwand von seiner Schule entfernt.

Lara fuhr fort: »Nora, du hattest mir ja erzählt, dass der Mercedesfahrer ein Düsseldorfer Kennzeichen hatte. Ich hatte die Mutter von diesem Moritz Telkes, Marita, unter die Lupe genommen. Sie wohnt in Düsseldorf und fährt einen Mercedes. Ich war auf dem Weg zu ihr und wollte sie unter einem Vorwand aushorchen, als du, Nora, angerufen hast. Die Marita Telkes bewohnt eine Eigentumswohnung in einem Vier-Parteien-Haus. Ich hab geklingelt, aber sie hat nicht aufgemacht. Der Mercedes stand auf der Straße. Zum Glück kam grad eine Bewohnerin aus dem Haus heraus, ich also zur Haustür rein und hoch zur ersten Etage. Dann hab ich an die Wohnungstür getrommelt und ‚Polizei! Aufmachen!' – gebrüllt. Die Telkes hat tatsächlich geöffnet, ich bin dann rasch in die Wohnung. Tja, und beide Frauen waren total hektisch am Packen, offensichtlich wollten sie sich absetzen. Die Telkes war gerade dabei, jede Menge Banknoten – offensichtlich eure achtzigtausend Euro – in eine Reisetasche zu stopfen. Und dann ist diese Cordula – ich vermute mal, dass die es war – auf mich los und wollte mich ins Badezimmer schubsen. Na ja, ihr wisst ja, dass ich mich wehren kann.«

Sie grinste, und Nora dachte mit Schaudern an die Szene vor einem Jahr, als Lara den Kindesentführer Moritz Telkes überwältigt hatte. Die Detektivin hatte ihn kurzerhand mit einem Baseballschläger niedergeschlagen, und in Laras Hosentasche hatte Nora eine kleine Pistole gesehen. *O ja, Lara konnte sich wehren!*

»Jedenfalls hab ich die Damen mit Kabelbinder fixiert – warum lacht ihr?« Lara zog ein unschuldiges Gesicht, als Nora und Helene gleichzeitig in lautes Lachen ausgebrochen waren. *Geradezu hysterisch,* dachte Nora und sah ihre Schwester an. Das Lachen befreite. Vor einem Jahr hatte Lara den Kindesentführer ebenfalls mit Kabelbinder fixiert ...

»Na ja, und dann kam endlich die Polizei«, beschloss Lara ihre Erzählung. »Tatsächlich mit Blaulicht und Martinshorn. Ich hab ihnen per Fernbedienung die Haustür und dann die Wohnungstür geöffnet, damit sie nichts kaputtmachen.« Sie zog die Augenbrauen zusammen. »Die wollten doch tatsächlich mir ebenfalls Handschellen anlegen und mich zur Polizei mitnehmen«, berichtete sie mit grimmiger Stimme. »Ich hab sie dann auf Kommissar Bodinger hingewiesen und auf meine Legitimation als Detektivin, da durfte ich gehen. Ich muss allerdings nachher zur Kripo, meine Aussage unterschreiben.«

Nora dachte, dass Lara vermutlich wegen der Fesselung der beiden Frauen Ärger mit der Polizei bekommen würde. Den Ärger erwähnte sie natürlich nicht in ihrem Bericht für die Familie.

»Du bist einfach großartig!«, sagte Michael und umarmte Lara herzlich. »Ohne dich wären die beiden Erpresserinnen vermutlich abgehauen. Gut, dass du gleich hingefahren bist.«

»Na ja, die Polizei hätte die zwei sicher bald gefasst«, wandte Lara ein und zog ein verlegenes Gesicht.

»Wer weiß, wo sie in der Zwischenzeit unser Geld deponiert hätten«, sagte Helene. »Du warst einfach toll!«

»Jetzt ist aber genug der Lobhudelei«, antwortete Lara. *War sie tatsächlich etwas rot geworden?* Helene war nicht sicher.

»Jedenfalls hat diese Marita mich erschreckt«, erzählte Lara weiter. *Wollte sie vom Lob ablenken?*, fragte Helene sich.

»Die hatte so eigenartige Augen, blau wie ihr Sohn, aber so hungrig, oder stechend, ich bin richtig erschrocken, als die mich angesehen hat.« Lara schüttelte sich.

»Wir haben Marita Telkes und Cordula Gruner festgenommen. Sie werden der Erpressung und der Körperverletzung beschuldigt. Frau Telkes ist bereit zur Mitarbeit und voll geständig.«

Kommissar Bodinger kam kurz nach Lara zu Noras Haus. Bei Laras Anblick runzelte er verärgert die Stirn, berichtete aber allen Anwesenden von der Polizeiaktion.

»Anhand des Kennzeichens, das Sie«, er wies auf Nora, »uns durchgegeben haben, konnten wir Marita Telkes in ihrer Wohnung festnehmen. Cordula Gruner befand sich bei ihr. Beide Frauen waren mit Hilfe von Kabelbindern fixiert, sie ließen sich widerstandslos die Handschellen anlegen. Sie befinden sich in Haft, Frau Telkes hat einen Anwalt eingeschaltet.«

»Dann haben wir jetzt endlich Ruhe!« Nora atmete erleichtert auf.

»Haben Sie das Geld sichergestellt?«, wollte Niklas wissen. Nora warf ihm einen bösen Blick zu.

»Ja«, antwortete der Polizeikommissar. »Achtzigtausend Euro, in einer Reisetasche. Sie bekommen das Geld zügig zurück, momentan ist es noch ein Beweisstück und wird sicher in der Asservatenkammer verwahrt.«

»War es vollständig?«, fragte Niklas und ignorierte Noras Tritt gegen sein Schienbein.

»Auch das«, antwortete der Kommissar mit einem Grinsen. »Wir haben das Geld natürlich gezählt, bevor es in die Asservatenkammer gegeben wurde.«

Kapitel 31

»Cordula Gruner hatte einen ausgeprägten Hass auf Sie«, Kommissar Bodinger sah Helene an. »Und dieser Hass schließt Ihre ganze Familie ein. Haben Sie eine Idee, woher dieser Hass rührt?«

Der Kommissar war am Tag nach der Überwältigung der beiden Erpresserinnen zu Helene gefahren und berichtete von den Verhören. Michael und Nora waren ebenfalls dabei. Lara hatte es vorgezogen, fernzubleiben. »Ihr könnt mir ja später davon erzählen«, hatte sie gesagt, als Helene ihr von dem geplanten Besuch des Kommissars berichtet hatte.

»Tja, also ganz genau weiß ich es nicht.« Helene spürte, wie Röte ihre Wangen hochkroch. Es war ihr ausgesprochen peinlich, dass ein Mitglied ihrer Familie, die Schwester ihres verstorbenen Mannes, hinter den Erpresserbriefen und den Angriffen auf die Kinder und sie selber steckte. Der Kommissar sah sie abwartend an, mit neutralem Gesichtsausdruck. *Der hat bestimmt schon andere Familiendramen erlebt*, sagte Helene sich und straffte die Schultern. Sie wollte unbedingt Details aus dem Verhör mit ihrer Schwägerin – es fiel ihr schwer, dieses Wort im Zusammenhang mit Cordula zu verwenden – wissen, und daher musste sie dem Kommissar aus der Vergangenheit erzählen.

»Cordula hat nach dem Tod meines Mannes vor acht Jahren angeboten, zu mir und den Kindern zu ziehen, um uns zu unterstützen«, begann sie. »Ich hab das abgelehnt, ehrlich gesagt, mochte ich sie nicht, sie ging mir auf die Nerven, und ich konnte mir nicht vorstellen, dass sie uns hilft. Sie hat um ihren Bruder getrauert, aber die Trauer kam mir damals aufgesetzt vor, irgendwie übertrieben. Bis zu dem Unfalltod hatte sie keinen engen Kontakt zu meinem Mann oder uns, sie ist zehn Jahre älter und hat ihr eigenes Leben geführt. Wir hatten sie höchstens ein- oder zweimal im Jahr gesehen. Auf meine Absage hat sie ziemlich beleidigt reagiert.«

Sie runzelte die Stirn. »Danach haben wir nicht mehr viel von ihr gehört, sie hat mir und den Kindern zum Geburtstag gratuliert, meistens per WhatsApp. Geschenke hat sie nicht geschickt. Und dann hat sich meine Zwillingsschwester vor vier Jahren in einem kanadischen Nationalpark verirrt, das stand in allen Zeitungen.«

Der Kommissar nickte. »Ja, das hab ich damals mit Interesse verfolgt. Das war eine aufregende Geschichte.« Er lächelte. *War da eine gewisse Bewunderung in seinem Lächeln?*

»Cordula hat meine Tochter Hanna angerufen«, berichtete Helene. »Und hat sie gefragt, was los ist, warum wir sie nicht informiert haben und so weiter. Sie war total sauer. Danach hat sie mir zutiefst verübelt, dass ich nach Kanada geflogen bin, um meine Schwester zu suchen, das stand ja ebenfalls in allen Zeitungen. Da hat Cordula eine Redaktion informiert, dass ich meine Kinder im Stich lassen würde, vermutlich mit dem Hintergedanken, dass ich als Rabenmutter gebrandmarkt würde. Zum Glück ist sie bei einem Kollegen meines Mannes gelandet, so dass ihre Story nicht aufgenommen wurde.« Sie kratzte sich am Kopf.

»Ja, voriges Jahr haben wir wieder von ihr gehört. Wieder einmal hat Cordula meine Tochter Hanna angerufen, sie ist übrigens deren Taufpatin. Cordula hatte in der Zeitung von der Entführung meiner kleinen Großnichte Melina gelesen und wollte mehr Details wissen. Hanna hat sie abgewimmelt, sie mag ihre Tante ebenfalls nicht. Allerdings hat Hanna sich verplappert und Cordula von meinem Halbbruder Michael erzählt. Cordula hat nach Hannas Aussage heftig reagiert, nach dem Motto: Dieser Fremde – also Michael – wird als Familienmitglied behandelt, sie, Cordula, wird ignoriert und schon wieder nicht über dieses außergewöhnliche Ereignis in unserer Familie informiert. Danach hat sie ein Jahr lang Ruhe gegeben. Ich hatte keine Lust, mir ihre Tiraden anzuhören von wegen ‚die armen vaterlosen Kinder‘ oder ‚die Rabenmutter lässt ihre Kinder allein‘ oder ‚ihr zieht Unglücke an‘. Jedenfalls wollte ich mir das nicht mehr anhören. Überraschenderweise hat sie vor wenigen Wochen meine Tochter Hanna angerufen und ihr zum Geburtstag gratuliert. Mich hat sie nach dem Angriff auf Elias angerufen und gefragt, wie es uns geht. Ich hab sie abgewimmelt und ihr nichts von dem Erpresser erzählt. Ich hätte nie gedacht, dass sie so voller Hass ist und es fertigbringt, meinen Sohn oder meine Nichte mit dem Auto anzufahren.«

»Ja, dazu kommen wir gleich«, erwiderte der Kommissar. »Tatsächlich hat die andere, Marita Telkes, das Auto gesteuert, das auf Ihren Sohn Elias zugesteuert ist. Aber Cordula Gruner hat Sarah auf dem Fahrrad touchiert. Vielleicht, weil es ‚nur‘ die Tochter von Nora war, und nicht Ihre.« Er sah Nora entschuldigend an. »Wer kann das sagen? Cordula erzählte, dass sie wegen des Angriffs auf Elias einen Riesenkrach mit der Telkes hatte. Die Telkes hat angeblich ziemlich mit der Attacke angegeben, nach dem Motto: ‚Dem hab ich es so richtig gezeigt‘. Das wollte Cordula Gruner nicht. Hat sie behauptet. Na ja, die Attacke auf Sarah war ja auch nicht ungefährlich, aber Frau Gruner hat behauptet, sie hätte alles im Griff gehabt und Sarah nicht gefährden wollen. Mal abwarten, wie der Richter das sieht.«

»Jedenfalls weiß ich jetzt, warum Cordula mich nach dem Angriff auf Elias angerufen hat«, sagte Helene mit leiser Stimme. »Sie wollte wissen, ob Elias die Attacke ohne Blessuren überstanden hat. Einen Rest von Interesse an den Kindern ihres Bruders hat sie sich immerhin bewahrt.«

»Na ja«, kommentierte Nora. »Sie hat den Angriff ja gebilligt.« Sie überlegte. »Wie sind die beiden Frauen überhaupt zusammengekommen?«, fragte sie.

»Die beiden Frauen waren befreundet«, erzählte der Kommissar. »Sie kannten sich seit der Schule, hatten sich zwischenzeitlich aus den Augen verloren, aber vor ein paar Jahren wieder Kontakt aufgenommen. Als der Sohn von Frau Telkes nach der Entführung Ihrer kleinen Enkelin«, er wies mit dem Kopf zu Nora, »ins Gefängnis gekommen ist, hat Frau Gruner den Kontakt zu ihrer früheren Freundin intensiviert. Sie war zu dem Zeitpunkt in Rente gegangen und wollte vielleicht etwas Sinnvolles tun. Jedenfalls haben die beiden Frauen sich offensichtlich gegenseitig in ihrem Hass auf Sie, Nora, Helene und Michael, hochgeschaukelt und diesen Erpressungsplan ausgetüftelt. Frau Telkes brauchte Geld, sie wollte einen neuen Anwalt für ihren Sohn beauftragen, die Chancen auf eine Revision des Urteils zu prüfen. Und Frau Gruner hat zwar ein hohes Einkommen, aber sie hat viel Geld in Spielkasinos gelassen. Beide Frauen hatten zwei Dinge gemeinsam: Sie brauchten Geld, und sie wollten Ihnen und Ihren Familien Böses.«

»Ist eigentlich eine von den beiden in mein Büro eingebrochen?«, fragte Nora. »Oder haben sie jemanden beauftragt, der Einbrecher war ja laut Werkschutz eher schmächtig.«

»Ja, das haben wir auch gefragt«, erzählte der Kommissar. »Beide haben uns nur verständnislos angesehen. Ich glaube nicht, dass eine der beiden in den

233

Einbruch involviert war. Es macht ja wirklich keinen Sinn. Vermutlich ist das eine andere Geschichte.«

Schweigen. Nora und Helene zeigten sich erschüttert, Michael konnte offenbar seine Wut kaum bezwingen.

»Haben die ‚Damen'« – er betonte das Wort verächtlich – »erzählt, warum sie bei mir angefangen haben? Ich hab ja als Erster die Erpresserbriefe gekriegt.«

»Ja, haben sie«, erzählte Kommissar Bodinger. »Cordula Gruner war sehr verletzt und verärgert, dass Sie, Michael Burger, in die Familie von Helene und Nora integriert wurden, aber Cordula nicht. Außerdem fanden die beiden es raffiniert, nicht mit Helene oder Nora beziehungsweise ihren Kindern anzufangen, sie fürchteten, dass der Verdacht dann allzu schnell auf Frau Gruner – wegen Helene – oder Frau Telkes – wegen Nora fallen würde. Beide Frauen sind ziemlich erfinderisch, das konnte man ja an der Vorgehensweise sehen. Sie haben äußerst raffiniert die Ängste Ihrer Familien hochgetrieben.«

»Wer hat eigentlich das Squad gefahren?«, fragte Michael. »Das hat uns ja etwas irritiert, wir hatten auf einen jüngeren Täter getippt. Und wer ist bei mir über den Zaun gestiegen?«

»Das war alles Marita Telkes«, antwortete der Kommissar. »Die ist ziemlich sportlich. Das Squad hatte sie übrigens geklaut.«

»Und wie geht es jetzt weiter?«, fragte Nora. »Ich meine, mit den beiden Frauen?«

»Die sitzen jetzt erst mal in Untersuchungshaft«, antwortete der Kommissar. »Und da kommen die so schnell nicht wieder raus, immerhin besteht Fluchtgefahr, die Telkes hat ein Haus auf Mallorca.« Er sah von Nora zu Helene und dann zu Michael. »Sie brauchen sich keine Sorgen zu machen, so bald werden die zwei keinen Menschen mehr bedrohen.«

Epilog

Michael hatte die ganze Familie in seinen Garten eingeladen. »Wir müssen feiern, dass die Erpresser überführt und eingesperrt sind«, hatte er gesagt.

Das Wetter zeigte sich einigermaßen freundlich, sonnig und warm, vereinzelte Regenschauer, etwas böig.

»Ich bin nicht an Besuch von mehr als vier Leuten gewöhnt, ich hoffe, es klappt alles«, entschuldigte Michael sich bei Helene und sah sich besorgt in seinem kleinen Garten um. »Wo sollen hier zwanzig Leute hinpassen?«

Seine Schwester grinste. »Das klappt schon«, sagte sie. »Freut mich, dass du es heute durchziehst.« Sie streichelte ihm zärtlich über die Schulter.

Helenes Tochter Hanna stellte zusammen mit Leon einen Tapeziertisch an der Terrassenwand auf, der Tisch sollte als Büffettisch dienen. Die beiden holten Geschirr und Besteck aus der Küche und legten es auf den Tisch.

»Hoffentlich kommt Nora bald mit dem restlichen Geschirr«, sagte Michael und zog die Stirn in Falten. »Wie gesagt, ich bin nicht auf zwanzig Besucher eingestellt.«

»Tja, du wolltest doch gerne in unsere Familie«, neckte ihn Helene. »Und da gehören diese Familienfeiern nun mal dazu. Außerdem hatte Nora doch angeboten, die Feier in ihrem großen Garten zu veranstalten.«

»Nee, jetzt war ich mal dran«, sagte Michael.

Es klingelte, und Leon rannte zur Tür. »Es ist Lara und Anhang«, brüllte er ins Wohnzimmer. Michael lachte und eilte zur Haustür, um Lara zu begrüßen, Helene ging ihm hinterher.

»Das ist Katja, meine Frau«, stellte Lara vor. »Und unsere Kinder, Levi und Mila.«

Michael umarmte Lara und gab ihr einen Wangenkuss, dann legte er kurz den Arm um Katja. »Schön, dich kennenzulernen«, sagte er. Er begrüßte Levi: »Hallo Kumpel.« Levi war etwa zehn Jahre alt, schmal, mit blonden glatten Haaren, und machte einen verlegenen Eindruck. Dann legte Michael mit einem freundlichen »Hallo« den Arm auf Milas Schultern, die etwa zwei Jahre jünger als Levi war.

»Kommt heraus zur Terrasse«, drängte er die Familie und wies auf sein Wohnzimmer mit den einladend weit geöffneten Terrassentüren. Es klingelte wieder, Nora kam mit ihrer Familie herein und das Wohnzimmer war völlig überfüllt. Alle redeten und lachten durcheinander, sie umarmten sich, gaben sich Küsse auf die Wangen und erfüllten das Haus mit fröhlichen Stimmen.

»Sarah wollte nicht mit«, erklärte Nora mit einem wehmütigen Gesicht. »Sie ist ja wieder in Münster, und die Fahrt von Münster hierhin ist ihr mit ihrem Gipsarm zu anstrengend. Und natürlich wollte sie sich keinesfalls von Niklas oder mir abholen lassen.«

»Jaja, deine Umweltschützerin«, sagte Michael lächelnd und legte kurz den Arm um seine Schwester. »Schade, dass sie nicht hier ist, aber ich kann sie verstehen.«

Als Letzte kamen Reto und Karin, sie brachten Erdbeerkuchen und eine Käseplatte mit.

»Wo kann ich den Käse hinstellen?«, tönte Reto. »Natürlich nur guter Schweizer Käse – äh ...« Abrupt stoppte er auf dem Weg in die Küche. Michelle war ihm entgegengekommen.

»Ich bringe den Käse in den Keller«, offerierte sie mit einem freundlichen Lächeln. »Da ist es kühler und wir essen den ja erst abends, oder?«

Nora bemerkte mit Genugtuung, dass Reto knallrot geworden war. Sie bewunderte die junge Frau, die sich nicht anmerken ließ, dass Reto vor wenigen Tagen ihre Eltern massiv bedroht und beschimpft hatte.

»Ist okay«, sagte Reto rasch und wandte sich ab. Michelle nahm die mit Alufolie abgedeckte Platte und lief in den Keller.

»Jetzt ist eine kurze Entschuldigung angebracht«, zischte Nora und sah Reto fest in die Augen. Der wandte den Blick ab. *Wollte er sich etwa drücken?*

Michelle kam die Treppe herauf.

»Äh, was ich noch sagen wollte«, brummelte Reto und ging zwei Schritte zu Michelle. »Tut mir leid wegen deinen Eltern, war nicht so gemeint. Ich war in Panik, weil meine Karin einen Herzinfarkt hatte und ich äh ... ich dachte, deine Eltern ... sie waren es ja wohl nicht. Ich hoffe, du bist mir nicht mehr böse.«

Michelle lächelte verlegen. »Ist schon gut«, sagte sie mit leiser Stimme. »Ich werde deine Entschuldigung meinen Eltern ausrichten.«

Wie raffiniert! Nora applaudierte innerlich. »Jetzt kommt doch raus«, sagte sie dann, um Reto – und Michelle – aus der unangenehmen Situation zu erlösen.

Timo war mit Melina auf dem Arm zu Michelle getreten. »Wir können deine Entschuldigung morgen ausrichten«, sagte er zu Reto. »Michelles Eltern wollen endlich ihr Enkelkind richtig kennenlernen. Und mich auch.« Er grinste, dann legte er den Arm um Michelle und lächelte sie liebevoll an.

Nora sah die Geste und ihr ging das Herz auf. Sie mochte Michelle, trotz aller Probleme, und war schon länger der Meinung, dass die junge Frau gut zu Timo passte.

»Wo ist Juliette?«, fragte Helene ihre Schwester.

»Sie wollte nicht mit«, antwortete Nora und beugte sich etwas näher zu Helene. »Sie hat ein schlechtes Gewissen«, flüsterte sie.

»Ach, die Info an die Presse kam von ihr?«, flüsterte Helene zurück.

»Von ihrem Freund«, antwortete Nora. »Der kennt diesen Journalisten und hat ihn angerufen.«

»Hab ich mir schon gedacht«, sagte Helene mit grimmigem Gesicht.

Es klingelte schon wieder an der Haustür. Leon rannte hin und öffnete. Greta kam in den Flur, sie hielt ein großes Kuchentablett in den Händen, das in Papier mit einem Logo eingepackt war, das Nora als das einer nahe gelegenen Konditorei identifizierte.

»Ach, ihr seid alle schon da?«, sagte Greta und errötete. Sie ging in die Küche, stellte das Tablett auf der Arbeitsplatte ab und entfernte das Papier. Nora folgte ihr, neugierig geworden, warum Greta auf einmal wieder im Haus war.

»Kann ich dir helfen?«, fragte sie und kam sich etwas scheinheilig vor.

»Nein, danke, alles okay«, antwortete Greta rasch. »Ich hatte einen Kuchen gebacken, Käsekuchen, den isst Leon doch so gerne. Aber ich hab mich am Telefon verquatscht, und dann ist der schöne Kuchen total verbrannt. Da bin ich schnell zur Konditorei gefahren, aber die war ziemlich voll, viele Kunden, und zwei Verkäuferinnen waren krank, ich musste ewig warten.« Sie wischte sich den Schweiß von der Stirn und sah Nora verlegen an.

»Ich hab gehofft, ich bin zurück, bevor ihr alle kommt. Ihr beiden, du und deine Schwester, ihr seid so perfekt, ihr kriegt alles hin, Job und Kinder und Haus und Garten, da bekomme ich manchmal Komplexe. Und heute wollte ich es besonders gut machen. Das ist gründlich in die Hose gegangen.«

»Ach Greta!« Nora fiel Michaels Lebensgefährtin um den Hals. »Ich freue mich, dass du wieder hier bist. Du passt so gut zu meinem Bruder, und du bist so wunderbar zu Leon. Du brauchst wirklich keine Komplexe zu haben, so was passiert uns auch, mir ist erst letzte Woche ein One-Pot-Gericht völlig missraten. Und dein gekaufter Kuchen sieht super aus.«

»Das ist lieb«, stammelte Greta.

»Kommt ihr endlich?«, tönte es vom Garten und die beiden Frauen eilten hinaus.

»Schaut mal!«, rief Timo und deutete auf sein Töchterchen. Melina stand auf allen vieren im Gras und bewegte zaghaft ein Ärmchen nach vorne. Dann das andere, die Beinchen folgten.

»Sie krabbelt!«, rief Nora und strahlte. Rasch eilte sie zu ihrer Enkelin und hockte sich neben sie. »Tolles Mädchen!«, lobte sie die Kleine, und Melina unternahm ein paar weitere Krabbelbewegungen, bis sie mit dem Gesicht voraus ins Gras plumpste. Nora hob ihre Enkelin rasch hoch, bevor diese in Tränen ausbrechen konnte, stemmte sie hoch und drehte sie über ihrem Kopf.

»Puh, du bist ganz schön schwer geworden«, beklagte sie sich und alle lachten.

»Wir müssen auf das Ende der Bedrohung anstoßen«, sagte Michael, der dabei war, mehrere Sektflöten zu füllen. »Es gibt Sekt, Sekt mit Orangensaft und nur Orangensaft«, erklärte er und verteilte die Gläser.

»Auf das Ende der Bedrohung«, sagte er, als jeder ein Glas in Händen hielt.

»Und auf die Familie«, ergänzte Nora mit einem Lächeln.

Danksagung

Ich möchte mich bei den vielen Menschen bedanken, die ihre Ideen, Tipps, Erfahrungen und ihr Wissen in dieses Buch haben einfließen lassen.

Meine bewährten TestlerInnen Resi Arand und Thomas Arand haben mein Manuskript sorgfältig durchgearbeitet und mich auf einige Fehler aufmerksam gemacht. Resi konnte mir aus ihrer Zeit als Krankenschwester gute Informationen zu der Arbeitsweise und -kleidung der Sanitäter und Ärzte geben. Meine Zwillingsschwester Dr. Renate Vorwerk hat mehrere Versionen des Manuskripts gelesen und hilfreiches Feedback gegeben sowie viele Ideen beigesteuert. Meine Tochter Sabine Herrmann hat ebenfalls das Manuskript gelesen und wertvolle Hinweise gegeben.

Melissa Böss von der Volksbank Berg eG hat meine Fragen beantwortet, ob und wie man heutzutage 20.000 € in bar bekommt.

Mein Mann Franz Stiefenhofer glaubt an mich und meine Schreiberei – danke dir!

Steffi Brandt hat das Manuskript – wie auch meine Bisherigen – sorgfältig korrigiert. Es ist immer ein Vergnügen, mit Steffi zu arbeiten, und ich staune, wie viele Fehler sie trotz Korrekturprogramm in Papyrus findet. Etwaige Fehler, die sich trotzdem noch eingeschlichen haben, sind alleine meine Schuld.

Chrissy Bouzrou hat das einfallsreiche Cover gestaltet, bereits das 7. Cover für mein 7. Buch – danke an dich! Diesmal hat Chrissy auch gute Tipps für den Klappentext und den Inhalt gegeben. Ich genieße die gute vertrauensvolle Zusammenarbeit mit dir.

Einige Bloggerinnen und Blogger haben meine bisherigen Bücher rezensiert – herzlichen Dank an Euch.

Vielen Dank an meine Freundinnen und Freunde auf Facebook und Instagram. Der Austausch mit euch macht mir Spaß und ich freue mich über eure Kommentare.

Und nicht zuletzt – ein herzliches Dankeschön an euch, meine Leserinnen und Leser. Euer Feedback und eure Rezensionen ermuntern mich, weitere Bücher zu schreiben und helfen mir, meinen Stil zu verbessern.

Wilma Borghoff

 Wurde in Köln geboren und absolvierte ein Physikstudium an der Universität Köln.
Während des Studiums entdeckte sie ihr Interesse an der Informationstechnologie und arbeitete in verschiedenen Firmen im IT-Bereich.

Aufgrund ihres Einsatzes für Vielfalt und Emanzipation wurde sie zur Diversity Managerin eines großen Industrieunternehmens ernannt. Sie wechselte zurück zur IT und arbeitete in einem internationalen Team.

Seit dem Ende ihres Berufslebens genießt sie Zeit und Muße zum Schreiben. Sie schreibt Frauenromane, unterhaltsam, humorvoll, über starke Frauen und Familienbande, über Optimismus, emotionale Themen und ein wenig Fantasy.

Viele ihrer Ideen schöpft sie aus ihrer großen bunten Familie, in der sieben Nationen vertreten sind.

Wilma Borghoff hat zwei Kinder, vier Enkelkinder, siebzehn Großnichten und -neffen und lebt mit ihrem Schweizer Ehemann in der Nähe von Köln.

Ihre Hobbys sind Korfball, Lesen, Spielen, ihr Teilzeithund Jeanny und Reisen.

Wilma Borghoff ist auf Facebook und Instagram aktiv und tauscht sich gerne mit ihren Leserinnen aus.

Mehr über Wilma Borghoff und ihre Bücher auf ihrer Website www.wilmaborghoff.de

Weitere Bücher von Wilma Borghoff

Hanna – Schatten der Liebe
Erschienen im Juni 2024
bei BoD Books on Demand
ISBN 9 783 759 743152

Die neunzehnjährige Rettungssanitäterin Hanna trifft bei einem Einsatz auf den geheimnisvollen und attraktiven Daniel, der mit seinen zweiundvierzig Jahren eine andere Welt verkörpert. Trotz ihrer unterschiedlichen Lebensvorstellungen – Hanna stammt aus einer intakten liebevollen Familie, während Daniel familiäre Bindungen ablehnt – entfacht eine leidenschaftliche Beziehung zwischen ihnen.

Doch ihre Liebe wird auf eine harte Probe gestellt, als Hannas kleine Nichte entführt wird. Hannas Welt gerät aus den Fugen und sie begibt sich gemeinsam mit ihrer Familie auf eine verzweifelte Suche nach dem Baby. Eine schockierende Wahrheit kommt ans Licht.

Kann ihre Liebe zu Daniel diesen Belastungen standhalten? Oder werden ihre unterschiedlichen Vorstellungen von Familie und Zukunft unüberwindbare Hindernisse bleiben?

Ein mitreißender Liebesroman, der die Grenzen der Liebe, Familie und Loyalität auslotet und mit einer spannenden Entführungsgeschichte verbunden ist.

»Hanna« ist das 3. Buch der Reihe um die Zwillingsschwestern Nora und Helene und ihre Familien.

Timos Baby
Erschienen im Oktober 2023
BoD - Books on Demand
ISBN 978 3758 300479

Timo, ein junger Mann von einundzwanzig Jahren, wird nach einer flüchtigen Liebesnacht Vater. Die zukünftige Mutter will das Kind an Adoptiveltern übergeben. Doch Timo und seine Familie sind fest entschlossen, das Baby zu behalten. Mit Hilfe eines Au-pair-Mädchens und tatkräftiger Unterstützung der ganzen Großfamilie nehmen sie die Herausforderung der Kindererziehung an.

Der neue Alltag wird jäh gestört, als das Baby zwei Monate nach seiner Geburt auf mysteriöse Weise aus einem Park verschwindet.

Inmitten der Verzweiflung und Angst macht sich die Familie, unterstützt von der Polizei und einer engagierten Detektivin, fieberhaft auf die Suche.

Wird es ihnen gelingen, das Baby zu finden? Und es unversehrt zurückzuholen?

Dies ist eine packende Familiengeschichte über Mut, Liebe und Entschlossenheit.

»Timos Baby« ist das 2. Buch der Reihe um die Zwillingsschwestern Nora und Helene und ihre Familien.

Die Steine der Zwillinge
2. Auflage
Erschienen im November 2022
BoD - Books on Demand
ISBN 978 37 4700149

Nora verirrt sich in der Wildnis eines kanadischen Nationalparks. Ihre Zwillingsschwester Helene spürt die Gefahr und fliegt nach Kanada. Sie hofft, ihre Schwester dank ihrer telepathischen Verbindung finden zu können. Werden die beiden geheimnisvollen Steine, die die Schwestern seit ihrer gemeinsamen Reise auf dem Jakobsweg mit sich führen, sie wieder zusammenbringen?

Die Daheimgebliebenen bangen um Nora und müssen sich mit Journalisten und einem Fremden, der seltsam vertraut wirkt, auseinandersetzen.

Nora trifft auf viele Gefahren in den kanadischen Wäldern. Die Wildnis lebt. Und Nora mittendrin.

Dieses Buch erzählt die Geschichte von Nora und Helene und ihren Familien. Drei Jahre nach dem Kanada-Abenteuer spielt das Buch »Timos Baby«, teilweise parallel dazu »Hanna – Schatten der Liebe« und schließlich der vorliegende Roman. Alle vier Bücher können unabhängig voneinander gelesen werden.

Gibt's im Himmel Bürgersteige?
Erschienen im Juli 2022
BoD - Books on Demand
ISBN 978 37 55 710806

Oliver Bergmann stirbt mit 43 Jahren an einem Hirntumor. Seine Familie muss die tiefe Trauer über seinen viel zu frühen Tod überwinden. Dabei verfolgen sie unterschiedliche Herangehensweisen.

Olivers Tochter Emily trifft Aislinn, eine zarte rothaarige Elfe, mit der sie die irische Familiengeschichte erkundet.

Emilys Bruder Matthias schreibt sich auf seinem Trauerblog die Seele frei und hilft damit trauernden Jugendlichen weltweit.

Olivers Frau Sofia stößt auf ein Familiengeheimnis: Alexander, den Halbbruder ihres Ehemanns.

Alexander ist eine gescheiterte Existenz, er sehnt sich nach einer Familie und liebt Kinder. Die Zusammentreffen von Alexander mit Sofias großer Familie führen zu einigen Konflikten, die Sofia fürsorglich und entschlossen löst.

Hilft eine dreiwöchige Reise in den Westen der USA, die Oliver eigentlich miterleben sollte, Sofia und ihren Kindern, den Weg zurück ins Leben zu finden?

„Gibt's im Himmel Bürgersteige?" erzählt von Tod und Trauer, Liebe, von starken Frauen und ihrem Weg, mit der Trauer weiterzuleben, und von der Magie enger Familienbande.

Zerbrochene Murmeln
Erschienen im November 2022
BoD – Books on Demand
ISBN 978 3756 862849

Amalie und Matteo treffen sich bei einer Geburtstagsfeier und verlieben sich ineinander. Sie starten eine Beziehung der weiten Wege: Amalie wohnt in Köln, Matteo in Meran in Südtirol.

Ihre unterschiedlichen Charaktere und die schwierigen Umstände stellen die Liebesbeziehung immer wieder auf die Probe. Matteo liebt es, Amalie nachzufahren, und taucht unerwartet bei ihren Reisen auf. Das gefällt Amalie, andererseits möchte sie ihr eigenes Leben führen.

Und dann der Schock: Ein Stalker stellt Amalie nach. Er bricht in ihr Haus ein und belästigt sie mit kleinen Geschenken, Blumen, Briefen, ohne sich zu erkennen zu geben. Wer ist es? Warum macht er das? Ist er harmlos?

Gibt es eine gemeinsame Zukunft für Amalie und Matteo?

Welche Rolle spielen die Raben, die immer wieder auftauchen?

Ein Buch über Liebe, Leidenschaft und Bedrohung.

Lenas Kieselsteine – Ein fabelhafter Sommer

Erschienen im Mai 2023
BoD – Books on Demand
ISBN 9 783 755 7384 73

Die vierzehnjährige Lena läuft von zu Hause weg. Weg von ihrer nachlässigen Mutter und deren Lebensgefährten, der das Mädchen ablehnt. Lena will zu ihrer Tante nach Bayern, wo sie als kleines Kind ‚heile Welt' erlebte.

Nach einer ereignisreichen Odyssee erwartet sie in Bayern Familienleben, aber auch Konflikte mit der Verwandtschaft. Ihre Tante Jasmin nimmt Lena nur zögernd auf, da sie mit Lenas Mutter Clara, ihrer Schwester, schlechte Erfahrungen gemacht hat.

Lena lernt bald den Nachbarjungen Noah kennen und freundet sich mit ihm an. Allerdings schleppt Noah ein Trauma mit sich herum, das Lena nur allmählich aufdeckt.

Eine schwarze Katze hilft Lena mehrmals aus brenzligen Situationen heraus. Gibt es eine Verbindung zu Lenas Geburtstermin am 30. April - der Hexennacht?

Als Lenas leiblicher Vater unerwartet in Bayern auftaucht, fragt sie sich, ob er seine Tochter kennenlernen will oder andere Absichten hat.

Ein spannender Roman über ein junges Mädchen und das Erwachsenwerden, über Familienbande, Emotionen und dunkle Geheimnisse.